AF199176

Die Töchter der Na: Morgenröte

Erster Teil des Töchter-der-Na-Zyklus

Georg Odrowaz

Danke:

Der Liebe meines Lebens

Dem Bruder und Testleser

Meiner Familie

Georg Odrowaz

Die Töchter der Na: Morgenröte

Erster Teil des Töchter-der-Na-Zyklus

Fantasy - Roman

Bibliografische Information der Deutschen Nationalbibliothek:
Die Deutsche Nationalbibliothek verzeichnet diese Publikation in der Deutschen Nationalbibliografie; detaillierte bibliografische Daten sind im Internet über http://dnb.dnb.de abrufbar.

© 2020 Georg Odrowaz

Umschlagdesign: BGF Design

Umschlagbild: Eigenbearbeitung eines Bildes von Bijay Chaurasia, Wikimedia Commons, License CC-BY-SA 4.0

Herstellung und Verlag: BoD – Books on Demand, Norderstedt

ISBN: 978-3-7504-9724-5

Inhaltsverzeichnis

Großer Wald
des Nordens

Orkenlande

Herzogtum
Aribo

Ebene
der
Toten

Kaiserreich
Adulaid

Prolog im Himmel

Und der Engel Asmael sah, dass es gut war. Seine Kinder lebten glücklich und zufrieden in ihrer Welt. Werkzeuge des Guten. Für die Menschen als Vorbild. Die Gefallenen hatten es nicht geschafft, ihre Ziegenbockfüße in die Tür zu dieser Welt zu bekommen. Die wenigen Kinder der Gefallenen waren ungefährlich, isoliert und alleine. Seine Kinder hingegen waren stark, mächtig und erfolgreich. Nahe den Thronen und Hohepriestern standen sie. Ritter, Adlige, Priester waren ihre Berufungen. Es war gut so. Der Engel wandte seine Augen ab von der Welt und träumte von den kurzen Tagen des Glücks, als die Liebe der Sterblichen ihm gehört hatte. Ihm und seinesgleichen. Als Mann und Frau hatte der Engel unter den Menschen gelebt. Mit Fürsten, Magiern, Hohepriestern hatten seine sterblichen Hüllen gelebt. Mehrfach hatte er die Hüllen wechseln müssen, je nach Lage als Mann oder Frau. Seine Kinder aber waren zahlreich geworden. Und die Erinnerung an eine schöne, aufregende Zeit blieb. Der Engel schlief ein.

Prolog auf Erden

Die Geburt eines Celes war immer ein aufregendes Ereignis für die gehobene Gesellschaft im Kaiserreich von Adulaid. In der Regel übernahm ein Mitglied der Königsfamilie die Patenschaft für das Kind. Aus der Kirche des Lichts kam der jeweilig amtierende Patriarch persönlich zum Namensfest und Adlige wie Priester wetteiferten mit der Pracht der Geschenke. Ein Celes war von allem Anfang an in die Gesellschaft Adulaids integriert und wuchs umsorgt als Mitglied des Hofstaats oder im Kreis der Herzöge und Grafen auf. Schon früh wurde dem Kind beigebracht, was die Aufgaben eines Celes waren und was von einem Mitglied der Reichselite erwartet wurde. Die Ausbildung war lang, hart und umfasste immer magisches und kämpferisches Training. Ein Entkommen aus diesem System war unmöglich!

Pineval, das siebente und letzte Kind des außergewöhnlich fruchtbaren Celestes-Paars Tomina und Darian von Estegon, war nach seiner Ausbildung der dritten Legion als Priester des Lichts und Heiler zugeteilt worden. Die Horden des Nekromantenfürsten hatten der Legion bereits in vier Schlachten hart zugesetzt, als die Horden bei der zwei Tage dauernden Schlacht am Hohen Pass die angeschlagene Legion endgültig überrannten. Der Opfergang der Legion war nicht umsonst, die lebenden Leichen wurden nur einen Tag später bei Brucken vernichtet und die vierte Legion konnte die Grenze wieder stabilisieren und den Pass zurückerobern.

Der Celes Pineval galt als getötet. Gemeinsam mit seiner Legion vernichtet. Er war jedoch nicht tot. Ohne Gedächtnis und auf das Schwerste verwundet erreichte er drei Tage später auf seinem Pferd liegend, das Schwert im Gürtel steckend und mit nicht viel mehr als einem zerfetzten Kettenhemd bekleidet ein Dorf namens Weitfeld. Diese Siedlung lag mehrere Stunden Marsch querfeldein durch Wald und über Hügel vom Pass entfernt. Der fremde Ritter mit dem guten Aussehen und den feinen Manieren wurde von der Tochter des Dorfältesten gesund gepflegt.

Es kam, wie es kommen musste, die Beiden verliebten sich ineinander. Und weil Pineval sehr menschenähnlich war, erkannte niemand in ihm den Celes, am wenigsten er selbst. Er heiratete die Tochter und bewirtschaftete mit ihr den Hof des Schwiegervaters, eines freien Bauern. Nebenbei arbeitete er als Heiler und Heilpraktiker, wobei er intuitiv großes Talent hatte. Das Schwert und das zerstörte Kettenhemd verbarg er, da es in ihm starke Unruhe auslöste.

Zehn Kinder wurden dem Paar geboren. Ungewöhnlich wie es war, überlebten alle Kinder die Kindheit. Zunächst sieben Söhne, dann drei Töchter. Und bei keinem der Kinder zeigten sich die gewöhnlichen Anzeichen eines Celes. Unbemerkt vom Hofsystem entwickelte sich so eine Familie von Celestes.

Der siebente Sohn des Pineval ging bei den Holzfällern und Jägern des örtlichen Grafen in die Lehre. Weil er ein guter Lerner war, willig und talentiert, erhielt er früh eine Anstellung als gräflicher Wildhüter, deren Hauptmann er nur wenige Jahre später wurde. Daher folgte schon in jungen Jahren die Heirat mit einer braven Tochter des Schmieds der Grafenburg. Diese stämmige Frau schenkte sechs Kindern das Leben, sechs Söhnen, die alle überlebten. Als sich das siebente Kind ankündigte, war die Erwartung des Paares groß, ein siebenter Sohn am Ende? Der siebente Sohn des siebenten Sohnes? Ein Magier, wie es die Tradition wusste?

Die Frau des Wildhüters verstarb bei der Geburt. Sie schenkte einer Tochter das Leben. Der Wildhüter war voll des Grams um den Tod seiner Frau, dennoch musste er sich um seine Kinder, vor allem um das Baby, kümmern. Die Mutter hatte dem Mädchen noch am Sterbebett den Namen Dania gegeben.

Dieses Kind war von Anfang an anders. Im Gegensatz zu Vater und Mutter, die dunkle Haare und braune Haut hatten, war sie blondlockig, mit stahlgrauen Augen, die alles zu durchdringen schienen. Auch war die Haut ursprünglich weiß wie frisch gefallener Schnee. „Ein Albino", munkelte man im Dorf, weil das Kind so anders war. Und so wuchs das Mädchen mit Hilfe der Großmutter und einer Amme nahe den Wäldern und der Natur in jenem Dorf am Rand des gräflichen Waldes auf, wo die Wildhüter ihr Hauptquartier hatten.

Da sie in ihrem Aussehen der Celes am Hof des Grafen glich, nannten alle in Weitfeld Dania nach einem Besuch eben dieser Celes „Celestina". Sie entwickelte sich zu einer jungen, bestimmenden, wunderschönen Frau. Und im Gegensatz zu den meisten Mädchen ihres Alters durfte Dania zusammen mit ihren Brüdern das Handwerk der Wildhüter lernen.

Drei Brüder blieben Wildhüter. Drei gingen in andere Dienste des Grafen, einer davon sogar als Leutnant der Wache. Das Mädchen aber blieb vorerst im Haus des Vaters, denn es schien es nicht eilig mit dem Heiraten zu haben.

Der Vater war stolz auf seine Kinder.

Der Morgen hatte noch nicht richtig begonnen, da war bereits Unruhe im Dorf. Eine Fremde. Keine hohe Dame, keine große Frau. Alt und abgezehrt, in Lumpen gekleidet, war sie erschienen. Den älteren Dorfbewohnern war sie in Erinnerung.

Kartenlesen, mit Toten sprechen, Zauber raunen, so erzählten sich die Frauen am Dorfbrunnen. Eine Hexe. Selbst zu Jugendzeiten der ältesten Leute in Weitfeld war diese Frau bereits alt gewesen. Und heute musste sie wirklich antik sein. Danton, der inzwischen sich im Ruhestand befindliche ehemalige Schmied des Grafen, wiegte sachte den Kopf. Zu seinem Lieblingsschwiegersohn, Hauptmann Ladrin von den gräflichen Wildhütern, meinte er: „Das ist die Farana, ich kenne sie noch aus meiner Jugend. Sie hat sich nicht verändert."

Celestina saß aufmerksam neben ihrem Großvater: „Opa, Wie meinst du, sie hat sich nicht verändert?"

Die alte Frau hatte inzwischen den Platz an der Dorflinde erreicht. Der junge Schmied trat zu seinem Vater: „Und?" Der alte Schmied drehte sich weg, durch eine seiner vielen Zahnlücken ausspuckend: „Pah! Eine Hexe. Und eine wirklich gute, sozusagen. Die kann was! Die war alt, da war ich jung." Dann humpelte der inzwischen immer gebeugt gehende Mann zurück in das glühende Halbdunkel der Schmiede, einem der wenigen Gebäude aus Stein. Zwei Söhne hatte er großgezogen, beide waren tüchtige Männer geworden. Der Ältere leitete wie schon zuvor der Vater das gräfliche Metallwerk und lebte jetzt im Nachbartal, nahe der Burg. Der Jüngere hingegen hatte die Dorfschmiede übernommen, jenes Metallwerk, von der aus einstmals der Vater als junger Geselle aufgebrochen war, um in die Dienste des Grafen zu treten.

Die Familie hatte von Weitfeld aus Kariere gemacht. Auch die Töchter waren gut verheiratet. Tüchtige Schwiegersöhne, ein Großbauer, Ein Minenmeister in der gräflichen Silbermine und natürlich der Hauptmann der Wildhüter. Stolz machte den Alten vor allem sein eigener Sohn, sein Zweiter, der die Dorfschmiede jetzt betrieb. Ein guter Schmied, zuverlässig. Und außerdem kümmerte dieser sich mit seiner Frau um den Alt-Schmied. Gefällig ruhte durch die Türe und aus dem Halbdunkel der Schmiede nochmals der Blick des Alten auf Celestina, seiner Enkelin, die Tochter des Hauptmanns. Auch dieses Mädchen war wohl geraten. Alles war gut. Die Alte war für ihn und seine Familie keine Gefahr.

Der Alte erinnerte sich gerne zurück, als er jung war und diese Frau alt. Weitfeld war eingeklemmt am Ostrand des Kaiserreichs. Auf der einen Seite die Hügel und Wälder, die das Tal von Weitfeld vom Nachbartal trennten, wo die Grafenburg lag. Und auf der anderen Seite, nach Osten, hohe Berge und noch viel mehr Wälder. Berge, so hoch und spitz, dass man sie auch die Drachenzähne genannt hatte. Die Täler dort hinein waren schmal. Hinter Weitenfeld begannen die Aufstiege. Außer den Wildhütern war dort nie jemand. Tiefe Schatten. Tiefe Schluchten. Keine Wege, außer hier und da ein Jägersteig Und selten gab es Holzfäller des Grafen, die sich dort hinein wagten. Aber die konnten das Holz nur mühsam rausbringen. Nun, kein Ort war abgelegener. Keiner war sicherer. Alles war gut.

„Diese Frau musste wohl noch aus der Kindheit des Vaters stammen", dachte sich der junge Schmied. Neugierig wie seine Nichte beobachtete er, wie sich die alte Frau mühsam niedersetzte. Farana, was für ein merkwürdiger Name. Vermutlich stammte er aus einer alten Sprache.

Aber das Tagwerk rief, er hatte wenig Zeit, sich um alte, ärmliche Reisende zu kümmern. Mochten doch die Weibsleute mit der Vettel reden. Mit einem Ruck wandte er sich ab und ging seinem Vater nach. Besser ein Auge auf den Alten zu werfen, nicht dass der glaubte, er müsse wieder einmal alleine schmieden. Dabei brachte der Vater inzwischen nicht einmal mehr den Hammer richtig nach oben. Besser nachsehen gehen.

Ladrin war skeptisch. Wenn das eine echte Hexe war, musste er wohl Meldung machen. Aber generell waren das Zaubern und das Hexen nicht verboten, solange es niemanden schadete. Eine ewige Diskussion war das im Dorf, vor allem, wenn reisende Sterndeuterinnen oder Kartenlegerinnen ihre Weissagungen machten und diese hernach nicht eintrafen. Da war dann vor allem der Ruf nach einer Bestrafung der zu diesem Zeitpunkt meist bereits verschwundenen Personen laut. Der Hauptmann der Wildhüter musste den verstimmten

Dorfbewohnern dann immer erklären, dass es keinen Sinn machte, hier eine Verfolgung aufzunehmen. Und er ließ seine übliche Predigt über die Leichtgläubigkeit der Dorfbewohner folgen. Kaum jedoch kam ein paar Monate später die nächste Handleserin nach Weitfeld, war das alles wieder vergessen. Das Spiel begann dann von neuem.

Und stand eine Person in Verdacht, echte Magie zu beherrschen, war sie sowieso eher gefürchtet. Vor allem von den leichter zu beeindruckenden Bewohnern des Dorfes, wie der Schneiderin. Also lehnte sich Hauptmann Ladrin zurück und winkte auch seinen anwesenden Leuten, sich entsprechend zu verhalten. Er wollte doch erst einmal sehen, wie sich das mit der Alten entwickeln mochte. Packte sie dann Kerzen, Karten oder eine Glaskugel aus, war immer noch Zeit sie zu verjagen. Dann jedoch sah er seine Tochter sich der Alten nähern und setzte sich in Bewegung. Es schadete sicher nicht, sich zumindest einmal zu erkundigen, was die Frau hier vorhatte.

Celestina nahm kaum war, dass ihr Onkel in die Schmiede zurückgegangen war. Sie näherte sich vorsichtig der Alten, wie das auch mehrere andere Kinder und Jugendliche taten. Sie sah Joselina, die Tochter des unfreien Bauern Most, und nickte ihr zu. Das Mädchen war jünger als sie selbst, aber schon seit einem Jahr mit dem Holzfäller Jorek verheiratet. Inzwischen war Joselina hochschwanger.

Celestina selbst verspürte keinerlei Lust auf eine Heirat. Früher war sie mit Joselina und einem dritten Mädchen, Salia, gut befreundet gewesen. Aber dann hatte erst Joselina geheiratet. Und vor wenigen Wochen auch Salia, einen unfreien Bauerssohn von einem Weiler ein paar Meilen außerhalb des Dorfs. Sie war zu ihrem Mann in den Weiler gezogen.

Der Graf selbst hatte die Brautleute ins Register eingetragen und auch das Recht der Ersten Nacht beansprucht, wie es Sitte war und sich für Herrschaft und unfreies Volk gehörte. Auch viele Freie unterwarfen sich freiwillig diesem Recht, da es bei der Herrschaft gern gesehen war.

Salia hatte erzählt, wie es ihr mit dem Recht der Ersten Nacht ergangen war – der Graf hatte Sie geheißen, sich im Brautkleid in die Burgkapelle zu begeben, dort hatte die Celes des Grafen den Brautsegen gesprochen und Salia hatte sich niederknien müssen, mit dem Kopf zum Boden. Der Graf hatte seinen Fuß nur ganz sachte auf den Kopf der Braut gestellt. Dann hatte er dem Mädchen gesagt, sie möge sich aufrichten und berührte mit seiner Hand ihren Schoß. Wie es der Ritus verlangte. Damit galt Salia nicht mehr als Mädchen, sondern als Frau. Dann musste die Braut betend in der Schlosskapelle verbleiben, bevor sie am Morgen im Morgengrauen zu ihrem Mann durfte. Die gräfliche Celes überwachte diesen Ritus und hielt auch die Gebetswache gemeinsam mit den jungen Frauen.

Früher mochten die Sitten andere gewesen sein. Celestina hatte munkeln gehört, dass sich noch der Vater des derzeitigen Grafen an die Mädchen in dieser Ersten Nacht herangemacht hatte. Aber mit Graf Roderich II. war das Recht der Ersten Nacht zu einem religiösen Ritual der Huldigung des Grafen geworden, dem man sich unterwarf. Das Ritual machte aus Mädchen Frauen und festigte das Band zur Herrschaft. Daher war es immer ein Grund für ein Fest.

Celestina hingegen wollte diese Unterwerfung nicht. Ihr Vater hatte Sie das Recht der Freiheit gelehrt. Stammte dieser nicht auch aus einem alten Rittergeschlecht? Der Status ihres Großvaters war nie geklärt worden. Er hatte dem Grafen damals die Treue in dessen Hand geschworen und das Schwert übergegeben, mit dem man ihn gefunden hatte. Da dieser Eid auch von Rittern in der Form geleistet wurde, konnte man den Heiler durchaus als Ritter bezeichnen. Das Schwert hatte er offiziell zurückerhalten und es zierte heute den Gürtel des Hauptmanns der Wildhüter, Celestinas Vater. Dieser hatte bei seiner Angelobung ebenfalls den Eid in die Hand des Grafen geleistet, galt auch als Berater des Grafen in Fragen von Jagd und Wildnis, also als Ritter. Und alles hing mit dem Großvater zusammen.

Als Bauer und Heilpraktiker für Mensch und Tier hatte dieser geheimnisvolle Mann, den sie nie kennen gelernt hatte, sein Auskommen gefunden. Noch heute erzählte man sich Wunderdinge über ihn und wen er nicht alles in der Grafschaft Waldland und darüber hinaus retten konnte. Die Menschen waren von weither zu ihm gekommen.

Celestina erblickte das Licht der Welt, da war der Großvater gerade frisch verstorben. Zum Glück konnte die Großmutter noch ein paar Jahre auf Celestina aufpassen. Diese und die Amme waren Celestinas Ersatzmütter gewesen.

Nach dem Tod des Großvaters hatte ihr Vater als Erbe eine Kiste beansprucht. Sie hatte ursprünglich das Schwert und ein zerfetztes Kettenhemd enthalten. Inzwischen aber stand die Kiste leer am Dachboden, das Schwert befand sich am Gürtel des Vaters und die Rüstung lag in einem Wachstuch gehüllt im Waffenschrank im Haus der Wildhüter.

Auch nach all den Jahren waren viele Blutflecken auf der Rüstung, die nicht verschwinden wollten, obwohl Celestina öfters im Stillen versucht hatte, es zu flicken und zu reinigen. Was ohne die Hilfe ihrer Onkel, der Schmiede, schwierig war. Sie war sich nicht einmal sicher, ob ihr Vater überhaupt von ihrer Liebe zu dieser Rüstung wusste. Und das lag nicht nur am Wert. Das Kettenhemd war wertvoll, wie wertvoll wusste Celestina nur zu gut. Alleine das Eisen war mindestens zehn Goldstücke wert. Aber das Kettenhemd war die letzte Verbindung ihres Großvaters an seine Vergangenheit gewesen. An jene Vergangenheit, an die er sich Zeit seines Lebens nicht mehr erinnern konnte. Celestina war sich sicher, dieses Kettenhemd hatte eine eigene, spezielle Bedeutung.

Als sich Celestina der alten Frau näherte, stürmten weitere Erinnerungen auf sie ein. Der Tag, als sie das erste Mal die Celes des Grafen gesehen hatte, die edle

Dame Sirnia. Ein weißer Engel auf einem schweren Streitross, auf dem Weg zur gräflichen Jagd. Mit polierten Eisenplatten war die Rüstung verstärkt, darunter doppelte Kette. Ein Schwert fast doppelt so lang wie das vierjährige Mädchen, das sich staunend der wunderbaren, jungen Frau genähert hatte. So unverbraucht und rein hatte diese Dienerin des Grafen gewirkt. Wie ein wolkenlos blauer Himmel nach heftigem Regen. Die Frau mit dem Pferd hatte sich zu Dania gebeugt und gesprochen: „Na, du bist aber ein hübsches Kind!" Stolz war sie heimgelaufen, zu ihrem Vater.

Die Frau des Schneiders war bei ihm gewesen und hatte gesprochen. Als Dania eintrat, verstummte das Gespräch. „Wie ich gesagt habe", fing die Schneiderin nach einer peinlichen, aber kurzen, Pause an, „sie könnte ihre Tochter sein." Die Freude über das Lob der Celes war verschwunden. Und seitdem trug Dania den Spitznamen Celestina.

Den Engel hatte Celestina auch später nicht allzu oft gesehen. Gräfliche Jagden fanden selten statt. Das Schloss wurde gut mit Wildbret von den Wildhütern versorgt und der Graf hatte selten Gäste, die er zur Jagd einladen musste. Roderich II war bereits alt und seine Söhne dienten dem Imperium, hatten also alle Drei wenig Zeit dafür. Auch wenn der Jüngste inzwischen immer öfter zu Hause auf Besuch war. Wenn der alte Graf dereinst starb, würde sein ältester Sohn die Herrschaft übernehmen. Das mochte Änderungen bringen. Aber bis dahin war vom Grafen und seinen Dienern, auch von der edlen Dame Sirnia, wenig zu bemerken.

Die Alte hier war offensichtlich alles andere als eine Celes. Alt, hässlich, knorrig, wie Wurzeln eines großen Baums. So wirkten Finger, Hände, Gesicht, alles, was man in und unter den Lumpen sehen oder erahnen konnte. Aber genau so wollte das die Alte. Sie war sich ihrer Wirkung auf Menschen durchaus bewusst. „Die Hexe" war in Faranas Ohren fast wie ein Lob. Es anerkannte durchaus ihren besonderen Status und dass sie nicht gänzlich normal war.

„Na" war die Göttin der von Menschen kultivierten Wildnis, eine der alten Götter, eine Fruchtbarkeitsgöttin. Eine der drei Götter der Natur. Die anderen nannten sich „Bog", der Gott der ungezähmten, brutalen Natur. Sein Zeichen war der reißende Wolf. Und Ti, das als das Kind der Natur gesehen wurde, als Neubeginn, aber auch als Totengottheit. Ti war nie mit männlichen oder weiblichen Eigenschaften ausgestattet, sondern war immer beides oder keines davon. Das Zeichen Tis war das Ei.

Na war die weibliche Seite, die Mutter. Die FaraNa war eine Tochter der Na, ihre Dienerin, ihre Nachfolgerin, ihre Priesterin. Die Symbole des Kultes waren Kornähre und Mond. Die Priesterin und die Hexe, vereint in einer Person. Die Alte lächelte.

Natürlich gab es die Priesterschaft des Lichts und des Urgrunds. Diese Priester fanden sich an Höfen und in schönen Tempeln der großen Städte. Im Grunde waren

sie demselben Prinzip verpflichtet, wie es die Naturpriester der alten Götter waren: Schöpfung. Nur gingen
die Ansichten darüber, wie man der Schöpfung am
besten diente, doch deutlich in verschiedene Richtun-
gen. Aber wegen dieser theologischen Diskussionen war
Farana nicht hierhergekommen.

Vor einigen Jahren schon hatten durchreisende Händler von dem Kind erzählt, welches sie ein einem Kaff
nahe den Gebieten des Nekromantenfürsten und der
Ebene der Toten bei den Schattenbergen gesehen hatten. „Wie eine Celes, nur ist es keine." Die Alte hatte
schon immer die seltene Gabe gehabt, aus Menschen
wesentliche Informationen heraus zu hören. Das hatte
ihr schon viel Nutzen gebracht. Daher war klar, das
Kind war interessant.

Die FaraNa war alt. Nach menschlichem Ermessen war
sie sogar sehr alt. Die Göttin hatte ihrer Dienerin und
Tochter viele Gaben verliehen. Eine davon war Gesundheit und Wohlbefinden bis ins höchste Alter. Nur
das Altern selbst konnte die Göttin nicht aufhalten. So
war Farana inzwischen sicher bereits weit über hundert
Jahre durch die Welt gegangen. Lange Zeit hatte sie die
Effekte ihres Alters kaum gespürt und lediglich das
Aussehen hatte sich verändert. Noch vor drei Jahren
war sie selbst jagen gegangen, hatte in einer Hütte am
Rande des Hohen Walds des Nordens gewohnt und war
von niemandem abhängig gewesen. Doch schleichend
hatte sich in den letzten Jahren das Alter gezeigt und
obwohl sie immer noch gut bei Fuß war und keine
Schmerzen litt, war doch die Kraft langsam gewichen

und die Frau hatte erkennen müssen, dass sie einen Fehler begangen hatte. Sie hatte nicht rechtzeitig für neue Schwestern des Ordens und Töchter der Na gesorgt. Und sie hatte schon seit vielen, vielen Jahrzehnten keine anderen Töchter der Na mehr getroffen. War sie am Ende die letzte?

Die alte Frau hatte lange meditiert und gebetet. „Göttin Na!", hatte sie gefleht, „gib mir die Kraft, noch einmal durch die Lande zu ziehen und Dir eine würdige Enkelin heranzubilden." Und die Gebete waren erhört worden. Die Kraft war nicht zurückgekommen, das nicht. Aber die FaraNa hatte dieses Dorf namens Weitfeld erreicht, von dem ihr die Händler erzählt hatten. Sie war immer noch bester Gesundheit und hatte durch die Reise nicht weiter an Kräften verloren. Und ihr Sinn war klar und fokussiert: Wenn das Mädchen eine Celes war, war sie die logische neue Tochter der Na. Denn wer sonst, wenn nicht einer dieser Halbengel, konnte die Schwesternschaft wieder aufleben lassen. Außerdem wäre es durchwegs ein Schlag in das ewig ernste Gesicht der Engel, die immer wieder versuchten, diese Welt ihrem Willen und den Willen ihrer Herren zu unterwerfen. Die Kinder der Engel als ihre Gegner. Ein Witz im langen Krieg der Götter.

Und die Göttin hatte das Wunder gewirkt. Farana war die junge Frau sofort aufgefallen, die da neben einem alten, verbrauchten, aber lächelnden, sowie einem mürrisch dreinblickenden und kräftigen jüngeren Mann stand. Das musste die Celes sein. Oder zumindest auf das höchste begabt für Magie, was aber auf das Gleiche hinauslaufen mochte. Nur eine Frau, magisch begabt, konnte eine würdige Tochter der Na werden.

„Hoffentlich, lass mich nicht in Stich, hoffentlich ist das Mädchen ungebunden", flehte die Alte still. Eine gebundene Frau, vielleicht noch mit Kindern, mochte ebenfalls eine gute Tochter der Na werden, keine Frage. Aber sie war nicht mobil, musste hier bei Mann und Kindern bleiben. Das mochte die Ausbildung deutlich erschweren. Dazu kam, dass Farana aus ihrer eigenen Erfahrung wusste, wie wenig aufgeschlossen entlegene Dorfgemeinschaften gegenüber Fremden waren. Die Alte hatte natürlich ihre Fähigkeiten, keine Frage. Als Hebamme, Kräuterfrau und mit einfachen Magien und Prophezeiungen konnte man über die Zeit sich in einer Dorfgemeinschaft auch als Fremde und Hexe einen Ruf schaffen. Aber hatte sie diese Zeit noch?

Und als verschollene Urgroßmutter des Mädchens mochte die Alte wohl auch kaum durchgehen, eine Rolle, die ihre eigene Lehrerin vor so vielen Jahren bei ihr selbst angewandt hatte. „Dann schon eher als Urur-Großmutter", lachte die FaraNa innerlich. Aber dafür hätte sie mehr über die Hintergründe wissen müssen. Dazu kam, dass sie im Dorf bekannt war. Sie war früher schon einige Male durchgereist. Das Problem war aber lösbar.

Was tat ein Celes abseits des Hofes hier in dieser Einöde? Normalerweise wurden Fehltritte der Celes-Männer, wurden sie bekannt, auch als Celes auf die Höfe aufgenommen und es hatte durchaus seine Gründe, weshalb in dem Gebieten fern des Hofes hauptsächlich weibliche Celes im Einsatz waren. Alleine die Sache, dass ein Celes hier am Rand des Reiches lebte, war an sich spannend genug. Aber es löste nicht das handfeste Problem. Nämlich, dass das Mädchen eine spannende, aber ihr unbekannte Vergangenheit hatte und FaraNa somit überhaupt keine Möglichkeit sah, sich hier täuschend echt als Urgroßmutter zu präsentieren. Den Celes nahm ihr auch niemand ab.

Ein reifer Mann in Jägergrün mit Emblem des Grafen des Gebiets auf der linken Brust trat auf Farana zu. Und die Alte war noch mehr erstaunt. Auch der Mann, der ihr entgegentrat, war magisch begabt. Nicht so stark wie das Mädchen, aber stärker als viele selbst höchste Hofmagier jemals sein mochten. Ein siebentes Kind eines siebenten Kindes am Ende? Warum war das Talent nicht ausgebrochen?

Wie die FaraNa nur zu gut wusste, Naturtalente der Magie hatten irgendwann im Laufe ihrer Pubertät den Punkt erreicht, wo ihr magisches Talent sich erstmalig und in der Regel unkontrolliert und äußerst zerstörerisch äußerte. Viele Naturtalente, die nicht rechtzeitig erkannt wurden, überlebten diesen Prozess nicht. Was noch schlimmer war, sie rissen unschuldige Menschen mit sich. Farana sah sich mehr als Priesterin denn als Magierin, aber ihr eigenes Talent lag nahe an diesen Naturtalenten. Sie hatte ihre Sinne so verfeinert, dass sie das Potential bei Lebewesen spüren konnte. Und sogar damit arbeiten. In der Vergangenheit hatte sie zwei Kindern, zwei Jungen, hier Hilfestellung gegeben.

Der eine war später sogar mächtiger Hofmagier geworden. Der andere, nun, an diesen wollte sich die FaraNa nicht so gerne erinnern. Sie hatte beide Kinder in die Grundlagen der Naturmagie eingeführt und dann ihnen empfohlen, sich Lehrmeister zu suchen, die sie echte Magie lehren sollten. Die Geheimnisse Nas waren ausschließlich für Frauen reserviert. Aber der andere Junge, eigentlich ihr erster Schüler, war seinem wilden Wesen und Herzen gefolgt und hatte all die üblen, schrecklichen Künste gelernt, die gemeinhin mit der Totenzauberei in Verbindung gebracht wurden. Heute war er der Fürst der Nekromanten, ein Feind der Schöpfung.

Aber solche Überlegungen hatten im Hier und Jetzt keinen Platz, entschied die Priesterin. Entweder hatte jemand den Mann hier gegenüber Farana stabilisiert und zumindest rudimentär ausgebildet, oder der Mann war kein Mensch. Am Ende war dieser Mann der Vater von dem Mädchen? Klar, das musste es sein. Die Alte war sich sicher, der Mann war auch ein Celes. Ein magisch begabter Celes hatte keine wilden Ausbrüche des Talents. Er hatte intuitive Kontrolle. Nur, wusste der Celes hier das mit dem Talent?

„Alte Frau", sprach sie der Jäger an. Seine Stimme war tief und gebot Respekt. Eine magische Stimme. Ein Celes. Jetzt gab es für die Alte keine Zweifel mehr. „Alte Frau, man sagt, du heißt Farana?" Die Alte blickte hoch zum Mann. „So, sagt man das?" Der Jäger blieb ruhig. „Was machst du hier bei uns?" Offensichtlich war der Jäger nicht irgendwer. Und er war bewusst unhöflich genug, seinen Namen nicht zu nennen, um Distanz zu wahren. Bei Na, was sonst war von einem Celes, ihm bewusst oder nicht, zu erwarten? Die geborenen Anführer. Offiziere und eben auch Dorfsprecher hier im Hinterland. Ein Hinhalten war zwecklos, fast alle Celes spürten intuitiv, wenn sie belogen oder Ihnen auch nur eine Halbwahrheit gesagt wurde. Vielleicht konnte aber aufrichtige Ehrlichkeit mehr erreichen? Mit krächzender, leiser Stimme sagte die Farana: „Ich bin gekommen, um ihr da", dabei richtete sich der knorrige wurzelartige Mittelfinger der rechten Hand auf die junge Celes, die sich ihr näherte, „Magie beizubringen."

Das Dorf verstummte schlagartig. Man hörte das ferne Gackern eines Huhns. Obwohl die Alte leise gesprochen hatte. Das war der kritische Moment. Damit hatte niemand gerechnet. Am wenigsten, den ungläubigen Gesichtern nach zu urteilen, der Jäger und das Mädchen selbst. Die FaraNa legte etwas von ihrer Kraft und Magie für die nun folgenden Worte hinein. Für den Celes und seine Tochter war das nicht gedacht, aber es mochte die restlichen Dorfbewohner von Dummheiten abhalten: „Das Mädchen ist in diesem Gebiet das größte Talent seit Menschengedenken und dankt alle den Göttern der Schöpfung, dass es inzwischen nicht bereits das Dorf in Schutt und Asche gelegt hat – denn ein solches Talent kann jederzeit ausbrechen!"

Die Reaktion der Dorfbewohner war zu erwarten gewesen. Jeder kannte die Geschichten um unkontrollierte Naturtalente. Alle, bis auf den Jäger, der nun sehr besorgt wirkte, machten ein, zwei Schritte weg von der Hexe und dem Mädchen. Als ob die Kräfte der Kleinen sofort ausbrechen mochten. Innerlich lachte die Alte. Sie hatte schon gewonnen. Es war jetzt nur mehr eine Frage der Zeit, wann der Vater der Tochter empfahl, mit Farana mitzugehen. Mühsam richtete sich die alte Frau auf und machte einen Schritt auf die beiden Celestes zu: „Vater und Tochter, nehme ich an? Ich bin die FaraNa." Der Celes und seine Tochter nickten.

Nachdem sich der erste Schrecken gelegt hatte, begann das Getuschel in Weitfeld. Der Hauptmann war mit seiner Tochter und der alten Hexe in das zweistöckige, aus massiven Holzstämmen gebaute Blockriegelhaus etwas abseits des Dorfplatzes gegangen, welches das Hauptquartier der Waidmänner des Grafen in diesem Gebiet und gleichzeitig das Wohnhaus des Wildhüters darstellte. Seine Leute schirmten das Haus ab, aber auch ihnen war anzumerken, dass sie sich alles andere als wohl fühlten. Die Leute im Dorf hatten plötzlich wenig zu tun. In kleinen Grüppchen versammelten sie sich um Brunnen und Linde.

Die Schneiderin war die erste. „Dass das Kind irgendwas hat, habe ich ja immer gesagt", machte sie ihrer Empörung Luft. Ihr Mann, der seine Frau kannte, nickte zustimmend. Alles andere wäre auch zwecklos und hätte zu Hause nur zu Problemen geführt. Die Schneiderin war berühmt als die Gerüchtebörse des Dorfes.

„Naja", meinte die Schmiedin beschwichtigend, ihre Nichte in Schutz nehmend, „bis jetzt ist ja nichts passiert." Ihr Mann stand wie immer schweigend und mit verschränkten Armen daneben. Aber alleine die Präsenz dieses düsteren, großen und starken Mannes hatte etwas Bestimmendes und so gaben die anderen Dorfbewohner der Schmieden mit einem Nicken zu verstehen, dass auch Sie richtiglag.

„Mag sein", gab die Schneiderin zu, „aber das ändert nichts daran, dass sie das siebente Kind des Hauptmanns ist. Ein Talent, wie wir von der Hexe gehört haben." Die Frau von Bauer Most mischte sich ein: „Ausgerechnet eine Hexe. Ich dachte immer, dafür wäre der Hofmagier zuständig?" Die Schneiderin, die das Wort führte, gab gleich zurück: „Der Hohe Herr ist ja nie da, auch sein Magier nicht. Wann sollen denn die das mitbekommen?"

Die Stimme der Vernunft kam vom Bauern Semmel: „Die Hexe ist extra für die Kleine vom Hauptmann gekommen. Die hat genau gewusst, wen sie sucht." Anerkennendes Geraune. Bauer Semmel sprach selten, aber wenn, hatte sein Wort Gewicht.

„Wir sollten der Herrschaft unbedingt sofort Bescheid geben, meint ihr nicht?" versuchte die Schneiderin wieder die Gesprächsführung an sich zu reißen.

„Das würde ich nicht tun", kam eine Stimme vom Rand der Gesprächsgruppe.

Es war der fünfte Sohn des Hauptmanns, Leutnant Gerant. Der junge Mann schlenderte gemütlich in die Mitte der Gruppe: „Die Herrschaft wird euch wegen einer Kleinigkeit nicht empfangen. Die Meldung kann ich später für die Dorfgemeinschaft erledigen. Aber ich bin vorhin erst vom Schloss her angekommen. Also, was ist denn los?"

Rasch war der junge Krieger von den Dorfbewohnern umringt. Die Schneiderin versuchte, erneut das Wort zu ergreifen, aber der Schmied kam ihr zuvor und unterrichtete seinen Neffen. Eine Sorgenfalte zeichnete sich auf der Stirn des jungen Leutnants ab, aber er nickte nur allen zu und meinte: „Ich werde mal zu meinem Vater gehen und sehen, was vorgefallen ist. Immerhin befindet er sich jetzt schon einige Zeit mit der Hexe in seinem Haus, wenn ich das richtig verstehe. Vergesst nicht, dass Hexen und Zauberer grundsätzlich unter dem Schutz der Obrigkeit stehen, solange sie keinen weiteren Schaden anrichten. Und abgesehen von ein wenig Aufregung", dabei tat er einen Blick in die Runde der versammelten Dorfbewohner, „habe ich bisher noch keine Schäden feststellen können." Die Dorfbewohner nickten, sogar die Schneiderin. Und mancher lächelte sogar tapfer.

„Bisher hat mein Vater euch von allem Unheil bewahren können, auch im letzten Winter, als die Wölfe angegriffen haben. Habt ein wenig Vertrauen", warb der Leutnant um Verständnis. Dann machte er sich auf den Weg zum Jagdhaus. Nicht aber ohne vorher seinen vier begleitenden Soldaten zuzunicken, die gerade mit seinem Pferd gemächlich durch das Dorf herannahten. Die vier Krieger blickten unmittelbar streng drein. Ihre Mine schien zu sprechen „das war es". Mürrisch verlief sich die Dorfbevölkerung und ließ die vier mit dem Pferd alleine am Dorfplatz zurück. Gerant hingegen eilte besorgt auf das Haus seines Vaters zu. Mit Hexen war nicht zu spaßen. Der junge Offizier hatte vor sieben Jahren, ganz am Anfang seiner Karriere, mit eigenen Augen den Horror von Brunnbach mitgemacht, wo die skelettierten Überreste der Verstorbenen am Friedhof wieder auferstanden und über die Einwohner und Soldaten hergefallen waren. Nach Aussage der überlebenden Einwohner hatte kurz zuvor „eine Hexe in schwarzer Kleidung" das Dorf besucht und war unfreundlich verjagt worden.

„Wie ich bereits gesagt habe", Farana versuchte in der Küche des Holzhauses, die Bedenken des Vaters wegzuwischen, „im Dorf kann das Mädchen wohl kaum bleiben und mit einer Ausbildung an der Akademie wäre sie weit weg. Und es sollte bekannt sein, wie schwer es für ein Mädchen ist, noch dazu in ihrem Alter, sich bei Hof und auf der Akademie durchzusetzen. Meine Magie mag Hexenkunst genannt werden. Persönlich bevorzuge ich die Bezeichnung Naturmagie. Aber es ist genauso Magie wie das, was die Hofmagier mühsam in vielen Jahren aus ihren verstaubten Büchern lernen. Und wollt Ihr Eurer Tochter das wirklich antun?" – „Ja, aber, die Gesetze?" – „Das Hexen und das Zaubern ist nicht im engeren Sinne verboten, lediglich das Schädigen des Landes und seiner Menschen." – „Ja, aber..." – „Ich bringe dem Mädchen Naturmagie bei, etwas, das es bei Hofe nicht gibt. Sie ist doch ausgebildete Jägerin, oder? Was, wenn sie Tiere rufen könnte? Pflanzen zum Wachstum anregen? Auch im

Winter? Ist das nichts?" – „Du hast mich fast überzeugt, Alte. Aber was ist mit meiner Tochter selbst? Du hast sie ja nur kurz gesprochen." – „Holt sie herein und fragt sie. Vorhin schien sie regelrecht begeistert zu sein."

Was blieb Ladrin anderes übrig. Er konnte eine Affäre daraus machen, die Hexe festnehmen lassen oder ausweisen. Aber dann? Seine Tochter schien tatsächlich begeistert. Natürlich mochte die alte Hexe einen Fluch über sein Kind gelegt haben, aber er konnte nichts Falsches, weder an dem Mädchen noch an der Alten, feststellen. Sein Instinkt, der ihm so viele Jahre gut gedient hatte, ließ ihn das erste Mal im Stich. Nichts Böses, nur beste Absichten. Er fühlte sich hilflos. Einmal mehr wünschte er sich seine verstorbene Frau herbei. Ihr praktischer Sinn hätte die Lösung gekannt. Wie hätte sie gedacht?

Dann aber war da die echte Freude im Gesicht Danias. Magierin werden! Wer wollte nicht zu den Großen im Reich gehören? Magie! Als junger Mann hatte er selbst Zauberer sein wollen. Nur hatte er nie die Chance bekommen. Zu teuer, war die Aussage seiner Mutter. Und getestet wurde nicht. Er verstand seine Tochter.

An die Alte gewandt, meinte er resignierend: „Wenn meiner Tochter irgendetwas geschieht, dass sie nicht wünscht und ich erfahre davon, gnade dir der Urgrund, Alte!" Die FaraNa blieb regungslos: „Wenn Eurer Tochter irgendetwas geschieht, dass sie nicht wünscht, dann gibt es mich nicht mehr." Der Wildhüter: „Ich nehme dich beim Wort. Und wohin werdet ihr ziehen?"

– „Ursprünglich wollte ich mit ihr zurück in meine Heimat, den Großen Wald des Nordens, aber ich befürchte, die weite Reise nicht mehr zu überleben. Eure Tochter kennt die Wälder hier in der Umgebung sehr gut, daher werden wir uns hier in einem unbewohnten Nebental der Schattenberge zurückziehen, bis sie soweit ist oder ich nicht mehr lebe. Und dann werden wir weitersehen. Wenn es Euch freut und wir nicht zu weit gehen, lasse ich Euch irgendwie eine Nachricht zukommen, wo wir sind und Ihr könnt Eure Tochter besuchen kommen." – „Das wäre wunderbar. Andere Frage, wird meine Tochter später für immer zurückkommen?" – „Das kann Euch nur Eure Tochter beantworten, nicht einmal ich." Im Stillen dachte die FaraNa, sicherlich käme das Mädchen irgendwann zurück. Hoffentlich als fertig ausgebildete Tochter der Na. Das Dorf hätte eine hervorragende Heilerin und Hilfe, und die Schwesternschaft könnte von hier aus langsam wachsen.

Dann jedoch durchbrach Dania die Gedanken und die Stille nach dem Gespräch. Sie hatte inzwischen bereits gepackt und betrat, noch bevor der Vater sie gerufen hatte, mit ihrem Rucksack und glänzenden Augen den Raum: „Alles in Ordnung bei euch? Es war so leise gewesen?"

Ihr Vater stand auf. „Dania, mein Sonnenschein, alles in Ordnung. Ich habe nachgedacht. Dein Weg sei gesegnet." Dabei machte der Mann das Zeichen des Ewigen Urgrundes. Dann ging er in sein Büro, nahm einen alten Jagdbogen aus dem Schrank, in dem er alle

Jagdwaffen aufbewahrte, sowie einen Köcher mit Pfeilen. Diesen überreichte er der Tochter mit den Worten: „Du kannst ja damit umgehen." Dann zögerte er etwas, wandte sich aber nochmals zum Kasten und entnahm ihm ein mit Wachstuch gehülltes Bündel: „Außerdem, nachdem du schon so viele Jahre darauf aufgepasst hast, gebe ich dir Großvaters Kettenhemd mit." Dania war erstaunt und erfreut. Also hatte ihr Vater mitbekommen, dass sie das Kettenhemd mochte.

Rasch war das Bündel in den Rucksack gelegt. „Wer weiß, wann du es brauchen wirst", waren die Worte des Wildhüters. Dann umarmte er seine Tochter und brachte die beiden Frauen an die Türe.

Diesen Augenblick wählte sein Sohn, Leutnant Gerant, um die Küche mit gezogenem Schwert zu betreten. „Wo ist die Hexe, Vater!" Fast hätte der junge Soldat den alten Wildhüter umgerannt. „Steck das Schwert weg", donnerte der Alte, „sonst verletzt du noch wen." Der junge Leutnant blickte sich um. Unwillig fielen seine Augen auf die Alte. „Sie hat nichts getan, was den Angriff hier rechtfertigt." Ladrin war immer noch leicht verärgert. Nur widerwillig steckte der Sohn das Schwert in die Scheide. Aber der Wille des Alten war Gesetz.

„Mein Name ist Farana", sprach die Hexe. „Ich möchte Eure Schwester die Magie der Natur und des Lebens lehren." – „Hexenmagie ist dämonisch!", rief der Soldat. „Meine wohl kaum", meinte die Alte ruhig, „sonst hätte Euer Vater, sonst hättet Ihr das bereits gespürt. Dania wird eine Ausbildung erhalten, wie sie selbst Hofmagier nicht haben."

Der alte Wildhüter stutzte – hatte die Hexe vor ihm gerade sein geheimes Talent ausgeplaudert? Aber bevor er etwas fragen konnte, hatte sein Sohn sich wieder eingemischt. Denn so leicht gab sich der junge Leutnant nicht geschlagen. Die Alte hatte ihn damit überrascht, dass sie das kleine Geheimnis des Soldaten kannte. Er konnte Lügen wirklich einfach erkennen. Aber die Hexe sollte nicht glauben, dass sie seine Schwester einfach so mit gefährlichem Hokus-Pokus vollstopfen konnte. Magie abseits der Höfe der Adligen und des Herrschers bedeutete immer Ärger.

„Alte, ich werde nicht zulassen, dass du das Leben meiner Schwester mit Hexerei verpfuscht. Wenn du meinen Vater behext hast, ist das seine Sache, aber..."
Dania hatte ihre Hand auf seinen Arm gelegt und schüttelte den Kopf. Verwirrt brach Gerant seine Rede ab. Dann meinte seine Schwester: „Es ist nicht wie du denkst, Gerant. Ich will in die Lehre gehen und Magie erlernen. Und hier bekomme ich die Chance. An den Hof kann ich nicht mehr, dafür bin ich zu alt. Und mein Talent gefährdet das Dorf, also muss ich weg. Du kennst die Regeln. Talente, wenn sie ausbrechen, töten. Und willst du mich wirklich für viele Jahre in einen düsteren Turm sperren, nur mit Büchern rund um mich?"
Gerant hatte verloren. Er wusste es. Er hasste verlieren! Und Brunnbach fiel ihm wieder ein. Selbst wenn die Hexe hier anders war.

Wütend ballte er die Fäuste. Dann wandte er sich an die FaraNa, die lächelnd dagestanden hatte: „Alte, wenn ich höre oder sehe, dass meine Schwester einen Weg gehen musste, den sie nicht gehen will, dann...“ – „Dann was?“, die Alte wusste, der Offizier hatte kein Druckmittel gegen sie. „Was wollt Ihr mir tun, Krieger? Ich bin alt und werde bald sterben. Wollt Ihr mich töten? Nur zu. Oder doch lieber nicht? Dania wird bei mir viele Dinge lernen, die sie befähigen werden, noch besser auf die Wälder und Tiere des Landesherrn aufzupassen. Sie wird Naturmagierin. Wollt Ihr das wirklich verhindern? Wenn Ihr nun bitte zurücktreten würdet!“

„Ich denke, es ist Zeit zu gehen“, versuchte Dania die Situation zu retten. „Das denke ich auch“, meinte Farana. Der Leutnant trat endlich zur Seite: „Nur zu, Schwester, aber wenn du zurückkommst und Hexerei betreibst, die unser Dorf oder die Herrschaft schädigt, werde ich gegen Dich vorgehen müssen!“

Jetzt reichte es dem Vater: „Junge, aus! Es ist der Wille Danias und du wirst Dich fügen, hier in meinem Haus! Kein Wort mehr.“ Dann nahm er seine Tochter nochmals in die Arme und meinte: „Kehre wieder, mein Schatz. Und sei, was immer du sein willst!“

Als die Alte mit Dania schon zwei Meter vor der Hütte war, rief Gerant noch nach: „Alte, komm mir nicht nochmals unter die Augen!“ Leise, aber vernehmbar murmelte die FaraNa beim weiterhumpeln: „Wohl kaum, Krieger.“

„Gerant!" Ladrin war zornig. Dieses Benehmen hatte er nicht von seinem Sohn erwartet. Er zog den jungen Mann zurück in den Raum. „Was ist denn da in dich gefahren? Dania will Magierin werden!" – „Vater, siehst du denn das nicht? Die Alte hat euch alle verhext!" Der junge Leutnant war immer noch erregt.

„Am liebsten würde ich sofort Dania nachreiten und sie von der Alten losreißen!" Der alte Wildhüter blickte seinen Sohn an. Gerant war ein guter Anführer, aber sehr gefühlsbetont. „Was ist denn nun genau das Problem", versuchte der Alte zu vermitteln.

„Eine Hexe, ich will keine Hexe in meiner Familie." – „Was ist an Hexerei so schlecht? Die Alte hat bisher niemandem wehgetan, sie hat niemandem geschadet. Und vergiss nicht..." Der Junge fuhr seinem Vater rüde ins Wort: „Brunnbach, vor sieben Jahre, wo jemand am Friedhof lebende Tote erweckt hat. Man hat den Übeltäter nie erwischt. Angeblich kam zuvor eine Hexe durch das Dorf. Und was ist, wenn das die Alte war?" – „Ich glaube nicht..." – „Und wenn doch? Ich gehe jedenfalls Meldung machen!"

Gerant sprach es, riss sich los und stürmte bei der Türe hinaus. Das Bild widerlich halbverwester wandelnder Toter vor sich, die mit unnatürlichen Bewegungen nach ihm schlugen und versuchten, sein Leben auszulöschen. Das Bild der Familie, die von diesen Untoten regelrecht abgeschlachtet und zerfetzt worden war. Übelkeit stieg in ihm auf. Er hörte seinen Vater nicht mehr, der noch nachrief: „Und wenn du unrecht hast?"

II.

Die Luft war klar und frisch, trotz der Hitze der Mittagsstunden. Das Dorf lag nun bereits etwa zwei Meilen zurück, quer durch den Wald. Hier gab es nur mehr vereinzelt Pfade, die vor allem die Wildhüter und Holzfäller benutzten. Der derzeit eingeschlagene Weg führte nach Süden, tiefer in die Schattenberge hinein. Langsam hoben sich die Hügel und begannen steil zu werden. Drinnen in den Tälern der Berge waren diese Wände fast senkrecht. Den Namen hatten die Berge, weil kaum Sonnenlicht in die Talgründe dazwischen drang. Dunkel und finster konnte es werden. Aber nur, wenn man vom Norden nach Süden ging, entlang des Hauptkamms, wo die höchsten Gipfel lagen. Die Fara-Na wusste aber, dass es auch Täler mit anderen Ausrichtungen gab, nach Westen und Osten. Wenn sie tiefer im Wald waren, wollte sie mit ihrer neuen Schülerin einen Pfad oder Wildwechsel suchen, der in eines dieser Täler führte. Dann hatten sie zumindest einen Teil des Tages Licht. Nicht, dass es für die Alte einen Unterschied gemacht hätte, ob es hell oder dunkel war. Nur sehen konnte man im Hellen deutlich besser. Und für die Ausbildung war es einfacher, bei natürlichem Licht arbeiten zu können.

„So, meine Schülerin", krächzte die Alte, „fangen wir an. Jeder Beginn ist gut, und ist es nur der erste Schritt." Dania war verwirrt. Natürlich wollte sie Magierin werden. Welches junge Mädchen oder welcher junge Bursche hätte eine solche Gelegenheit ausgelassen.

Aber jetzt und sofort auf dem Marsch? Die Alte schien die Gedanken erraten zu haben: „Belastung des Körpers schärft den Geist, zumindest kurzzeitig. Das Geheimnis der Jagd." Dann machte die Alte schweigend ein paar Schritte. Sie war nicht allzu schnell, also war es Celestina ein leichtes, ihr zu folgen und den Lektionen aufmerksam zu folgen.

„Was weißt du bereits vom großen Kreis der Natur?" Die Frage brach unvermittelt in das aufmerksame Schweigen. Celestina hatte mit vielem gerechnet, aber nicht mit dieser Frage. Kreis der Natur? „Bitte um Hilfe, was ist der große Kreis der Natur?"

Die Alte lächelte. Genau dieselbe Reaktion hatte Farana damals auf dieselbe Frage ihrer Lehrmeisterin gezeigt. Aber im Gegensatz zu dem Mädchen neben ihr hatte sie nicht bereits Jahre in Wald und Wiesen gelebt. Das Mädchen musste etwas wissen oder bereits mitbekommen haben. Es ging nicht anders. Also half die FaraNa beim Denken: „Was passiert mit dem Wasser, wenn es regnet?"

Der Kreis der Natur. Dania war sich nicht sicher, was die Alte damit meinte. Meinte sie den Lauf der Jahreszeiten? Dann die Frage, was passiert mit dem Wasser, wenn es regnet. Mal sehen: „Das Wasser läuft von den Pflanzen in den Boden. Ein Teil verdampft und bildet Nebel oder Dunst. Ein großer Teil kommt in die Bachläufe und lässt diese anschwellen. Der Boden braucht Wasser, oder die Pflanzen sterben. Ist es das?"

Die Alte war zufrieden. Das Mädchen da war nicht dumm, nur hatte es noch keinen Überblick. Mühsam hoben sich Faranas Beine über eine Baumwurzel, bevor sie mit Bedacht antwortete: „Das Wasser ist einer der großen Kreise des Lebens. Leben und Tot, die Jahreszeiten, das Wasser, Luft und Wetter. Das sind die großen Kreise der Natur." Endlich hatte die Alte einen Fleck gefunden, wo man sich hinsetzen konnte. Sie deutete ihrer Schülerin, hier eine Rast zu machen. Gemeinsam breiteten sie eine Lederplane auf, die Dania dabeihatte. Dania war stolz, die richtige Antwort gegeben zu haben, und gleichzeitig erstaunt, dass es offensichtlich mehr als einen Kreis gab.

„Der große Kreis der Natur, das bedeutet lediglich, dass alles, und zwar wirklich alles in der Natur ein Kreislauf ist. Wasser regnet aus den Wolken. Es fließt unter dem Boden oder auf dem Boden zum Bach, der zum Fluss, der in die großen Meere. Unterwegs, aber vor allem auf dem Meer verdunstet das Wasser und wird damit zu Bodenwolken. Diese erreichen mit Hilfe des Windes die Höhe, von wo aus sie wieder als Regen herunterkommen. Das ist der Kreislauf des Elements Wasser. Nun ist es einfach, Wasser in seine natürliche Richtung zu leiten, es also aus Wolken regnen zu lassen, das abgeregnete Wasser über oder unter der Erde zu Bächen zu leiten, Bäche oder Flüsse abwärts Richtung Meer laufen zu lassen. Es ist auch einfach, wenig Wasser zu verdunsten und mit Wind die Dunstwolken nach oben zu bringen. Es ist hingegen besonders schwer, sich gegen den Lauf des Wassers zu stemmen. Wasser bergauf fließen zu lassen, das ist zwar möglich. Trage einen Eimer mit Wasser auf einen Hügel. Aber es ist schwere

Arbeit. Schütte den Eimer am Hügel oben um und das Wasser fließt von alleine wieder hinunter bis zum nächsten Bach. Genau solche Kreisläufe gibt es in allen anderen Bereichen. Kein neues Leben ohne den Tod. Die Lawine reißt in den Bergen eine Schneise durch den Wald. Wenige Jahre später stehen dort neue, junge Bäume. Die Bäume werden alt und verrotten. In der Lichtung, die der alte Baum hinterlässt, wachst ein neuer junger Baum. Der Tod ermöglicht erst das Leben. Das Leben selbst endet immer im Tod. Magie ist der Eingriff in diese Kreise. Es ist viel leichter, Magie im Fluss des Kreises zu wirken, als gegen den Fluss. Es ist leichter, etwas zu beschleunigen, als es aufzuhalten oder rückgängig zu machen. Aber der Kreis hat kein Ende. Wenn ich im Kreis vom Beginn, wo ich stehe, weggehe, komme ich immer wieder zum Ausgang, zum Anfangspunkt meiner Reise, zurück. Ein Kreis hat kein Ende. Wenn es etwas wie ein Ende beim Kreis gibt, dann ist das vielmehr seine Mitte. Von dort ist jeder Punkt des Kreises gleich weit entfernt. Merke Dir das gut für Deine magischen Studien. Beschleunige den Kreis, bis er den gewünschten Zustand erreicht hat, verlangsame den Kreis, um etwas aufzuhalten, versuche nie, ihn umzukehren. Und wenn du den Kreis in seinem Lauf brechen musst, gehe in die Mitte, nicht nach außen."

Celestina war verwirrt. Den Kreis schneller oder langsamer machen, aber wie? Die Alte schien jeden Gedanken der Schülerin zu erraten: „Sieh her." Mit flinken, geübten Bewegungen, die dem Alter der Frau zu spotten schienen, griff die FaraNa nach dem nächsten Baum. Das Altern eines Baums war einfach, jede Zelle innerhalb des Baumkörpers antwortete ihrer Magie und folgte ihrem Ruf, älter zu werden und zu sterben. Der Baum hatte zwar kein eigenes zentrales Bewusstsein, doch fast augenblicklich stellte er alle Aktivitäten ein, verdorrte und starb. Die Magie löste die Bänder zwischen den Bausteinen des Lebens. Der Baum sank in sich zusammen. Für Celestina war das ein Schrecken. Eine kräftige kleine Buche verwandelte sich binnen weniger Augenblicke in Moder und Staub. Dabei hatte die Alte gerade mal den Baum sacht berührt.

Gleichzeitig rührte sich etwas im Staub, eine kleine Eichel brach auf, entließ ihren Kern und dieser bildete ein zartes Pflänzchen. Dieses wuchs vor den Augen des staunenden Mädchens zum jungen, starken Baum heran, während die Alte langsam die Arme hob. Und als sie die Arme sinken ließ stand da eine Eiche, wo vorher noch eine Buche gestanden hatte. „Tod und Wiedergeburt", murmelte die Alte.

Die Zeit bis zum Abend verbrachten Celestina und die Alte damit, dass Celestina während des Marsches dem Leben nachspüren sollte. Wie nicht anders zu erwarten, war die Celes höchst begabt und innerhalb kürzester Zeit blühte und gedieh es hinter den beiden Frauen, weil Celestina in kindlicher Freude das Leben anregte und entfaltete. Der Ruf der Zellen, jedes einzelnen Bausteins des Lebens, war für Dania so laut zu hören wie die Anweisungen Faranas. Es wunderte die junge Celes, dass sie nicht bereits viel früher diesen Ruf in all seiner Deutlichkeit gehört hatte. Stimmte man in diesen Gesang der Natur mit ein, verstärkte ihn, blühte und gedieh alles.

Die Alte hingegen wusste, dass viele Blüten, die hinter ihnen hervorkamen, nicht überleben mochten. Es war einfach nicht die richtige Zeit dafür. Der angerichtete Schaden war gering, aber dennoch musste dem Mädchen möglichst bald noch eine schmerzhafte Lektion erteilt werden, dass nichts ohne Folgen blieb und Magie falsch angewendet viel Schaden anrichtete. Doch derzeit war die FaraNa einfach nur zufrieden, dass die Schülerin so schnell lernte. Anfangsmotivation war etwas Großartiges und sollte nicht gebrochen werden.

Gerant war wutschnaubend in das Schloss des Grafen zurückgekehrt. Die Alte hatte Vater und Schwester behext. Das war offensichtlich. Und er konnte keine Lüge erkennen! Was immer hier vorgefallen war, es war nicht richtig. Er musste Meldung machen.

Hauptmann Starkarm kannte Gerant noch, da war der junge Mann ein Knappe gewesen. Das aufbrausende Temperament des Soldaten, sein Stolz und Ehrgefühl, aber auch seine Gaben zur Führung von Männern waren dem erfahrenen Krieger rasch aufgefallen. Daher hatte er dem Knappen die Karriere am Hof ermöglicht. Guter Krieger, aber hin und wieder sehr von Gefühlen geleitet.

Also setzte Starkarm seinen Leutnant einmal hin und meinte: „Was ist denn los?" – „In Weitfeld nahe am südlichen Schattenwald hat es heute Probleme mit einer Hexe gegeben." – „Probleme?" – „Die alte Vettel hat meinen Vater bezaubert, dass sie meine Schwester mitnehmen darf um sie zur Hexe auszubilden." – „Und?" – „Er hat es erlaubt."

Starkarm kannte Ladrin sehr gut und wusste, dass der Hauptmann der Wildhüter weder ein Gesetz leichtfertig brach, noch zu vorschnellen Handlungen neigte. Es musste also eine zweite Seite der Geschichte geben: „Hexerei ist an sich nicht verboten. Was hat die Alte gesagt?" – „Dass meine Schwester ein Talent ist." – „Dann ist ja alles klar. Du weißt selbst, dass Talente riesige Zerstörungen anrichten sollen, wenn sie ausbrechen. So gesehen hat die Alte deinem Dorf vielleicht sogar einen Gefallen getan." – „Dafür wäre trotzdem Baron Berecht, unser Hofmagier, zuständig, oder nicht?" – „Die Alte hat kein Gesetz gebrochen." – „Hat sie nicht? Immerhin hat mein Vater ihr sein Allerliebstes, meine von ihm über alles geliebte Schwester, mit gegeben. Das kann nur Hexerei bewirkt haben."

Starkarm hatte das Gefühl Gerant verrannte sich hier in etwas. Aber es fiel dem Hauptmann schwer, seinem Leutnant den Befehl zu geben, es sein zu lassen. Daher machte er einen anderen Vorschlag: „Gehe bitte zu Baron Berecht und bespreche das mit ihm. Vielleicht kann er sich die Sache einmal ansehen. Wenn Hexerei im Spiel war, bekommt er es raus. Weggetreten."

„Farana, was bedeuten die Gebete?" Die Alte erhob sich gerade von der kleinen Zeremonie zum Mond. Der

Mond stand für die Kraft der Nacht, der Geheimnisse des Weiblichen und der Na. Gesprochen wurden diese in Alt-Okurisch. Auch diese Sprache musste Celestina wohl lernen, auch wenn sich die FaraNa nicht sicher war, ob ihr dafür genug Zeit blieb. Vielleicht war es besser, dem Celes die Sprache der Magier nicht bei zu bringen, sondern stattdessen die Worte zu übersetzen? Nein! Es mussten zumindest die Formen gelehrt werden und so weit ging das normale Wissen der Töchter der Na nicht, um magische Formen und Symbole zu übersetzen. Und die Alte hatte auch noch nie einen Magier gekannt, der damit besonders erfolgreich gewesen wäre. So also musste es bei den alten Worten und Zeichen bleiben.

„Es gibt mehrere Formen und Symbole, die dich schützen werden, wenn du oder andere Magie wirken. Die muss ich dir in Form von Gebete an Na beibringen, denn so kenne ich selbst sie. Hofmagier mögen es anders machen. Aber wir haben kein anderes Wissen in der Naturmagie. Daher lerne bitte die Formen so rasch als möglich auswendig und wende sie an, wie sie sind. Wenn du später Gelegenheit hast, andere Formen zu lernen, oder die Sprache des Alt-Okurisch besser kannst, erinnere dich an die Schwächen deiner alten Lehrerin und sehe bitte darüber hinweg." Das Mädchen blickte kurz nachdenklich, doch dann meinte es: „In Ordnung, ich werde die Formen lernen." Innerlich atmete Farana auf. Eine Celes konnte man wirklich nur mit der nackten, ungeschminkten Wahrheit überzeugen.

„Ich werde mir die Sache gerne einmal näher ansehen",
meinte der rundliche und kleinwüchsige Hofmagier zu
dem jungen Leutnant, der da vor ihm stand. Innerlich
verfluchte der kleine Mann den Krieger vor sich, denn
seit Brunnbach gab es die Anweisung der Akademie,
jedem Hinweis auf Hexerei nach zu gehen. Es war Magie und Hexerei zwar nicht verboten, aber Totenmagie
auf jeden Fall schon. Und damit musste er zumindest
offiziell etwas tun. Das aber passte ihm überhaupt
nicht. Weg von seinen Büchern? Reiten? Gar zu Fuß
gehen? Noch dazu, wo er das Geheimnis von Brunnbach nur zu gut kannte. Aber nein sagen konnte der
Magier auch nicht. Nachdenklich meinte er dann: „Wir
brechen morgen früh auf, Leutnant, Ihr kommt mit." –
Danke, Baron Berecht!"

„Farana, was steckt hinter dieser Göttin Na, die du so
oft erwähnst?" Die Abendrast war aus Sicht der Alten
eigentlich kein guter Zeitpunkt, mit der Theologie der
Na anzufangen. Ein Voller Mond war normalerweise der
Beginn einer Initiation. Aber es konnte wohl nicht
schaden, mit den Mythen und Legenden anzufangen.
Also lehnte sich die Alte zurück und erzählte:
„Am Anfang war der große Urgrund, das Sein selbst. In
diesem Sein schwammen die Seelen, kleine Inseln un-
geformten Potentials, noch ohne Intelligenz und Richtung. Dieses Sein bildete die Elemente, dann die Materie aus den Elementen. Das Chaos brodelte, doch innerhalb des Chaos formten sich Strukturen, Muster,

wie im Kleinen so im Großen. Die Muster wurden mächtiger und Ordnung formte sich im Chaos. An den Grenzen, wo das brodelnde Chaos auf die sich formende Ordnung traf, entstand Leben. Und das Leben traf auf die Seelen. Am Anfang waren die reinen Seelenwesen, die Geister. Und wie bereits zuvor im Chaos zufällig Ordnungen entstanden, entstanden viele verschiedene Geistwesen. Die Seelen lernten, zusammenzugehen und größere und stärkere Geister zu bilden. So entstanden die ersten so genannten Götter. Diese wiederum erlernten, dem Chaos bewusste Ordnung zu geben. Ihre Ordnung. Das war die Schöpfung. Manche Götter waren neidisch auf ihre Mitgötter, weil deren Schöpfungen schöner oder besser waren. Also wollten diese neidischen Götter die Schöpfungen der anderen Götter stehlen oder zerstören. Daraus entstand der große Götterkrieg. Die Götter schufen sich Heerschaaren und Diener, die den Krieg für sie fochten. So entstanden die Engel und Dämonen. Engel sind eher ordnend als zerstörend und eher hilfreich und gut als böse und gemein, aber wenn ein Engel einen Dämon bekämpft, ist der Unterschied für uns Menschen gering, denn die Zerstörungen sind groß. In Ihrem Krieg entstanden immer wieder Welten oder wurden vernichtet. Es schieden sich Himmel und Hölle, der Äther und die Astralwelten, die Elemente, die noch Reste des Primären Chaos enthalten und daher geformt werden können. Die Welten wurden mit niederen Seelen bevölkert, die durch beständige Anbetung der Götter und Vermehrung für neue Seelen sorgen sollten. So entstanden alle Tiere und alle intelligenten Rassen. Selbst die Elfen entstanden so, auch wenn diese es anders sehen mögen. Auch sind Elfen eigen und etwas sehr Spezielles, aber dazu mehr, wenn wir auf unserer Reise welchen begegnen. Und nun wieder zur Geschichte. Der Götterkrieg führte zur Vernichtung vieler Götter. Noch mehr zogen sich geschlagen und erschöpft zurück, nicht mehr in der Lage oder willig, weiterzukämpfen. Drei dieser Götterseelen, Na, Bog und Ti, fanden sich nach einer langen Schlacht erschöpft und zurückgelassen von den anderen Göttern auf einer sterbenden Welt, ausgeblutet und zerstört von ihren ehemaligen Verbündeten und ihren Gegnern. Dieser Welt. Alle drei waren voll Hass und Angst, aufeinander und auch auf jene, die sie zum Sterben zurückgelassen haben. Sie waren die letzten drei, es gab außer ihnen kein Leben mehr auf der Oberfläche. Es war alles tot, zerstört. Doch irgendwo tief im inneren der Welt regte sich noch etwas. Eine Seele. Auch diese Seele war göttlich, aber auf einer äußerst niederen Ebene. Diese Seele hatte kein Bewusstsein, keine Macht, war zutiefst verletzt und verstört. Und hatte Angst. Und Ti, das Kind, berührte diese Seele als erstes, die Seele der Welt selbst. Erkannte als erstes, was die Götter dieser Welt angetan hatten. Und Ti weinte. Na war die nächste, sie berührte Ti, wie sie es früher nur mit ihren Verbündeten gemacht hatte. Und auch Na weinte um Welt, und um Ti, welches auf Welt zu sterben hatte. Da kam Bog dazu. Und trotz seiner groben und unnahbaren Art empfand er Reue. Auch er verband sich mit Na, damit mit Ti und damit mit Welt. Aber er brachte etwas mit in diese Linie: Den Wunsch zu überleben. Zu kämpfen. Gegen das Schicksal zu rebellieren. Also reichte Bog in die Tiefe, bis auch er Welt direkt erreichen konnte. Somit schloss er den Kreis und sie konnten den ersten Kreislauf herstellen. Und mit dem ersten Kreislauf haben sie Welt geheilt. Wir nennen diese Drei auch TiNaBog." Die FaraNa war erschöpft. Für heute musste das reichen.

Es war, wie der Hofmagier gedacht hatte: Mühsam. Ja, es war eine alte Vettel durchs Dorf gekommen. Ja, die Tochter des Wildhüters war mit ihr mitgegangen. Hatte die Alte den Vater des Mädchens bezaubert? Nein. Zumindest nicht, soweit das feststellbar war.

Und das Mädchen? War sie ein außergewöhnliches Talent? Jetzt jedenfalls war sie weg. Also nicht festzustellen. Und weil Baron Berecht schon mal da war, wollte er nicht umsonst gekommen sein. Zu seinen Pflichten der Akademie gegenüber gehörte das Auffinden von echten Talenten. Also nahm er sich die Kinder des Dorfes vor. Wirklich fündig wurde er nicht. Die jüngste Tochter der Schmiedin hatte etwas Talent, war aber keinesfalls gefährlich. Aber das hatte er sich auch nicht erwartet.

War das mit der Hexe verschollene Mädchen ein echtes Talent, mochte es irgendwann in vielen Jahren ein Hexenproblem geben. Aber echte Talente waren so extrem selten, dass die Wahrscheinlichkeit, in den nächsten Jahren noch ein Talent in der Grafschaft zu finden, geschweige denn in diesem Dorf, gegen Null ging.

An der Akademie hatte Baron Berecht genau drei echte Talente kennen gelernt, davon war eines der Kanzler der Akademie, Graf Turan. Und in der Bruderschaft gab es genau ein echtes Talent, den Fürsten der Bruderschaft persönlich. Baron Berechts Talent war allenfalls als mittelmäßig zu bezeichnen. Mit Betonung auf „Mäßig". Aber auch das reichte für ein einträgliches Leben am Hof eines Grafen. Und mehr wollte er gar nicht.

Um sich selbst abzusichern, wollte der Magier auf jeden Fall noch einen entsprechenden Bericht verfassen. Einen für die Akademie, einen für die Bruderschaft, entschied er.

Die Alte erzählte: „Wenn man vom ersten Kreislauf spricht, so ist noch heute der göttliche Kreislauf der Grund, dass diese Welt lebt. Immer wieder haben andere Götter versucht, den Kreis der vier Seelen dieser Welt zu brechen, aber alles, was sie gebracht haben, waren ihre Diener. Die Elfen waren die ersten, die Drachen die zweiten. Orken, Zwerge, Menschen, Drak, als letztes Däms und Celestes. Alle haben sich dem Kreislauf unterworfen. Und in der Mitte des Kreislaufs finden wir den Urgrund."

Und weiter: „Der Urgrundglaube hat sich eigentlich erst mit dem Erscheinen der Däms und Celestes durchgesetzt. Davor waren die drei Götter und Welt, die vierte Seele, die hauptsächlich verehrten Wesenheiten. Der Urgrund, das ist eigentlich nur ein anderes Wort für die gesamte Schöpfung. Die weit größer ist als nur Welt und unsere drei Götter. Die Priesterschaft des Lichts ist meines Wissens nach von Celestes gegründet worden, als diese keine Verbindung mehr zu ihren Engeln bekommen haben. Ursprünglich hätte diese Priesterschaft alle vier Götter beinhalten sollen. Warum auch immer sie heutzutage nur mehr über den Urgrund sprechen."

„Gerant, was soll das?" Hauptmann Starkarm war nun etwas ungehalten. Hatte sich nicht Baron Berecht persönlich der Sache angenommen und nichts Falsches gefunden? – „Der Mann ist ein Schwindler!" – „Der Mann ist Baron Berecht, ein Adliger, ein Magier! Deine Vorwürfe werde ich nicht gehört haben. Und jetzt geh!" Gerant stürmte davon. Starkarm seufzte. Der Junge war gut. Nur so furchtbar gefühlsbetont und dann, wenn er von einer Sache überzeugt war, verbissen. Hoffentlich legte sich das im Lauf der Jahre.

Die Weisung des Fürsten hatte Baron Berecht überrascht. Seine fürstliche Hoheit persönlich hatte mit ihm schriftlich Kontakt aufgenommen. „Mehr über die Alte und die Schülerin von ihr herausfinden! Woher kommt die Alte, wohin gehen sie. War der Name FaraNa, Alte und Schülerin exekutieren und berichten. Wir lassen Euch Unterstützung durch den dritten Sohn des Grafen zukommen. Wartet auf ihn und zieht mit ihm gemeinsam los. Findet bis dahin mehr heraus", war die klare Anweisung gewesen. Der Magier hatte erschaudert. Das Siegel des Fürsten persönlich. Das war die große Chance. Ja, Baron Berecht würde nachforschen.

Und dann dem Fürsten berichten. Und für ihn töten. Das war er der Quelle seiner wenigen Macht jedenfalls schuldig. Nur um sicher zu gehen hatte Berecht dem Schreiben mit Hilfe eines speziellen Zaubers geantwortet, wie es in der Bruderschaft verlangt wurde: „Ich höre und gehorche!"

Und wieder sprach die Lehrerin zu ihrer Schülerin „Alle Rassen haben ihre eigenen Götter mitgebracht. Jene Götter, denen sie gedient haben. Erst hier haben diese Rassen langsam erkannt, dass ihre Götter sie verlassen haben. Aus der Enttäuschung heraus, verlassen worden zu sein, haben sich viele intelligente Lebewesen dem ersten Kreislauf angeschlossen, Draußen, außerhalb des ersten Kreislaufs, da läuft der Götterkrieg immer noch. Zumindest heißt es so. Aber wissen wir es? Man müsste aus Welt hinaus reisen, um das festzustellen. Aber dort können wir nicht überleben. Also besser wir bleiben hier und schützen die Schöpfung."

„Leutnant Gerant, ich habe Euch kommen lassen, weil Ihr mit dem Fall bereits bestens vertraut seid. Helft mir dabei und ich werde Euch zu höheren Diensten weiter empfehlen. Außerdem könnt Ihr damit Eurer Schwester helfen." Baron Berecht saß in der gemütlichen Haus-Robe an seinem Schreibtisch im Magierturm der gräflichen Burg. Vor ihm stand der diensteifrige Leutnant Gerant. „Meine Rangoberen wollen mehr über die Hexe und ihre junge Schülerin herausfinden. Bei letzterem werdet Ihr mir auf jeden Fall helfen können und bei

Ersterem hoffe ich ebenso darauf. Wir müssen herausfinden, woher die Hexe gekommen, wohin sie gegangen ist. Und was sie vorhat." – „Soll ich die Alte verfolgen?" – „Vielleicht. Aber zunächst erzählt mir doch bitte mehr von Eurer Schwester." Interessiert beugte sich Baron Berecht vor.

Die FaraNa: „Immer wieder haben Götter und andere im Götterkrieg eingesetzte Seelen versucht, diese Welt zu einem Schlachtfeld zu machen. Aber es gibt immer noch den Ersten Kreislauf. Und wir sind seine Hüter. Unsere Sprache ist die Kreislaufsprache. Alt-Oskurisch. Und unsere Feinde sind vor allem alle jene, die die Schöpfung angreifen. Und da am widerlichsten sind die Geister der Unschöpfung, die lebenden Toten, die Untoten."

Der Hofmagier seufzte inwendig. Vorbei war es mit seinem geruhsamen Leben. Baron Berecht war sich nicht sicher, ob er nun dem Leutnant böse oder dankbar sein sollte. Böse dafür, dass dieser die Sache ins Rollen gebracht hatte, oder dankbar für die Gelegenheit, sich in der Bruderschaft mehr Rang und Einfluss zu sichern.
Jedenfalls war es nochmals nötig, das Dorf des Mädchens zu besuchen. Dieses Mal jedoch nicht, um irgendwelche Kinder zu untersuchen. Sondern dieses Mal wollte der Magier die anderen Familienmitglieder auf Talent hin prüfen. Es musste seine Gründe dafür haben, weshalb die Alte zielgerichtet das Mädchen aus-

erwählt hatte. Und der Magier war entschlossen, heraus zu finden, warum.

Celestina schien ein einziges Fragezeichen zu sein. Farana stieß an die Grenzen ihrer Belastbarkeit: „Warum Na nur Frauen als Töchter der Na erlaubt? Sollen sich doch Ti und Bog eine eigene Gefolgschaft aufbauen. Nein, so ist es der Wille der Na. Woher wir den Willen kennen? Es wird uns so tradiert. So wurde die Schwesternschaft gegründet. Es gibt oder zumindest gab früher eine Bruderschaft Bogs. Die Priester und Priesterinnen Tis haben vor allem Schulen und Waisenhäuser betrieben, zur Zeit des Ersten Imperiums. Ob es sie heute noch gibt, weiß ich nicht genau."

Die Tage vergingen für Celestina wie im Flug. Zwar war nicht jede Antwort auf jede Frage zufriedenstellend, aber im Moment reichten sie und alles Weitere konnte Dania von der FaraNa oder von anderen Lehrern immer noch später erfahren. Das Wissen Faranas war sehr beschränkt. Wie beschränkt, dass erkannte die Alte selbst immer wieder an den Fragen Celestinas. Aber auch wenn es schwerfiel, Ehrlichkeit war in den Augen der Alten ihre einzige Chance und die FaraNa blieb dabei. Lieber ein „ich weiß nicht" oder ein „wir machen es eben so, andere vielleicht anders", als eine Lüge, die das Vertrauen zwischen Schülerin und Lehrerin zerstören konnte.
Nahrung zu finden stellte sich für die beiden Frauen als einfach heraus. Celestina war eine ausgezeichnete Jä-

gerin und Fährtenleserin. Und Farana hatte die Fähigkeit, zu jeder Zeit nahrhafte Beeren, Wurzeln oder Blätter zu finden und diese auch zu schmackhaften Mahlzeiten herzurichten. Schließlich erreichten die beiden Frauen neun Tage später nach langsamem Marsch in den tieferen Wäldern ein auch Dania unbekanntes Nebental in den Schattenbergen. Sie waren dazu über einen Pass zwischen hohen Gipfeln geklettert. Es war ein nach Osten gerichtetes Tal mit einem kleinen und reißenden Bachlauf, der über mehrere Klüfte und Klammen in grandiosen Wasserfällen steil bergab floss. Obwohl die Alte bereits müde von der beschwerlichen Reise war, war es ihr doch wichtig, noch am selben Tag die Umgebung zu untersuchen. Eine sichere Unterkunft musste gefunden werden. Außerdem wollte Farana wissen, ob sie wirklich alleine in dem Tal waren. Auch Dania hielt das für weise.

Die Frauen entschieden sich für eine Höhle nahe dem obersten Wasserfall, der munter aus einem Hochtal nahe der Baumgrenze heraus über einen Katarakt sprang. Der Wasserfall mündete in einem nicht zu tiefen kleinen Teich, von dem wiederum ein Wasserfall über einen zweiten Katarakt nach unten sprang. Dort wurde das Wasser wilder, es kamen von den umliegenden Seiten noch weitere Bäche dazu und der Bach verwandelte sich zusehends in einen reißenden, über Kaskaden nach unten springenden Fluss. Dieser wiederum verschwand in einer Klamm, die das Tal im Osten hin zur Ebene der Toten abschloss.

Von außen wirkte die Höhle wie der Bau eines Tieres. Eng ging es in mit Geröll durchsetztes Erdreich unter einen großen breiten Felsen hinein. Ein leichter Luftzug führte frische Luft tiefer ins Dunkel, das sich hinter dem Erdloch auftat. Die FaraNa nickte weise. Dann stiegen die beiden Frauen hinein.

Im Inneren sah Celestina verwundert, dass sich der enge Zugang rasch zu einem in den Fels gehauenen Raum erweiterte und dass der von außen wie ein flacher Felsbrocken wirkende Stein in Wahrheit massiver Fels war. Ein kleines magisches Licht, das von Faranas Hand ausging, erhellte die Steinkammer. Am Ende der Kammer verschloss eine niedere Steintüre einen Gang, der offensichtlich tiefer ins Berginnere hinein führte. Mehrere Lüftungslöcher in der Steintüre sowie allerlei Runen, die den Stein bedeckten, rundeten das Bild ab. „Zwergisch", meinte die Alte, dann: „Sauber und trocken. Hier bleiben wir vorerst."

„Ein Eingang zu den sagenhaften Hallen der Bergkönige?" fragte Celestina, die alten Mythen und Legenden zitierend. Die Antwort war ein vielsagendes „vielleicht".

Die Alte schien gut und fest zu schlafen. Celestina jedoch brachte kein Auge zu. Zunächst. Dann jedoch fiel auch sie in einen düsteren Halbschlaf, aus dem sie später aufschreckte, weil sie glaubte, mehrere kleine, bärtige Männer hätten sie von der Zwergenwand aus beobachtet. Aber als sie die Augen aufmachte, war da niemand. Dann fiel sie wieder in einen bleiernen Schlaf, nur um von der Alten am nächsten Morgen unsanft geweckt zu werden.

Darauf folgte ein äußerst dürftiges Frühstück mit den Resten ihrer Vorräte. „Nun, müssen wir eben das Tal durchsuchen und sehen, wie wir zu neuen Vorräten kommen", war Faranas Bemerkung dazu.

Die Erkundigung des Tals konnte rasch abgeschlossen werden. Über der Baumgrenze hinaus lagen mehrere enge und kurze Hochtäler, aus denen Bäche zum Hauptfluss über Wasserfälle zu Tale liefen. Tierpfade führten die Hänge entlang hinauf und hinunter. Von zivilisierten Einwohnern des Tals war jedoch nichts zu merken.

Den Flusslauf folgend kam man immer tiefer in das Tal hinunter, bis es an einer fast geraden Felswand endete, in der ein Spalt vom Fluss gebrochen war. In der Dunkelheit dieses Spalts verschwand tosend und gurgelnd der Fluss. Kein Pfad schien durch den massiven Fels der Klamm zu führen.

„Dann werden wir mal hoch sehen, was auf der anderen Seite der Klamm los ist", meinte die Alte. Mühsam machten Sie sich auf den Aufstieg. Die FaraNa erklärte unterwegs immer wieder neue Zusammenhänge von Erde und Stein. Dabei machten sie immer wieder Pausen und kleine Übungen. So dauerte es doch einige Zeit, als sie endlich oben an der Kante angekommen waren. Und da musste Celestina erkennen, dass der Felswall, über den sie so mühsam aufgestiegen waren, kaum eine natürliche Ursache haben konnte. Denn auf der anderen Seite fiel der Wall fast genauso steil ab, wie er auf ihrer Seite angestiegen war. Die Alte nickte dazu kurz: „Eine alte Zwergenfestung, habe ich mir fast gedacht." Celestina sah fast gar nichts von einer Festung. Da war nur dieser Wall, der das Tal absperrte. Von einer Burg wie jene des Grafen war nirgends etwas zu bemerken. Farana aber lächelte wissend: „Zwergenfestungen gab es früher einige. Hohe Wälle, die Nebentäler abgesperrt haben. Ein Flusslauf, der aus diesen Wänden hervorgeschossen ist und ihre Werke und Maschinen mit reiner Wasserkraft angetrieben hat. Ja, die Zwerge sind immer schon geschickte Handwerker gewesen."

Dann aber machte sich die Alte mit ein wenig Magie Platz, um über den Wall an den Bäumen vorbei ins Tal hinunter zu blicken. Celestina war ebenso neugierig. Unterhalb des Walls breitete sich ein friedliches Waldtal aus, welches sich gegen Osten nach ein paar Meilen in eine braune, staubige Ebene öffnete. Der kleine Fluss wirkte in diesem Tal gezähmt und friedlich, als er sich in Richtung der Ebene schlängelte. Umso brutaler war der Übergang zwischen dem friedlichen Waldtal und der braunen Einöde, welche sich dahinter bis zum Horizont ausbreitete. Lediglich entlang dem Waldrand und entlang eines schmalen Bandes am Fluss war etwas Grün zu bemerken. Die Farana, die neben Celestina stand, seufzte. Dann wandte sie sich an ihre Schülerin und meinte: „Die Ebene der Toten. Ein Ort, wo nie mehr etwas wachsen wird, fürchte ich. Es war dabei nicht mal göttliche Macht im Einsatz, das haben die Menschen ganz alleine geschaffen."

„Welche Magien sind in der Lage, sowas zu tun", fragte Celestina. „Die Antwort dauert länger, aber ich will es dir heute Abend erzählen", meinte die Alte, bevor sie zum Aufbruch mahnte. Dania wandte sich vom Anblick der Ebene ab und die beiden Frauen machten sich auf den Weg.

„Hoher Herr, ich sage Euch, das Mädchen war immer schon anders." Die Schneiderin war voll in ihrem Element. Leutnant Gerant verdrehte die Augen, er kannte Ina. Aber Baron Berecht hörte aufmerksam zu, was die Frau dieses Dorfschneiders ihm alles erzählen wollte: „Bitte, gute Frau", dabei hielt er eine kleine Silbermünze empor, „sprecht ruhig weiter." Die Augen der Schneiderin weiteten sich: „Gerne, Euer Gnaden."

Die Nachricht hatte den Sohn des Grafen von Waldland, Leumond, überraschend erreicht. Er war gerade bei der Jagd in der Grafschaft Seeblick, gemeinsam mit seinen Gefährten von der zweiten Legion, bei der er gedient hatte. Die zweite Legion war bekannt als die Legion der Besitzlosen, da das Offizierscorps fast ausschließlich aus jungen Adligen bestand, die keine Aussicht darauf hatten, jemals zu erben. Daher gab es in dieser Legion nur drei Kategorien von Offizieren. Die Überehrgeizigen, die versuchten, mit Hilfe der Armee zu Reichtum und Einfluss zu kommen, um am Ende vielleicht sogar ein kleines Fürstentum zu erlangen. Dann die Gruppe von Adligen, die sich der Dekadenz und dem leichten Leben widmeten. Diese Gruppe wusste, sie war zu untalentiert und zu weit weg vom Erbe, um jemals ihre Situation zu verbessern. Diese Gruppe erging sich in sexuellen Ausschweifungen, Raufhändel, Missbrauch diversester Substanzen, vor allem Alkohol, schwarzer Lotus und Mohnsaft und ganz allgemein gehobenem Müßiggangs. Und dann gab es noch eine kleine Gruppe von Adeligen, die versuchten, mit Hilfe des Nekromantenfürsten und der Bruderschaft ihre Karrierechancen zu verbessern.

Leumond zählte nicht in eine bestimmte dieser Kategorien, sondern in alle drei. Er war berüchtigt dafür, einer der wildesten jungen Offiziere in dieser Legion zu sein. Ein Leben zählte für ihn nur so viel, als es zu seinem persönlichen Vergnügen beizutragen vermochte, als Vorgesetzter wichtig war oder von diesen geschützt. Gegenüber den Vorgesetzten war er servil bis zur Selbstverleugnung und seine Untergebenen ließ er in Ruhe, weil er Angst hatte, dass seine Vorgesetzten ihn bestraften, wenn er seinen Frust und seine Minderwertigkeitskomplexe an diesen armen Tröpfen ausließ. Aber solange niemand es bemerkte, war er gewillt, alles zu tun, seinen brennenden Ehrgeiz und seine Gelüste zu befriedigen. Er revoltierte mit aller Macht und vor allem mit hoher negativer, krimineller Energie gegen seinen Stand im Leben. So war er bereits knapp nach seiner Versetzung zur zweiten Legion und nachdem er im Krieg mit Kariopolis seine Grausamkeit den Gegnern gegenüber gezeigt hatte, von der Bruderschaft kontaktiert worden.

Ihn anzuwerben war einfach gewesen. Das Versprechen lautete, ihm ein sorgenfreies Leben in Luxus und Wohlstand auf den Besitzungen seiner Familie, der Grafschaft Waldland, zu ermöglichen, wenn er dafür der Bruderschaft diente. So hatte er den Eid geleistet, unter der Bedingung, dass er erst diente, wenn die Bruderschaft ihm seine beiden älteren Brüder und den Vater aus dem Weg zum Erbe geschafft hatte.

Rasch waren die Details besprochen und er hatte einen verzauberten Gegenstand erhalten, mittels dem er mit der Bruderschaft Kontakt aufnehmen konnte.

Nicht, dass Leumond viel an der Grafschaft Waldland lag, seit seine Mutter bei einem Reitunfall ums Leben gekommen war. Bis zu ihrem Tod war das Verhältnis zu ihr sehr eng gewesen. Sie hatte sogar auf eine Amme verzichtet und ihn selbst gestillt. Er war vier Jahre alt, als die Gräfin hatte ausreiten wollen. Der Sohn hatte sich vom Kindermädchen losgerissen und war dem Pferd der Mutter in den Weg gelaufen, um sich zu verabschieden. Die hatte ihr Pferd zurückgerissen, um das Kind zu schützen, dabei auf dem scheuenden Pferd den Halt verloren und war mit dem Hinterkopf auf den Steinboden des Burghofs gefallen. Der Heiler-Priester des Lichts hatte nichts mehr für die Frau tun können.

Seitdem hatte Leumond den Eindruck, dass sein Vater und seine Brüder ihn für den Tod der Gräfin verantwortlich machten. So hatte der Junge sich in eine Welt aus Trotz und kleinen Gemeinheiten zurückgezogen. Und als er alt genug war um als Page am Kaiserhof zu dienen, waren alle froh, ihn dorthin abzuschieben. Und seitdem wartete Leumond auf seine Chance.

Umso mehr hatte den Grafensohn gefreut, als sein magischer Gegenstand, ein Silberspiegel, sich verfärbt und eine geisterhaft-heißere Stimme ihm klare Anweisungen gegeben hatte. Die der Krieger gewillt war zu befolgen.

Am Abend, sie hatten unterwegs Beeren, Pilze, etwas Wildbienenhonig und ein paar Nüsse gefunden und sich daraus ein reichliches Abendbrot geteilt, setzten sich die Frauen auf eine Felsplatte über ihrer Höhle und die Alte begann mit ihrer Erzählung.

„Die Ebene der Toten war nicht immer die braune, staubige Einöde, als die du sie heute gesehen hast. Früher war das ein ausgesprochen fruchtbares Land, welches die Menschen schon früh in Äcker, Wiesen und Wälder verwandelt hatten. Breite Flussläufe und Wassergräben machten das Land blühend und reich, also war es kein Wunder, dass das große Kaiserreich, das erste Imperium, welches unseren Teil der Welt einstmals beherrscht hat, hier seinen Beginn gefunden hat. Das Kaiserreich war ein Reich, in dem die Naturmagie wenig Platz hatte. Man drängte uns, die Priester der Drei, an den Rand, in die Berge, in den großen Wald des Nordens. Wir waren nicht willkommen, in der Welt der Hofmagier, der Hohepriester und der Adeligen. Man sagte uns nach, dass wir einen üblen Gestank verbreiteten. Man nannte uns Hexen oder Hexer. Aber in Wahrheit wollte man nicht daran erinnert werden, was eigentlich die Basis des Reiches war, die Natur und der erste Kreislauf. Die Akademie war der Ort, wo Magie gelehrt wurde. Formeln, Bücher, Wissen. Kein Platz für Gefühl oder Natur. Der Zauberei wurde großer Stellenwert eingeräumt, aber nur die mächtigsten Magier durften sie anwenden. Dinge, die einem Naturmagier von Anfang an bekannt sind, wurden nur hinter vorgehaltener Hand vom Erzzauberer an seine verdientesten Schüler weitergegeben. Auch bestand ein Verbot, Frauen höhere Magie zu lehren. So um die Basis ihrer Magie beraubt, wurden die Magier der Akademie übermütig. Kreisläufe zu öffnen, sie künstlich zu vereinen, Herren über Leben und Tod sein, all das reichte ihnen nicht mehr. Machthungrige Adlige und ehrgeizige Zauberer formten Allianzen und begannen einen regelrechten Bürgerkrieg. Am Ende standen sich zwei unversöhnliche Lager gegenüber, die Imperialen, die für eine starke Zentralmacht unter einem mächtigen Kaiser standen, sowie die Förderaten, die einen Bund unabhängiger Königreiche wollten. Auf der Ebene der Toten haben die Heere der beiden Seiten sich letztlich zur Schlacht aufgestellt. Mehrere Gruppen der Akademie unterstützen jeweils die Seite ihrer Wahl. An sich hätte die Sache nach der fast zwei Wochen andauernden Schlacht ausgestanden sein können. Man hätte die Toten beerdigen und die kaputten Waffen und Rüstungen einsammeln können. Dann Gras oder Getreide anpflanzen und ein paar Jahre später hätte sich die von der Schlacht verwüstete Ebene wieder als fruchtbares Ackerland nutzen lassen können. Die Förderaten hatten die Kämpfe schon verloren, da muss einer der Fürsten dieser Seite wohl von Magiern, die Legenden erzählen, es wäre eine kleine Schule der Akademie gewesen, ein unwiderstehliches Angebot erhalten haben. Was wäre, wenn die Förderaten, die Niederlage vor den Augen, die Schlacht doch noch gewinnen konnten? Wie? Einfach, indem alle toten Soldaten wieder aufstanden und weiterkämpften. Der Preis? Macht. Die kleine Gruppe wollte Freiheit und die Möglichkeit, ihren Forschungen offen nach zu gehen. Wie man sie nannte? Die Nekromanten. Die Priester und Priesterinnen der Drei hatten sich aus der Schlacht herausgehalten. Keine der beiden Seiten war geneigt, irgendein Entgegenkommen gegenüber den Drei zu tun. Daher wollten die Naturmagier keinen Teil an dem Gemetzel tragen. Als Heiler jedoch waren sie hinter den Linien bei den einfachen Soldaten höchst willkommen. Auf beiden Seiten. Als nun die Nekromanten sich mit dem Fürsten der Förderaten geeinigt hatten, trat die damalige oberste Tochter der Na auf die Generäle der Förderaten mit einem Gegenangebot zu: Die Brüder und Schwestern der Drei greifen auf Seite der Förderaten ein, aber nur, wenn die Nekromanten nicht ihr gegen das Leben gerichtetes Werk vollbringen durften. Dieser Vorschlag wurde abgelehnt. Im Gegenteil, es wurden auf Betreiben der Nekromanten alle Ordensmitglieder der Drei aus dem Lager der Förderaten entweder getötet oder vertrieben. Verzweifelt ob des geplanten Frevels gegen den Ersten Kreislauf wandten sich die Ordensleute der Drei an die Imperialen. Man eröffnete ihnen, was die Gegenseite plante und bot an, auf ihrer Seite zu kämpfen. Die Imperialen aber sahen den Sieg schon zum Greifen nahe und in ihrer Überheblichkeit glaubten Sie nicht nur die Geschichte nicht, sondern warfen sie die Naturmagier gleich ganz aus dem Lager raus. Offensichtlich war bekannt geworden oder gezielt verbreitet worden, die Naturmagier hätten angeboten gehabt, den Förderaten zu helfen. Es kam, wie es kommen musste. Die Schlacht entschied sich am vierzehnten Tag, dem sogenannten Tag des Blutes. In der Früh bereits lag ein düsterer, grünlicher Nebel über dem Schlachtfeld. Schon beim Anritt der Imperialen Armee zum Schlachtfeld scheute das Pferd des obersten Generals und warf diesen ab. Der Mann erlag den Verletzungen wenige Minuten später. Ein böses Omen. Der nächste Schlag war der Angriff der letzten verbliebenen Ritter der Förderaten. Was zunächst aussah wie ein unkoordiniertes Manöver und letzter Ritt entwickelte sich zur tödlichen Bedrohung für die Mitte der imperialen Armee. Die Imperialen wollten den gegnerischen Rittern ebenfalls mit Reitern begegnen, aber kaum gingen ihre Pferde in Galopp, entstiegen dem Feld vor ihnen hunderte ihrer eigenen an den Vortagen gefallene Soldaten, die nur notdürftig eingescharrt worden und die von der düsteren Magie der Nekromanten widerbelebt worden waren. Natürlich gingen die Pferde der imperialen Reiterei durch. Den Rest überritten die Förderaten. Dann erfolgte der kombinierte Angriff dieser lebenden Toten und der Förderaten-Armee aufs Zentrum. Das Grauen beherrschte in diesem düsteren Nebel die Armee der Imperialen. Wo eine Truppe kämpfte, flohen zehn andere Trupps. Innerhalb kurzer Zeit war das gesamte Zentrum der Armee auf der Flucht. Wo immer die lebenden Toten auftauchten, metzelten sie die Imperialen nieder. Und zu Aller Schrecken standen die soeben niedergemetzelten Soldaten gleich wieder auf, selbst als lebende Tote. Sie wendeten und griffen ihre eigenen Gefährten an. Es gab kein Entkommen. An diesem Tag ging die Imperiale Armee so nachhaltig unter, dass das Imperium binnen weniger Tage vollständig von den Förderaten erobert werden konnte. Die mächtigen Magien, die am Schlachtfeld gewirkt wurden, hinterließen ihre Narben. Die einstmals blühende Ebene voll Feldern, Wäldern und Leben verwandelte sich praktisch über Nacht in genau jene Ebene, die seit dieser Zeit die Ebene der Toten genannt wird. Kein Leben kann in diesem Gebiet existieren. Die Magien der Nekromanten sind immer noch da, nahezu ungeschwächt. Für den Orden waren die Niederlage der Imperialen und der Sieg der Förderaten keinesfalls der Untergang. Die Töchter der Na zogen sich in die Wälder und Berge zurück. Die Diener und Dienerinnen Tis versuchten einige Zeit vergeblich, das Ödland, das sich gebildet hatte, wieder in grünes Ackerland zu verwandeln. Dann haben sie den Versuch aufgegeben. Wohin der Orden sich zurückgezogen hat, haben meine Schwestern und ich nie herausgefunden. Bogs Kriegerpriester haben dann eine Weile versucht, gegen die Förderaten und deren Untote zu kämpfen. Wo immer ein Kriegerpriester auftrat, wurde er verfolgt. Ich nehme an, die Nachfolger der Förderaten haben sie dann wohl im Lauf der Jahrhunderte ausgerottet. Den Förderaten blieb nicht lange Zeit zu feiern. Bereits am Tag nach der Schlacht, nachdem einige Generäle und Offiziere gesehen hatten, was mit der Ebene passiert war, kam es zum ersten Streit. Bald schon hatten sich mehrere Parteien gebildet. Das waren einerseits mächtige Landesfürsten, die jetzt selbst Könige und Kaiser sein wollten. Andererseits auch einige, die erkannt hatten, was die Nekromanten angestellt hatten. Und während sich einige aufmachten, die Reste des Imperiums zu erobern, zogen andere bedrückt von der Ebene der Toten ab und versuchten, mit dem Krieg nichts mehr zu tun zu haben. Die Generäle, die das Imperium endgültig vernichteten, wollten nicht auf die Fähigkeiten der Nekromanten, vor allem auf die billigen und nahezu unsterblichen wiedergängerischen Soldaten verzichten. Daher boten diese machthungrigen Männer den ebenso machthungrigen Zauberern an, sich die Beute zu teilen. Auf der Magierakademie kam es zum Streit. Während die einen eine gemeinsame Akademie erhalten wollten, wurde den Nekromanten von einer Mehrheit der Magier angelastet, den Sieg über die Imperialen zu teuer erkauft zu haben. Woraufhin die Nekromanten als Schule der Akademie geschlossen auszogen. Auch haben sie sich später gespalten, in zwei Gruppen. Die eine hat versucht, die Ebene der Toten wieder bewohnbar zu machen, ist aber ebenfalls gescheitert. Die andere hat als Belohnung für ihre Dienste das heutige Maramis besetzt und versucht, einen frühen Magier-Staat dort zu errichten. Die Akademie hingegen hat den Streit fortgesetzt und am Ende hat eine Gruppe sich selbstständig gemacht und das heutige Sarabanda gegründet, weit im Osten und hinter den Drachenrückenbergen. Die anderen haben vor allem in dem Reich, aus dem du kommst, versucht, eine neue Akademie zu gründen, ohne Nekromanten, aber mit dem Ziel, dem Nachfolge-Königreich dort treu und loyal zu dienen, um auf diese Weise ihr Versagen vor den Nekromanten wieder gut zu machen. Leider hat niemand versucht, uns Naturpriesterinnen und Naturmagier mit einzubinden."

Erschöpft lehnte sich die FaraNa zurück. Das verdammte Alter. Aber noch schneller konnte sie ihrer Schülerin die Dinge nicht beibringen, was eine gute Tochter der Na ausmachte. Sich hinlegend und einschlafend murmelte die Alte: „Morgen sehen wir uns mal die Ebene der Toten an."

Der Hauptmann der Wildhüter hier vor Baron Berecht war talentiert. Soviel stand fest. Nicht nur in der Küche. Seufzend schob der Magier den Teller von sich. So gut hatte er lange nicht mehr gegessen. Und das dann hier in der Einöde. Nein, sein Gastgeber war nicht nur der Wildhüter, sondern auch der Vater des Mädchens. Und hätte sein Vorgänger nicht geschlampt und dieses Nest nie besucht, er hätte das Talent des Kindes damals entdecken müssen, das nun in Form des alten Wildhüters hier vor ihm saß.

Nun gut, es war unnötig, über Fehler der Vergangenheit nachzudenken. Es hatte sich um kein Wahres

Talent gehandelt, sonst wäre vom Dorf nicht viel übrig geblieben. Aber natürlich war damit klar, was die Alte gesucht und vermutlich auch gefunden hatte. Er hatte sich die Lebens- und Familienumstände des Mannes erzählen lassen. Seine Tochter war anscheinend das siebente Kind eines siebenten Kindes.

Warum immer die Magie sich in der siebenten Kinderfolge so oft manifestierte, war auf der Akademie anhaltend und ohne abschließendes Ergebnis diskutiert worden. Jedenfalls war die Wahrscheinlichkeit, Talent zu finden, ungleich höher, wenn die zu untersuchende Person das siebente Kind eines siebenten Kindes war.

Nun, dem Reich war hier ein Talent durch die Finger geglitten. Das wollte er dann doch nicht seinen Vorgesetzten in der Akademie berichten. Aber die Bruderschaft interessierte sich offensichtlich dafür, dass es anscheinend immer noch Naturmagier, gemeinhin als Hexer oder Hexen bekannt, gab. Und das musste er dann doch so rasch als möglich weiterleiten. Immerhin ging es um seine Karriere in der Bruderschaft und hatte nicht der Fürst persönlich sich der Sache angenommen?

„Erzählt mir bitte noch mehr von der alten Frau, die Eure Tochter mitgenommen hat", bat der Magier daher eindringlich. Der Wildhüter lehnte sich zurück: „Gerne, Baron."

III.

Die Ebene der Toten. Mehrere hundert Meilen Staub, Geröll, lebende Tote und kein Wasser. Das Land entzog allen Lebewesen, die es wagten, die Ebene zu betreten, langsam aber sicher die Lebenskraft. Bis am Ende das Lebewesen selbst ein lebender Toter geworden war. Immer wieder durchzogen tiefe und breite Risse die Ebene. Was an Wasser in der Ebene vorhanden gewesen sein musste, man hörte es leise gurgeln und raunen, tief aus den Schluchten. Als ob die Erde selbst hier weinte. Immer wieder veränderten Staubstürme die Landschaft, verwischten die Spuren von den Wenigen, die tollkühn oder wahnsinnig genug gewesen waren, sich in die Tiefen dieser Ebene vorzuwagen. Geheimnisvolle schwarze Wolken ballten sich immer wieder am Himmel, mal ferner, mal näher, aber es mochte nicht regnen. Blitze erhellten dann die Einöde und bedrohten alles, was sich ihnen aus der Ebene aufragend entgegen reckte. Gelegentlich waren die Wolken auch nicht schwarz, sondern grün, und wenn es aus diesen selten aber doch regnete, war es kein Wasser sondern blanke Säure, die infernal auf alles herniederprasselte und alles zerstörte, was nicht bereits seit langem endgültig zerstört war. Damit nicht genug, entstiegen den Spalten in der Erde doch immer wieder Gase, die das Leben erstickten. Und dann waren da die lebenden Toten, die frei durch die Ebene streiften. Diese zumeist bereits bis zum Skelett abgetragen Dinge trugen oft noch metallene Reste, die wohl dereinst Rüstungen gewesen sein mochten. Die Ebene der Toten war wahrlich kein Ort, den man gerne für längere Zeit aufsuchen wollte. Dennoch gab es Bewohner. Einer davon war Reisender.

Der kleinwüchsige und schmächtige Magier-Zombie erinnerte sich nicht mehr, wann er das erste Mal im Auftrag der Bruderschaft als Teil einer größeren Expedition in dieses Reich der Hölle gekommen war. Zu viel Zeit war vergangen. Dennoch war ihm ein Namen in Erinnerung. Partigern! Der Erz-Magus der Akademie hatte geglaubt, mit seiner Macht der Ebene trotzen zu können. Am Anfang war auch alles gut gegangen. Sie hatten eines der alten Dörfer erreicht, welches auf der Karte, die Partigern dabei hatte, eingezeichnet war. Zu ihrer Überraschung hatten sie nur eine kleine Gruppe Untote zu vertreiben, die das Ruinendorf anscheinend zum Stützpunkt erkoren hatten. Noch überraschender war, dass ein Teil der besser gebauten und auch ausgemauerten Gebäude noch gestanden hatten, vor allem deren Kellergewölbe.

In einem der Keller der Häuser hatten sie dann ihr Lager aufgeschlagen. Partigern war so überzeugt, dass ihnen nichts passieren konnte, dass der Mann völlig auf selbst einfachste Sicherheitsmaßnahmen verzichtet hatte. Gerade mal ein paar Wächter ließ er an den Rändern des Lagers patrouillieren. In der ersten Nacht gab es drei Überfälle von größeren Gruppen Untoten auf ihre Expedition. Und selbst die mächtigste Magie des Erzmagus konnte diesen nicht vor den Folgen seiner eigenen Unachtsamkeit schützen. Partigern fand in dieser Nacht seinen Tod. Den Dolch, der Partigern von hinten erwischt hatte, den hatte Reisender wohlweislich nach begangener Tat verschwinden lassen. Immerhin war es der Befehl der Bruderschaft gewesen, den Erzmagier unauffällig zu töten. Und Reisender war ein Spezialist auch dafür. Der Dank des Fürsten war großzügig gewesen. Ewiges Leben. Oder zumindest das, was der Fürst darunter verstand. Mit müdem Auge betrachtete Reisender seine mumifizierten Hände.

Heute residierte der Zombie-Magier in einem anderen Dorf in dieser Ebene. Immer noch kehrte er gerne in sein früheres Gebiet zurück, denn hier fühlte er sich durchaus zu Hause. Die Bruderschaft hatte viel investiert, um die Ebene der Toten so ungemütlich und unbewohnbar wie möglich zu halten. Und das musste geschützt werden.

Er begrüßte seinen Gast voll Höflichkeit, der seinen Weg mit Hilfe eines unauffälligen magischen Spiegels zu ihm gefunden hatte. Immerhin war der junge Mann vor ihm einer alten und wohlgeborenen Familie entstammend und diese besaß, wenn auch geringen, Einfluss im Reich. Damit war er eines der wertvollen zukünftigen Werkzeuge der Bruderschaft. Mit heißerer, Raspelstimme: „Willkommen, Gräfliche Hoheit!" – „Reisender, ich bin hier, da mich Euer Fürst an Euch verwiesen hat. Was also kann ich für den Fürsten tun?"

Dem Mann vor dem Zombie war es sichtlich unangenehm, mit einer lebenden Leiche zusammen zu arbeiten. Innerlich lachte Reisender. So ging es vielen Menschen. Das ewige Tabu vom Tod. Dennoch, er musste mit dem Mann sprechen. „Gräfliche Hoheit, meine Anweisungen sind eher kryptisch, aber vielleicht versteht Ihr den Sinn darin: Ich soll Euer Ansprechpartner sein, wenn ihr hinkünftig mit dem Fürsten in Kontakt treten wollt. Außerdem sollt Ihr in das Land Eurer Väter gehen und dort auf den Magus ein Auge werfen und seine Aktivitäten berichten. Weiteres sollt Ihr eine Alte und ihr Kind suchen, von welchem der Hüter der Wälder weiß. Ich hoffe, Ihr fangt damit mehr an als ich." Der Gast des Magiers dachte kurz nach, dann nickte er und meinte nur: „Sagt dem Fürsten bitte, ich habe verstanden und gehorche. Und was soll ich tun, wenn ich die beiden gefunden habe?"

Reisender blickte leicht erstaunt. Das hatte ihm der Fürst nicht gesagt. Aber was sollte der Fürst anderes wollen als den Tod? „Ich nehme an, wenn Ihr Eure Wünsche durch meinen Herrn erfüllt sehen wollt, werdet ihr wissen, was zu tun ist." Dabei deutete seine mumifizierte Hand jene universelle Geste an, mit der man für gewöhnlich das Todesurteil verkündete. Der junge, ehrgeizige Krieger vor ihm nickte und verneigte sich.

Reisender murmelte mit seinen trockenen und verkrümmten Lippen mehrere finstere Silben. Eine grünlich schimmernde Wolke legte sich auf den Reiter vor ihm: „Schutz vor den Elementen. Schont Euren Reisegegenstand. Ihr werdet ihn vielleicht noch brauchen. Nun bitte brecht auf."

Der junge Mann nickte, drehte sich um und entfernte sich eilends. Als der Reiter im Staub der Einöde verschwunden war, saß Reisender noch eine Weile nachdenklich im Stuhl seines Arbeitszimmers. Waren die Worte des Fürsten am Ende sogar fast wörtlich gemeint? Reisender erkannte, dass er sich schon lange nicht mehr in den Ländern der Menschen aufgehalten hatte und vieles nicht mehr verstand. Aber solange es dem Fürsten und der Bruderschaft diente, mochte ihm das egal sein.

Farana und Celestina standen genau am Rande der Ebene der Toten, da wo das Gras übergangslos aufhörte und der Staub und die Steine anfingen. Es war, als ob jemand genau hier eine Trennlinie gezogen hätte. Die Alte war sogar einen Schritt in die Ebene der Toten hinein gegangen und hatte ihrer Schülerin gezeigt, wo das Leben der Pflanzen versuchte, Fuß zu fassen und wo die Stellen waren, wo dieses Leben sich auflöste und verschwand. Wurzeln hingen plötzlich in der Luft, vertrocknet und braun. Gräser ragten vor in die Ebene und wurden an der Grasspitze braun. Ein Käfer schwirrte kurz in die Ebene, nur um rasch umzudrehen und sich wieder in das Grün zu flüchten, dass diesen unwirtlichen Ort einfasste. Hie und da lagen leere Panzer von Insekten herum, die den Weg in die Einöde gefunden hatten, aber nicht mehr heraus.

„Nun versuche doch mal, mit deiner Magie auch nur die kleinste Kleinigkeit an Leben in diese Ebene zu bringen", ermutigte Farana ihre Schülerin. Celestina tat, wie ihr geheißen wurde. Alleine, der Griff in die Elemente wollte nicht gelingen. „Interessant, nicht wahr", meinte die Alte.

„Was ist die Ursache?", wollte die Schülerin wissen. „Ein mächtiger Fluch, der immer noch wirkt." Diese kryptische Antwort der Lehrerin verursachte mehr Fragen: „Was für ein Fluch ist so mächtig?" FaraNa winkte der Schülerin, das ungastliche Gelände zu verlassen. Wenige Meter neben dem Beginn der Ebene setzten sich die beiden Frauen ins Gras.

„Man muss in der Magie zwischen den Elementen, den Ebenen der Existenzen und der echten, wahren Magie unterscheiden. Elemente sind die Bausteine, aus denen alles aufgebaut ist. Existenzebenen sind Orte, wo Geist auf Elemente trifft. Aber zusammengehalten wird alles von der Magie. Wirklich mächtigen Magiern ist es möglich, kleine Löcher in die Existenzebene zu stoßen und unsere Ebenen mit einer uns völlig fremden Ebene zu verbinden, der Ebene des Un-Lebens. Wie dort die Ebenen aussehen, können wir nur spekulieren, denn würden wir diesen Ort betreten, so müssten wir augenblicklich sterben. Direkt an den Rändern wo diese Ebene mit unserer aufeinandertrifft, zerstören die beiden Ebenen einander und setzen das Harz und das Pech der Ebenen frei, reine und pure Magie. Diese Magie ist ungeformt, aber sehr mächtig. Nun kann man ein Netz der Magie spinnen, wo die Magie genau ein solches kleines Tor umgibt und die Ebenen voneinander trennt. Wenn nun ein nur ganz kleines Loch bleibt, aus dem Un-Existenz in unsere Welt sickert, zerbricht dieses wenige an unserer Welt und wird Magie. Diese Magie reicht aus, das Netz, das um dieses Tor gesponnen ist, für alle Zeiten mit frischer Magie zu versorgen. Jetzt mach das Loch nur unwesentlich größer und forme das Netz, dass das Loch umgibt, etwas größer und du kannst auch das größere Netz mit Magie versorgen. Jetzt webe ein Netz von der Größe der Ebene der Toten und baue nur ein Tor, dass groß genug ist, und für alle Zeiten... Ja, für alle Zeiten hast du die Ebene der Toten geschaffen."

Celestina spürte ein wenig, dass das noch nicht alles war: „Ist das eine Theorie oder weißt du das?" – „Ich vermute es." – „Und was kann man dagegen tun?" – „Das Tor schließen, ganz einfach." – „Und warum hat das noch niemand getan?" – „Weil genau aus diesem Tor die ganze große und furchtbare Macht des Nekromantenfürsten dringt. Und um zum Tor zu kommen, muss man erst am Nekromantenfürsten und seinen Dienern vorbei. Darum nicht." – „Oh!"

Farana lehnte sich ins Gras: „Ich denke, es wird Zeit, dir das Geheimnis dieses Tores und wie man es schließt anzuvertrauen. Also, höre gut zu und sieh vor allem genau hin, denn das ist jetzt nicht mehr eine Zauberformel in einer alten Sprache." Und dann begann die FaraNa ihrer Schülerin die selten genutzten Handgriffe zu zeigen, die die Elemente zum Portal knüpften.

Baron Berecht war kein Freund des jüngsten Sohns von Graf Roderich. Leumond war zwar ein braver Krieger und keinesfalls dumm. Aber er war ehrgeizig und grausam. Und er legte zu gerne das typische Verhalten eines verzogenen Bengels aus gutem Haus an den Tag und war hochmütig. Dazu kam, dass er am Tod der Gräfin schuld war. Umso mehr verärgerte ihn der Verweis des Fürsten, nun neben der Sache mit der Hexe auch noch ein Auge auf den jungen Grafensohn zu werfen. Der Mann war bereits erwachsen, der brauchte kein Kindermädchen mehr. Und obwohl Berecht wie alle Magier als adelig galt, ließ es dieser junge Schnösel den Zauberer gerne spüren, das Berecht eigentlich nicht in den Adel geboren worden war sondern aus einer niedrigeren Gesellschaftsschicht stammte. Berechts Vater war Händler gewesen und hatte viel Geld dafür gezahlt, dass damals ein Magier im siebenten Sohn nach Talent suchte.

Woher Vater aber gewusst hatte, dass sich diese hohe Investition auszahlen mochte, wusste der Junge damals noch nicht. Heute war dem Magier klar, dass es mit der Tatsache zu tun hatte, dass das magische Talent in den siebenten überlebenden Kindern eines siebenten überlebenden Kinds oft besonders ausgeprägt war. Warum auch immer das so war. Interessant war ebenso, dass dafür tatsächlich die Anzahl der Geschwister ausschlaggebend war, die am Leben waren. Es gab dokumentierte Fälle, wo ein Kind im Sterben lag, während ein anderes geboren wurde. Und war das sterbende Kind noch am Leben, wenn das geborene Kind den ersten Schrei tat, hatte das Neugeborene eine gute Chance, magisches Talent zu entwickeln. Und war das sterbende Kind bereits tot und das Neugeborene nunmehr das sechste lebende Kind, dann war die Chance sehr niedrig. Und das unabhängig vom Geschlecht, was immer das einfache Volk über siebente Söhne von siebenten Söhnen denken mochte.

Aber Berecht wischte diese Gedanken rasch beiseite und ärgerte sich weiter. Nicht genug, dass er als Magier nun Kindermädchen zu spielen hatte: Zu allem Überfluss schien der junge Graf sich auch auf einmal für die Suche nach der Hexe zu interessieren und wollte persönlich mitkommen, statt einfach einen Trupp zur Verfügung zu stellen. Zumindest ließ er sich von Leutnant Gerant über den Hauptmann der Wildhüter Bericht erstatten. Baron Berecht hatte nicht einmal die Möglichkeit, etwas dagegen zu sagen. Diese Impertinenz der Bruderschaft zu melden hatte ebenfalls keinen Sinn, denn hatte nicht der Fürst ihm genau aufgetragen, mit diesem Bengel zusammenzuarbeiten? Es war zum verhexen und verfluchen!

Die Alte war stolz auf ihre Schülerin. Die wenigsten Lektionen musste man dem Mädchen mehr als einmal zeigen. Das natürliche Talent war in nur wenigen Tagen zur vollen Blüte gereift und erfüllte wie von alleine die Worte, Gesten und Symbole, die Celestina wob, mit Macht. Sogar die komplizierten Muster der „Wahren Magie" hatte die Schülerin auf Anhieb gemeistert.

Es wurde Zeit, das Mädchen der Na zu weihen. Aus ihr die nächste FaraNa zu machen, die Tochter der Na, die Hohepriesterin. Vollmond war noch ein paar Tage entfernt. Also weitere Formen und Sprache üben. Die Alte war trotz der geringen Zeit besorgt. Blieb noch die Kraft? Vor allem, wie lange konnte sie dem Celes vor ihr noch das Wissen vermitteln. Es fehlte noch so viel. Elementale Zauberei. Noch nicht mal angefangen. Grundlagen altimperialer Magie. Nicht angefangen. Wetterkunde, gut, da gab es auch Vorwissen. Omen deuten und Wahrsagerei – nicht einmal Grundlagen. Heilkunde, gerade einfachste Zusammenhänge. Es war zum Verzweifeln! Trotzdem, es musste die Weihe sein.

„Heute, Celestina, zeige ich dir keine neuen Zauber, keine Riten und Gebete. Heute erzähle ich dir mehr von dem, was eine Tochter der Na ausmacht." Farana fand es ganz gemütlich in der Zwergenhöhle. Windgeschützt, warm vom Feuer. Aber es war kein Ort, an dem Celestina bleiben sollte, wenn die Ausbildung abgeschlossen war. Die junge Celes vor ihr nickte und rückte das Bündel unter der Alten zurecht. „Gutes Kind", dachte die Priesterin.

„Also, meine Schülerin", fing die Alte an. Celestina sah mit höchstem Interesse auf die Lippen der Lehrerin und versuchte jedem Wort zu folgen. „im Grunde gibt es für eine Tochter der Na nur drei wesentliche Regeln: Erstens, halte den Ersten Kreislauf aufrecht. Zweitens, schütze die anderen Kreisläufe der Natur. Drittens, kehre nie den Fluss um. Alle anderen Regeln und Rituale, die ich dir gezeigt habe, dienen nur dazu, uns, die Töchter der Na, zu erinnern, was wir zu tun haben und warum wir es tun. Außerdem", Farana kicherte dabei ein wenig, „außerdem ist es ganz praktisch und hilft im eigenen Tageslauf, wenn man so ein Gerüst aus Ritualen und Regeln hat."

Dann wurde die alte Priesterin wieder ernst. „Regeln sind für uns Menschen da. Nicht wir Menschen für die Regeln. Bitte beherzige das. Viele Menschen, vor allem als Vertreter der jeweiligen Machthaber, sehen Regeln als wichtig an, weil es eben Regeln sind. Sie fragen nicht, ob die Regeln für Menschen gemacht sind, sondern sie unterwerfen die Menschen den Regeln. Herrschende finden das immer ganz praktisch. Sie machen die Regeln, die den Herrschenden dienen, und die Menschen müssen dann den Regeln dienen. Und leider finden sich dann immer Menschen, die das auch für die Herrschenden umsetzen. Einerseits gegen Geld, dann nennt man sie Söldner und Soldaten. Oder weil sie sich Vorteile erhoffen. Es gibt oft Regeln, die denen Vorteile bieten, die die Regeln überwachen. Und dann gibt es eben viele Menschen, die Regeln um der Regeln willen umsetzen. Weil sie glauben, dass die Regeln wichtig sind oder weil sie einfach nur glauben, dass es ohne Regeln nicht geht."

„Also sollte es keine Regeln geben?"

„Das habe ich nicht gesagt. Es gibt Regeln, die sind für alle Menschen gemacht und ordnen das Zusammenleben. Damit ersparen sich die Menschen viel Streit und viel Leid. Also sind diese Regeln gut und richtig. Und dann gibt es eben auch die Gesetze des Kreislaufs. Und diese Gesetze hüten wir. Die Töchter der Na."

„Und was wären die Gesetze des Kreislaufs?"

„Wasser fließt immer bergab. Was das Gesetz bedeutet, habe ich dir ja schon gezeigt." – „Und, weiter?" – „Über die Zeit folgt auf Regen immer Sonnenschein. Auch das ist keine große Erkenntnis. Aber daraus folgt, dass man manchmal nur abwarten muss und der Natur ihren Lauf lassen." – „In Ordnung. Und weiter?" – „Tag und Nacht, Sommer und Winter, Leben und Tod sind alle keine Gegensätze, sondern ein Kreislauf. Das ist weniger ein Gesetz als eine Ansicht. Man kann das als Gegensätze sehen, oder als die zwei Seiten derselben Sache. Die Töchter der Na verstehen es als zwei Seiten des Kreislaufs um eine gemeinsame Mitte. Die studierten Magier nennen es die Dualität. Wir wollen die Welt als Ganzes bewahren. Die Magier nehmen eine der Seiten und bauen daraus ihre Macht auf. Wie du selbst schon gesehen hast, ist eine einseitige Machtkonzentration so stark, dass sie sogar räumlich oder zeitlich den Kreislauf sprengen kann. Denke an die Ebene der Toten. Aber es ist diese Art der Machtausübung unnatürlich und verletzt die Gesetze des Kreislaufs."

„Wie passt jetzt das Gesetz von Regen und Sonnenschein mit dem Gesetz von der Dualität zusammen, wenn der Kreislauf gebrochen wurde?"

„Das, meine liebe Schülerin, ist der Grund, warum es uns gibt. Und unser Auftrag von der Göttin. Ich bin alt und müde. Es wird dir überlassen sein, die Ebene der Toten weiter zu bekämpfen. Aber mehr morgen, ich will schlafen."

„Eine Frage noch, Lehrerin, bitte!" – „Na gut mein Kind." – „Wie lautet dein richtiger Name? Weil Farana heißt ja nur Tochter der Na." – „Gut beobachtet. Nur, leider weiß ich meinen eigenen Namen nicht mehr. Ich bin schon so lange die Tochter der Na, dass ich vergessen habe, wie mich meine Mutter gerufen hat." – „Ist das nicht traurig?" – „Mein Kind, was kann es schöneres geben, als den Namen unserer Göttin zu tragen? Und jetzt, bitte, lass eine alte Frau schlafen."

Leumond, der Sohn des Grafen, war sich der großen Chance bewusst. Wenn er der Erbe seines Vaters werden wollte, und das war eben der Handel dahinter, musste er das Rätsel dieses Zombie-Magiers lösen. Ein Glücksfall hatte ihm den ehrgeizigen und heißblütigen Sohn des Hauptmanns der Wildhüter in die Arme geschickt. Und der hatte die Lösung für das Rätsel gekannt, ohne dass es diesem Tropf bewusst war und hatte das in seiner Meldung an den Grafensohn aufgelöst.

Der Hüter der Wälder war der Hauptmann. Die Alte und ihre Tochter waren diese Hexe und das hübsche Mädchen, welches sie mit sich genommen hatte. Ein Mädchen, von dem Leumond sich vorstellen konnte, sie zu seiner Geliebten zu machen. Für eine Heirat kam das Ding nicht in Frage, nicht ebenbürtig genug. Aber für das Vergnügen... Nun, musste er das Mädchen eben auch töten. Sollte es so sein. Seinen Spaß konnte man auch einmalig haben. Vorher. Und dann den Dolch in den zarten Körper stoßen. Auch ein Vergnügen, zumindest aus der Sicht Leumonds.

Er hatte auch schon einige Pläne, was sich in der Grafschaft Waldland ändern könnte, wenn er denn endlich die Herrschaft an sich brachte. Zuerst musste die Celes verschwinden. Er hatte Freunde unter den anderen

Adeligen. Gute Freunde. Die hatten ihre Grafschaften und Baronien ohne Celestes und waren damit viel freier. Mit Angst und Schrecken regieren. Endlich Achtung bei jedem für die eigene Position. Gesetze, die ohne Widerrede befolgt wurden. Niemand, der es wagte, wegen dem Tod der Mutter zu lästern. Und vor allem das Recht der ersten Nacht. Nicht so religiöser Firlefanz wie jetzt, sondern wirklich die Nacht mit dem Mädchen verbringen. Es gab viele gute Gründe, die Celes los zu werden. Es gab auch viele gute Gründe, die Macht zu übernehmen.

Aber davor war noch eine Kleinigkeit zu machen. Den Hofmagier seines Vaters zu beseitigen und die alte Hexe und ihre Schülerin aufzuspüren und zu töten.

„Gerant!" – „Ja, Herr?" – „Ihr sagt, Eure Schwester sei in Richtung Schattenberge gegangen?" – „Ja, Herr." – „Wer kennt sich in den Schattenbergen am besten aus, wenn es nicht Euer Vater oder Eure Schwester ist?" – „Lasst mich bitte nachdenken, Herr.", der Leutnant sah kurz in die Ferne, dann aber: „Vermutlich meine Geschwister im Dienste Eures Vaters und ich selbst, Herr." – „Nun, Leutnant", der jüngste Sohn des Grafen grinste, „dann packt bitte alles ein, was Ihr für eine längere Reise in die Schattenberge benötigt. Wir brechen morgen in der Früh auf. Und sucht vier verschwiegene und kräftige Soldaten aus, die uns begleiten können." – „Jawohl, Herr. Ich höre und gehorche."

Der Sohn des Grafen blickte dem jungen Offizier nachdenklich nach, als dieser salutierte, sich umdrehte und ging. Fleißig, dachte der Adlige. Brauchbar, vielleicht als Kommandant der Wache. So absolut rechtschaffen, bemüht, dumm und loyal. Nun, es wurde Zeit, den zugeteilten Dienern in den Hintern zu treten, die Sachen zu packen.

„Dania, das letzte Mal waren wir bei Regeln. Du erinnerst dich?", die Alte hatte auf einem breiten Stein nahe dem Gipfel des Berges Platz genommen. Von hier oben hatte man einen hervorragenden Blick über die Ebene der Toten im Osten und die Grenzlande des Reiches von Adulaid im Westen. Nach Nord und Süd standen der Sicht hohe Gipfel im Weg. Die Schattenberge hatten hier einen Pass durch das Hochtal zwischen West und Ost. Im Norden war der nächste Pass dreißig Meilen weit entfernt. Der berühmte Hohe Pass, der vor vielen Jahren durch den Opfergang der dritten Legion berühmt geworden war. Der Hauptpass durch die Schattenberge. Im Süden gab es nur noch einen Pass bis zum Meer und dem Küstenpfad: Den Hochwandpass, so genannt, weil der Weg dorthinauf durch eine Klamm führte und vor allem bei starkem Regen und zur Schneeschmelze kaum passierbar war.
Es war merkwürdig, dass der Pass zu Füßen der Fara-Na und ihrer Schülerin nicht näher bekannt war. In sehr alten Karten gab es in der Gegend den „Pfad unter dem Berg", vielleicht ein Hinweis auf die alte Zwergenstadt hier im Hochtal. Das würde bedeuten, dass die Zwerge den Pass geheim gehalten und nicht ihrem Volk zugehörige Personen gezwungen hatten, durch irgendwelche Stollen und Höhlen zu klettern. Es konnte aber

auch bedeuten, dass dieser Pass zu schwer erreichbar war, sollte jemals jemand versuchen, mit Wägen oder Maultieren den Aufstieg zu wagen. Es hatte Farana viel Kraft gekostet, sowie neun Tage Reisezeit, den Weg herauf zu nehmen. Ohne die Celes hätte sie es nicht geschafft. Wäre das Mädchen alleine gewesen, hätte es vermutlich den Pass in vier, fünf Tagen erreicht gehabt.

„Lehrerin?", Dania war wieder bereit für die nächste Lektion. Nichts von dem Gedanken der Alten ahnend.

„Ah, Regeln. Gut. Hier ein paar Regeln der Na, an die du dich halten kannst, aber nicht musst. Es sind eher Ratschläge, mit dem Ziel, dir und den Menschen um dich das Leben zu erleichtern. Wie bereits gesagt, Regeln sollten für die Menschen da sein. Nicht Menschen für die Regeln. Aber da wiederhole ich mich. Nun, eine Regel lautet, immer zum eigenen Wort zu stehen. Wenn du dein Wort gibst, musst du es halten. Dein Vater lebt nach dieser Regel, wenn ich das richtig mitbekommen habe. Es sagt dir aber auch niemand, dass du so dumm sein musst, dein Wort leichtfertig zu geben. Und wenn dir wer das Wort abringt oder ablistet, dann bist du auch nicht mehr daran gebunden, wenn die Situation sich geändert hat. Eine weitere Regel lautet, immer die Folgen eigenen Handelns zu tragen. Das heißt aber auch, dass du nicht die Konsequenzen anderen Handelns tragen musst. Du bist nicht verpflichtet, die Fehler anderer auszubessern oder ihnen zu helfen, wenn sie selbst verschuldet in Probleme kommen. Selbstverständlich liegt es an dir, ob du trotzdem hilfst. Aber unsere Göttin sagt klar, dass der Erste Kreislauf Vorrang hat. Ja?" Die Alte blickte in das fragende Gesicht der Schülerin.

„Aber, ist es denn nicht richtig, denen zu helfen, die in Not sind? Oder unverschuldet in Not sind?"

„Kind, natürlich kannst du helfen. Auch das ist nicht verboten. Es ist nur so, dass du nicht verpflichtet werden kannst, es zu tun. Es aber selbst und aus eigenem Willen zu wollen ist natürlich etwas völlig anderes und absolut richtig. Bedenke jedoch, dass der Erste Kreislauf vorgeht. Immer."

„Wie ist das zu verstehen?" – „Nun, nehmen wir an, ein Vulkan bricht aus. Das Dorf ist bedroht. Die Menschen können nichts dafür. Hilfst du ihnen?" – „Natürlich. Ich würde mit Magie den Vulkan aufhalten." – „Und mit viel Macht könntest du das vielleicht sogar. Und dann?" – „Sind die Bewohner gerettet." – „Wirklich? Der Vulkan ist nicht erloschen. Mit noch mehr Gewalt wird er schon bald ausbrechen und das Dorf hätte nur Zeit gewonnen. Und du hättest dich zwar gegen den Kreislauf gestemmt, aber nichts erreicht." – „Wie löst man das dann?" – „Rechtzeitig das Dorf warnen. Vielleicht den Lauf der Lava umlenken. Auch den Ausbruch zu verlangsamen, damit das Dorf fliehen kann. Alles gut. Aber nicht, niemals, den Ausbruch verhindern."

Die Alte holte Atem. „Zum Thema mit den Folgen des eigenen Handelns tragen gehören unter anderem auch die persönlichen Entscheidungen. Na verlangt nicht, dass du in irgendeiner Art lebst. Ob völlig frei in den Wäldern, mit Mann und Kind im Dorf, ob im Staub der Straße oder sogar unter der Erde, in den Höhlen und

Hallen unter uns, wo immer du bist, Na verlangt nur, dass du zu deinen Entscheidungen stehst. Es gibt bei Na kein Richtig, kein Falsch. Aber ein Tun oder ein Nicht-Tun. Und Na verlangt die aktive Tat. Das einzige Gebot ist die Bewahrung des Ersten Kreislaufs. Alles andere verblasst daneben. Wir sind heute auf diesen Gipfel gestiegen, um einen Ort zu suchen, um dich zur Priesterin, zur FaraNa zu weihen. Es sind noch ein paar Tage bis zur Sommersonnenfeier und dem Vollmond, zufällig am selben Tag. Ab dann werde ich dich nicht mehr Kind nennen, oder Dania, sondern Schwester."

„Und was dann?" – „Dann werde ich dich noch begleiten, solange es die Göttin zulässt, mache meinen Frieden und werde wieder Teil des Großen Kreislaufs der Seelen."

„Und warum der Ort, FaraNa?" – Die Alte lächelte. Eine Sache, die die Priesterin im Lauf vieler Jahre gelernt hatte, war das Geheimnis vom richtigen Ort zur richtigen Zeit, von dem Wert von Symbolen und von symbolischen Handlungen. „Wenn ich dir, Dania, nur eine Sache neben der Weihe zur Priesterin mitgeben kann, dann die Bitte, nur nie die Wirkung von Symbolen und Gesten, Orten und der richtigen Zeit zu unterschätzen. Auch das ist ein Kreislauf, aber einer, wo ich keinen Zauberspruch kenne, der ihn beschleunigt oder verlangsamt. Ich kann nur so viel sagen, dass wenn alles passt, der richtige Ort und die richtige Zeit, dann verstärkt das jede Wirkung. Und ist Ort oder Zeit falsch, kann das eine Wirkung vollständig verhindern. Nimm als Beispiel diesen Ort hier. Eine Steinplatte nahe dem Gipfel dieses Berges. Ein hoher Aufstieg, man muss weit wandern, bis man hier ist. Im Moment ist das einfach nur eine Steinplatte am Rand eines Berggipfels, wie du sicher viele hier in den Schattenbergen finden kannst. Es ist im Moment einfach die falsche Zeit. Bei Vollmond oder zur Sommer-Sonnenwende verwandelt sich das hier in einen Naturtempel der Na. Du wirst sehen. Nutze das später. Mache aus dem einfachsten Zauber, dem einfachsten Ding, ein Mysterium. Was du für dich alleine mit einem Schnippen der Finger tust, wenn du Zuseher hast, muss der Ritus deutlich länger dauern. Mache nie eine Heilung mit einem Winken der Hand. Mache es mit einer speziellen Geste", dabei hob die Alte ihre Arme kreisförmig nach oben und lies ein lautes „Wuah!" verlauten. „Oder irgendetwas anderes, dass dir gefällt. Du machst das nur für dein Publikum, für die Zuseher. Wenn du mit dem Finger schnippst, hält man dich für mächtig. Aber das kann jeder mit dem richtigen Training. Aber wenn du daraus eine Vorführung machst, bekommst du Respekt für dich und deine Fähigkeiten. Menschen sind leider so, sie lassen sich vom Schein blenden und durch hohle, aber groß wirkende Symbole, Gesten und Worte beeindrucken. Nutze es immer zum Besten für die Sache."

„Ja, aber ist das nicht Betrug?" – „Was ist Betrug? Jemanden mit Vorsatz schaden, oder?" Dania nickte. Die Alte fuhr fort: „Und will ich mit Vorsatz schaden?" – „Nein, aber man könnte es." – „Ja, aber will ich es? Nur weil ich etwas könnte, heißt das nicht, dass ich es auch tue. Du nimmst einen Pfeil und tötest ein Tier. Was hindert dich, denselben Pfeil auf einen Menschen zu schießen?" – „Ich würde den Menschen doch ermorden!" – „Ja, natürlich würdest du das, und es wäre falsch. Aber weder der Pfeil noch der Bogen verhindern es. Du bist selbst dafür verantwortlich. Und so ist das mit den großen Gesten und Worten und mit dem Betrug. Die einfachen Menschen verstehen wenig von Magie. Für die ist das was ganz Großes, Gefährliches, Geheimnisvolles, Bedrohliches und Überwältigendes. Wenn du mit den Fingern schnippst, und das war es, dann ist das zu wenig. Die Menschen verstehen das nicht. Es erfüllt einfach nicht ihre Erwartungen in die Magie. Wenn du hingegen die große Schau abziehst, dann tust du all das, was sie auch von ihren Dorfscharlatanen gewohnt sind. Wenn es dann auch noch wirkt, wie zum Beispiel die Heilungen, dann bist du schon absolut die Größte für das einfache Volk. Ihnen erzählen wie ihre Zellen auf deine Magie reagieren und wie du die Musik des Lebens in ihnen hören kannst? Sie verstehen es nicht. Du kannst einem Blinden nicht von Farben erzählen, er hat keinen Begriff davon. Schwindel? Eher Schutz. Schutz für dich, aber auch Schutz der Menschen vor einer Wahrheit, die sie nicht verstehen können."

Die Schülerin staunte. War das schon alles? Talent und viel Schauspielerei, um die einfacheren Gemüter zu beruhigen? Die Alte schien auch das wieder zu spüren, als sie fortfuhr: „Nun, zunächst musst du natürlich in der Lage sein, echte Magie zu wirken. Das bist du inzwischen allerdings. Dann unterscheidest du dich vom klassischen Betrüger oder Scharlatan dadurch, dass die Riten und Sprüche bei dir Wirkung haben. Aber wenn dir das zu nahe am Betrug ist, schlage ich vor, das heimliche Zaubern zu üben und eine Tarntätigkeit zu entwickeln, wo das Zaubern von Magie nicht auffällt. Auch das kann man als Betrug oder Schwindel ansehen, aber es ist immer noch besser als wenn du dein volles Potential offen zeigst. Weil das beschwört tatsächlich Probleme herauf."

„Welche Probleme?"

„Neid, das größte Problem ist Neid. Neid auf dich, auf deine Fähigkeiten. Darauf, dass du kannst, was du gelernt hast. Man wird dir deine Macht neiden, Schülerin. Neid ist schlecht, weil darauf viele andere unschöne Dinge aufbauen, wie Hass, wie Wut. Wie Trotz. Dann ist da Angst. Genauso schlecht wie Neid. Menschen neigen in ihrer Angst zu falschen Entscheidungen. Sie werden lenkbar von denen, die mit ihrer Angst spielen. Angst vor der Herrschaft bringt mit sich die Macht der Herrscher über die Menschen. Angst vor dem eigenen Tot lässt Menschen immer wieder auf Scharlatane hereinfallen. Denke nur an Tränke und Salben, die angeblich verjüngen oder ewiges Leben schenken können. Und als Drittes ist da Ehrgeiz und Gier. Zu oft glauben Menschen, entweder mit oder gegen uns könne man die eigene Existenz besser machen. Töte eine Hexe und hole die Belobigung vom Herrscher. Oder bekomme eine Belohnung. Lerne Naturmagie und sei stärker als die Akademiemagier. Oder wisse ein Geheimnis, dass nur du kennst. Es gibt so viele Möglichkeiten, Ehrgeiz und Gier in etwas Schlechtes zu verwandeln. Und wenn die Leute wissen, was du bist und was du kannst, greifen sie dich aus Angst, Neid, Gier oder Ehrgeiz an. Wobei, Ehrgeiz und Gier sind aus meiner persönlichen Sicht nur zwei Seiten desselben Gefühls, einmal nach außen gerichtet beim Ehrgeiz und einmal nach innen gerichtet bei der Gier."

„Verfluchte Hexe", dachte der Sohn des Grafen. Seine Gruppe war nun schon seit mehr als vier Stunden auf besseren Wildwechseln auf dem Weg durch die Wälder der westlichen Schattenberge. Spuren von der Hexe und ihrer Schülerin waren nirgendwo zu bemerken. Dafür war alles voll mit Strauchwerk und Ästen, die an ihm zogen und zupften. Die Männer schwitzten unter ihren Rüstungen und unter dem Gewicht ihrer Rucksäcke. Immer wieder musste Leumond aufdringliche Insekten verjagen, die vor allem ihn als Ziel ihrer Anflüge auserkoren hatten. Das einzige, was den jungen Schnösel aufheiterte, war das Gesicht des Magiers hinter ihm. Baron Berecht trug neben seinem Gepäck auch noch einige Pfunde zu viel am Körper mit sich herum und war daher entsprechend außer Atem. So war auch seine Laune. Der Leutnant schien das kaum wahrzunehmen. Mit sicherem Tritt des geübten Waidmanns ging er der Gruppe voraus und las die Spuren. Nicht, dass es viel zu lesen gegeben hätte. Seine Schwester war mit der Hexe bereits vor einigen Tagen hier durchgekommen und inzwischen hatten viele Tiere und vielleicht auch der eine oder andere Jäger, Wilderer oder Holzfäller hier den Weg genutzt. Es war kaum anzunehmen, dass es noch verwertbare Spuren gab. Aber der Leutnant hatte so eine Vermutung, was die Alte vorgehabt haben könnte. Es gab nur wenige Täler, die eine Frau ihres Alters, selbst mit Hilfe seiner Schwester, bewandern konnte. Die Klammen und alle Täler tief im Schatten fielen aus. Blieben also drei mögliche Wege, einer nach Norden, einer nach Süden und der nach Osten. Und Gerant ging davon aus, dass der Weg nach Osten am einfachsten war. Es gab mehrere Hochtäler in diese Richtung, aber nur zwei Wildwechsel, die er kannte, die über die Pässe führten. Einer hoch und steil, fast bei den Gipfeln, der andere weniger hoch und mit einem langen, aber flacheren Aufstieg zu einem Pass. Und dorthin lenkte er die Gruppe.

Die vier Soldaten waren kräftige Kerle und Strapazen gewohnt. Innerhalb kürzester Zeit trugen sie alle Ausrüstung alleine. Ihnen war reiche Belohnung versprochen worden, also murrten sie nicht. Trotzdem war der Grafensohn nicht zufrieden. Immer noch gab es zu viele Insekten und der Magier schien sie von sich abzustoßen.

Um die Mittagsstunde fanden sie einen Lagerplatz, wo sie Rast machen konnten. Eine Feuerstelle der Jäger war hier mit Steinen sauber ausgelegt und jemand hatte Holz unter einem Felsen vor Nässe sicher gelagert. Die Gruppe machte Rast.

„Sag, Farana, wie ist das Leben als Priesterin so?",
Dania sprach inzwischen fast nur noch Alt-Oskurisch
mit ihrer Lehrerin. Auch da war die Celes wieder höchst
talentiert gewesen, dachte die Alte. „Nun, ich kann dir
sagen, wie ich gelebt habe. Im nördlichen Wald, nahe
den Barbarensteppen, wo die Zwergnomaden ihre Ren-
tiere hüten. Einsam, in einem geräumigen Blockhaus,
mit Tieren, in Gebet und Meditation versunken. Aber
ich habe einen Fehler gemacht und muss ihn jetzt bü-
ßen." – „Einen Fehler?" – „Ja, meine Schülerin. Ich
habe viel zu spät erkannt, dass ich keine Schülerinnen
für Na herangezogen habe. Und da ich bereits seit
Jahrzehnten keine Töchter der Na mehr getroffen habe,
weiß ich nicht einmal, ob ich nicht inzwischen die letzte
Priesterin bin. Gut, bald nicht mehr, da du dann auch
Priesterin sein wirst. Aber wenn ich nicht mehr bin,
bist du vielleicht die letzte." – „Schrecklich." – „Nun, ich
weiß es nicht, ob das überhaupt stimmt. Vielleicht
kommst du in ein Gebiet, wo die Töchter der Na sehr
zahlreich sind. Oder du triffst auf Geschwister von uns,
von den Gemeinschaften des Bog oder des Ti. Ich wage
es nicht zu hoffen. Und bitte erwarte es nicht. Wir waren nie viele, auch früher nicht. Und seit der Sache mit
der Ebene der Toten sind wir weniger und weniger geworden. Erst mit dir wage ich, wieder zu hoffen."
„Warum mit mir, meine Lehrerin?" – „Ach, Kind, weil
du etwas Besonderes bist. Etwas, das es eigentlich so
nicht geben dürfte. Ein außerordentliches Naturtalent
in der Magie. Und du hast einen Engel in der Reihe

deiner Ahnen. Es leuchtet dieser übernatürliche Schein aus dir. Du bist zu Großem geboren."

„Ein Engel? Aber dann müssten ja meine Geschwister und vielleicht meine Mutter oder mein Vater auch sowas sein. Wie die Celes am Hof des Grafen?" – „Ja, meine Schülerin. Ein Celes. Dein Vater ist einer, oh ja!" – „Mein Großvater auch?", aufgeregt kramte Dania in ihren Sachen herum und holte das in Leder gewickelte alte Kettenhemd des Großvaters heraus. „Kannst du damit etwas anfangen?"

„Kind, was kann ich dir da helfen? Das ist ein altes Kettenhemd. Ich kann keine Geister beschwören, denen dieses Hemd einmal gehört haben mag." – „Aber als Hexe kann man doch so etwas, oder?"

Die Alte kicherte. „Hexe? Nun, vielleicht mag es Hexen geben, die das können. So mit irgendeinem Pakt mit den Mächten der Finsternis, und so. Aber ich bin eine Tochter der Na, keine dieser Hexen. Ich beherrsche die Kräfte des Kreislaufs, nicht die der Totenzauberei. Ein wichtiger Unterschied. Aber, lass mich mal sehen, was das für eine Rüstung ist, vielleicht kann ich trotzdem was dazu sagen."

Farana nahm das Kettenhemd vorsichtig in ihre Hände, war es doch offensichtlich ihrer Schülerin sehr viel wert. Sie rollte es auseinander und ihr fielen gleich die großen Löcher im Bereich von Schultern und Rücken auf, wie sie nur riesige, grässliche Klauen reißen konnten. Kein Bär, kein Löwe war in der Lage, solche Löcher zu reißen. Es gab nur eine Macht, die dazu im Stande war: Ein Totenwolf, eine magisch im Tod veränderte

Bestie. Und nur eine Macht hatte diese Totenwölfe in der Lebenszeit der Alten magisch beschworen: Ausgerechnet ihr ehemaliger Schüler, der Nekromantenfürst.

Die alte Priesterin war sich sicher: Diese Rüstung hatte eine Schlacht gesehen. Vielleicht die am hohen Pass. Vor etwa fünfzig Jahren, da war die dritte Legion in den Opfertod gegangen. Ein sinnloses Opfer, ein überehrgeiziger General. Hätte er sich zurückgezogen, hätten die dritte, vierte und fünfte Legion gemeinsam den Feind besiegen können. Aber so hatte das Heer der Totenzauberer die Seelen der ganzen dritten Legion entführen können. Außer vielleicht der des Besitzers dieses Kettenhemds. Farana war damals in der Nähe gewesen und hatte die Schlacht am Hohen Pass verfolgt. Den Nekromanten war es nie um die Eroberung Adulaids gegangen. Sondern immer nur um das Ernten von erfahrenen Seelen einer Armee. Und das war ihnen gelungen. Die Alte hatte sie gesehen, die Seelenernter. Geister, die über den Sterbenden und Toten weilten und die Seelen aus ihren Körpern saugten. Ein grauenvoller Anblick. Auch hatten die Nekromanten alle Körper, die nur einigermaßen intakt waren, zu unheiligem Un-Leben erweckt und danach weggebracht. Was die vierte Legion einen Tag später besiegen konnte, war eine Nachhut, ohne Magier und ohne starke Gegner. Einfache belebte Körper ohne Geist. Keine Heldentat, auch wenn die Legion sich dessen immer noch rühmte.

Wie immer hatte der General der dritten Legion selbst sein angerichtetes Unheil überlebt. Er war mit einem kleinen Trupp von Leibgardisten, dicht bedrängt und dank der Hilfe eines Hofmagiers, entkommen. Um sein Versagen zu verbergen wurde er hochbefördert und zum Legaten für den Südlichen Wehrbezirk ernannt, Kommandant über drei Nachschublegionen ohne Chance auf weitere Einsätze an Kriegsfronten. Von der restlichen Legion konnten allenfalls zwei Handvoll Männer irgendwie entkommen und sich durchschlagen. Offensichtlich war auch der Großvater von Faranas Schülerin dabei gewesen.

„Nun, meine Schülerin", meinte die Alte, „das Kettenhemd ist eindeutig von einem höheren Offizier getragen worden. Vermutlich damals, in der Schlacht am Hohen Pass. Wenn du mehr wissen willst, wirst du eines Tages in die Hauptstadt von Adulaid, nach Silberwall, gehen müssen. Dort frage bitte nach der Offiziersliste der Dritten Legion, die von den Untoten vernichtet wurde. Sehr vermutlich war dein Großvater bereits ein Celes. Merkwürdig aber weise sind die Wege der Na."

„Was bedeutet es, ein Celes zu sein?", wollte die Schülerin wissen. „Was das bedeutet?", die FaraNa kicherte. „Nun, dazu müsste ich einer sein, um das beurteilen zu können. Was es bedeutet? Aber ich kann dir sagen, was es mit sich bringt. Alle Celestes sind magisch begabt. Viele zieht es zu den Waffen und sie geben hervorragende Soldaten und Offiziere ab. Oder Wildhüter, wie es dein Vater beweist."

Dania war noch nicht zufrieden: „Gibt es auch Heiler unter den Celestes?" – „Oh ja, meine Schülerin, die gibt es. Heiler und Priester. Oh ja. Mit dem magischen Talent ist es wenig verwunderlich, wenn ein Celes einen guten Heiler abgibt. Warum?" – „Weil mein Großvater Heiler war. Ein guter Heiler, wie die Leute sagen." – „Das, Engelchen, erklärt vieles. Oh ja, vieles. Du wirst dereinst eine gute Tochter der Na sein!"

„Nun, Lehrerin, bitte dann um weitere Unterweisungen dazu, was das Leben einer Priesterin der Na ausmacht." Dania hatte es sich zu Füßen der FaraNa bequem gemacht. Die Alte seufzte inwendig. Das wurde ein langer Tag.

„Schülerin, das wirst du selbst herausfinden müssen, für dich. Mein Weg ist der alte Weg, und er war falsch. Heute sind du und ich die beiden letzten mit dem hohen Wissen um die Magie der Natur. Ich hätte viel mehr nach Schülerinnen wie dir suchen müssen. Viel früher. Stattdessen habe ich meine Jahre und Kräfte vergeudet und habe über das Leben und die Göttin Na meditiert. Und heute ist niemand mehr da, außer uns Beiden. Du musst andere Wege gehen, wenn die Schwesternschaft überleben will. Aber welche, das kann ich dir nicht raten. Ich kann dir nur an Wissen geben, was ich besitze. Und das ist herzlich wenig. Das Wissen, was du suchst, das habe ich nicht."

„Aber wie gehe ich auf Menschen zu?" – „Du bist ein Naturtalent, deine Vorfahren. Das macht es dir leichter. Beherzige, was ich dich über den Wert von Gesten und Symbolen gelehrt habe. Beeindrucke die einfachen Geister, siebe die Talente. Gebe an die Frauen das Wissen weiter. Vielleicht willst du Hebamme sein, das wirkt immer. Kräuterfrau. Dorfheilerin. Gebe den Kreislauf weiter. Frauen leben im Kreislauf. In den weiblichen

Monden, in den Jahreszyklen, im Geheimnis von Gebären und Sterben. Wir Frauen wissen um den Kreislauf, seit jeher. Nutze das, in den Dörfern, bei den einfachen Menschen. Bilde die Frauen aus. Helfe den Dörfern gegen unterdrückende Grundherren und gegen alle, die den Kreislauf verletzen. Vielleicht ist es das? Oder vielleicht ist es besser, du gehst in die großen Städte und erzählst dem armen Volk dort vom Kreislauf. Auch die Armen leben oft am Rande des großen Kreises, aber kennen den Fluss nicht. Sie benötigen Hilfe. Was immer du tun wirst, es wird deine Entscheidung sein. Ich habe dich Magie gelehrt, aber die Schwesternschaft muss sich ändern, wenn sie überleben will. Und das musst du tun. Ich bin einfach zu alt. Der Tempel der Na, meine Schülerin. Der Tempel der Na wird auch mein letzter Ruheplatz. Wenn ich sterbe, trage bitte meine sterbliche Hülle hoch, lege sie auf dem Stein ab und überlass den Rest dem Willen der Na. Sehe nicht zurück, sondern behalte mein Andenken im Herzen und gehe. Du bist die Zukunft, mein Kind. Und mein eigener Kreislauf hat sich dann vollendet. Und ein neuer, dein eigener Kreislauf, beginnt."

Gerant hatte als erstes die vielen verblühten Blumen gefunden, die den Weg säumten. Aber selbst dem Magier Berecht, dem sonst nie etwas auffiel, kam das merkwürdig vor. Vor allem, weil es seltene Pflanzen waren, außer der Jahreszeit erblüht. Sie waren diesem Pfad von Blumen gefolgt, seit sie das Dorf Weitfeld verlassen hatten. Inzwischen hatte so etwas wie Jagdfieber die Gruppe erfasst. Offensichtlich war es einfacher als gedacht, man musste nur diesem verwelkten Pflanzenteppich folgen. Die Gipfel rund um die Gruppe wuchsen zu unüberwindlichen Wällen empor, aber das Tal, dem sie folgten, war immer noch tief gelegen, ohne starke Steigung. Die kam auch, am Tal-Ende, wie der junge Leutnant wusste. Hier hatte sein Vater den jungen Wildhütern das Jagen und Anschleichen beigebracht. Alles Fertigkeiten, die seine Schwester auch beherrschte, wie der Soldat wusste. Noch war die Jagd nicht vorbei. Und die Aussichten auf Erfolg waren aus Sicht des Sohns des Wildhüters eher gering. Aber die Herrschaften wollten es so, also würde er gehorchen.

„Wenn ich Graf wäre, wäre das mein Jagdgrund", murmelte Leumond, zur friedlich grasenden Hirschherde auf den Feuchtwiesen im Talgrund deutend. „Hier hat noch nie jemand einen Pfeil geschossen, seit Anbeginn der Zeiten. Was für ein prachtvoller Wildbestand!" Gerant wusste es besser. Die Wildhüter hatten hier geübt. Aber er schwieg wissend. Auch sein Vater war der Meinung, das sei ein magischer Ort, nahe an Wildnis und Natur, und es läge ein Geheimnis über dem Tal. Sie waren den Tieren gefolgt und hatten gejagt. Nicht sehr erfolgreich, und der junge Graf mochte eine Lektion gelehrt bekommen, sollte er es versuchen. Das Wild hier war extrem wachsam und irgendwie hatten die Pfeile der Jäger, so gut gezielt sie auch waren, ihr Ziel nur selten getroffen.

Baron Berecht, der Magier, fluchte immer noch bei jedem Schritt. Die Schönheit dieses tiefen Tals ging vollständig an ihm vorbei. Die Blasen an den Plattfüßen waren ihm wichtiger. Berecht hatte in den drei Tagen trotz reichlichem Essen an Gewicht verloren. Die Sonne und die Luft hatten sein Gesicht gebräunt und er hatte Flecken auf seiner Robe. Die Stimmung des Mannes war gedämpft. „Jagen, Hexen jagen, Wild jagen, jagen, jagen. Was anderes haben die Herren nie im Sinn", schimpfte er leise vor sich hin.

„Nun, Magier", stichelte der Grafensohn, „endlich einmal Bewegung für den Büchersack? Vielleicht wollt Ihr mit Eurer Macht eine Sänfte beschwören?"

Der Magier fand das weniger lustig: „Euer Gnaden kann sich sicher sein, wenn wir auf die Hexe treffen werdet Ihr froh sein, wenn ich nicht meine Zauberei auf Kinderkram verschwendet habe!" Berecht war nicht gewillt, zuzugeben, dass es seine Macht überstieg, für bequemeres Reisen zu sorgen, als den Schutzbann vor Insekten oder den Schutz vor Regen zu wirken. Um den Tod willen würde er, Baron Berecht, diesem aufgeblasenen Jüngling gegenüber niemals zugeben, wie wenig seine Magie tatsächlich vermochte, außerhalb der Hilfe durch die Bruderschaft natürlich. Aber wenn der Jüngling starb, dann freute er sich darauf, eben mit dieser Hilfe die Leiche des Grafensohns in einen lebenden Toten zu verwandeln. Rache musste sein!

Dania war mit dem Schmücken der Steinplatte fertig. Mit der Zauberei, die Farana sie gelehrt hatte, war es ein Leichtes gewesen, die Blumen und Ranken wachsen zu lassen. Samen hatten sie aus dem Tal mitgebracht.

Wasser auch. Farana lag erschöpft und schwer atmend am Rücken und blickte der untergehenden Sonne nach. Bald schon würde nur der volle Mond auf den Gipfel scheinen. Die Alte fühlte ihre Lebensenergie aus dem Körper eilen. Nur mehr wenige Stunden. „Große Göttin!" flehte die Priesterin stumm. „Nur mehr wenige Stunden. Gib mir die Kraft. Ein letztes Mal."

„Ein letztes Gebet muss ich dich lehren, meine Schülerin", murmelte die Alte schwach. „Das Gebet, mit dem man die Seele auf die Reise schickt. Damit kann sie die Hülle sauber verlassen und von den Todesmagiern nicht mehr beschworen werden. Also, höre zu: Asimuni, Etasimas..." Die Celes hörte aufmerksam zu. Das Gebet war nicht lang und klang weniger wie ein Gebet denn wie ein Gesang. Damit trennte sich die Energie eines Lebewesens sauber von der Materie und war frei. Dann verband sie sich mit dem Kreislauf, wie Dania inzwischen wusste. Freie Seelen suchten sich neue Körper. Und der Kreislauf war mit der Wiedergeburt geschlossen. Die Formel war eigentlich nicht notwendig. Wie jede Formel bisher. Sie half als Gedankenstütze, was in der Magie zu tun war. Nicht mehr, nicht weniger. Man konnte das Gebet auch stumm sprechen oder ohne Worte nur denken. Oder einfach nur handeln, wie es die Na vorgab. Tun. Das Geheimnis der Na. Tun. Nicht denken, nicht reden. Tun. Heute schritten die beiden Frauen zur Tat. Dania würde die neue Fara-Na werden.

Die letzten Strahlen des rötlichen Feuerballs der Sonne küssten die Stirn der Alten. Diese richtete sich noch einmal auf. „Der Ritus", dachte die alte Priesterin verwirrt. „Tun. Weihe die Priesterin." Und dann erlosch mit dem letzten Strahl der Sonne, der die Bergspitze berührte, auch das Leben der letzten Schwester der Na. Und die Dämmerung sah die Schülerin weinen. Wie sollte sie jetzt die Weihe bekommen?

Das Licht des vollen Mondes strahlte auf die Steinplatte. Dania saß daneben, die leichte Leiche ihrer Lehrerin sanft im Arm wiegend und ein Trauerlied singend, wie es in Weitfeld üblich gewesen war. Aus der Tiefe der Täler um den Gipfel stieg leichter Nebel, in dünnen Fäden. Von weiter weg sah man die Lichter der Sonnwendfeuer, die an diesem Tag in den Dörfern entzündet wurden. Der Leichnam war bereits am Erkalten und schon bald würde er die feuchtkalte Temperatur der nächtlichen Umgebung annehmen. Für übertriebene Trauer war das Wesen der Celes auf diesem Gipfel nicht geschaffen. Tun, das verlangte die Na. Vielleicht war sie keine Tochter der Na geworden. Aber die Magie beherrschte sie. Die ehemalige Schülerin tat, wie die Lehrerin gebeten hatte: Sie sang leise das Gebet zur Lösung der Seele vom Körper.

Und tief im Fels hallte etwas leise mit. Wie eine Bronzeglocke, die angeschlagen worden war. Nur sehr weit entfernt. Der Leichnam im Arm von Dania war gefühlt noch leichter geworden. Der Nebel zog nun in einem dichten Schwall auf den Gipfel. Und aus dem Nebel schälte sich eine grob menschliche Form. Ein Schatten ihrer Lehrerin, der langsam Gestalt annahm. Die Seele zeigte sich. Ein Licht, aus der Region, wo bei einem

Menschen das Herzen sein mochte. Es leuchtete auf die ehemalige Schülerin. Und eine vertraute Stimme sprach im Geiste der jungen Frau beim Felsen: „Erhebe dich, FaraNa. Ich erwähle dich als Priesterin."

Die Celes tat wie ihr geheißen. Aufrecht stand sie vor dem Geist, der nun die Form einer Frau mittleren Alters angenommen hatte. Eine Form, wie die Alte in der Blüte ihrer Jahre ausgesehen haben mochte. Diese Frauengestalt umarmte Dania, die sich geborgen fühlte, gab ihr einen Kuss auf die Stirn und verwandelte sich wieder in Nebel. Doch statt dem Stein nahe dem Gipfel war da jetzt ein Tempel, gebildet aus leuchtenden Nebelsäulen, die wie Bäume wirkten, Wände wie Korngarben, und ein Dach aus tausenden Sternen. Die Vision verblasste nach kurzem, die junge Priesterin hinterlassend. Na selbst hatte sie erwählt und geweiht.

Dania tat wie von Farana gewünscht und legte den Leichnam ihrer Lehrerin vorsichtig auf der Steinplatte ab. Die mit Magie beschworenen Pflanzen waren verwelkt. Der Tempel aus der Vision verschwunden. Der Zauber des Ortes verblasst. Jetzt war dieser Ort nur mehr das Grabgelege der Alten. Mochten sich Wind, Wetter, Sonne und die wilden Tiere um den Rest dessen kümmern, was die Hexe und Priesterin gewesen war. Die Alte benötigte die sterbliche Hülle nicht mehr und die Schülerin konnte damit nichts anfangen. Mochte sich die Natur darum kümmern.

Rasch waren die paar persönlichen Sachen gepackt und die neue FaraNa machte sich auf den Weg ins östliche Hochtal um dort ein letztes Mal in der Höhle zu übernachten. Der volle Mond schien hell auf den Weg. Vom Nebel, der kurz zuvor die Sicht verdeckt hatte, war nichts mehr zu bemerken. Dafür glaubte die frischgebackene Priesterin über den Pass nach Westen unten im Tal den Schein eines Feuers zu erkennen. Zu nahe für ein Sonnwendfeuer. „Vielleicht Jäger", dachte sie, und Sehnsucht danach, ihren Vater nochmal zu treffen, erfüllte ihr Herz. Vielleicht war das der erste Weg. Auch ihrem alten Leben Lebewohl zu sagen. Ein kurzes Gebet des Dankes an die Göttin Na am Weg hinunter. Es wurde Zeit, mit der Arbeit zu beginnen.

„Vollmond", meinte Korporal Berri, einer der Soldaten des Leutnants. Gerant blickte auf: „Ja, und, Soldat?" – „Heute ist Sommersonnenwende und Vollmond. Da passieren immer Dinge, sagen die alten Leute." – „Soldat, das ist ein Befehl, keinen Gedanken daran verschwenden!" – „Wie soll man das, Herr Leutnant", Soldat Sorbin mischte sich ein. „Der Nebel ist ungewöhnlich." In der Tat war es im Tal dunkel und nebelig geworden. Allerdings hob sich der Nebel bereits. Typisches Verhalten in der Dämmerung nach einem heißen Tag hier in den Bergen. Gerant hielt wenig von Männern, die sich wie die Klatschweiber an der Linde in seinem Heimatdorf verhielten.

„Männer, es ist in der Tat heute eine besondere Nacht", lies sich Baron Berecht vernehmen. „Nicht der auch noch", dachte der junge Offizier, innerlich laut aufseufzend. Nach außen geheucheltes Interesse: „Herr Magier, habt Ihr uns mehr zum heutigen Tag zu sagen?"

„Natürlich, es war an genau einem Tag wie diesen, als die Leute in Auhofen der Geisterfee begegnet sind..." Immerhin waren die Geschichten des Magiers immer spannend und für das Lagerfeuer gute Unterhaltung. Gerant lehnte sich zurück und lauschte. Besser als jeder weitere Aberglaube, auf jeden Fall.

Die Geschichte war gut vorangekommen, als sich der junge Grafensohn, der abseits gesessen und nicht den Geschichten gelauscht hatte, mit den Worten: „Ich glaube, wir haben auch ein Geisterproblem!" die Geschichte ausgerechnet an der spannendsten Stelle unterbrach. Tatsächlich, über einem Gipfel im Süd-Osten am hinteren Ende es Tals hatte sich eine weißlich leuchtende Wolke oder weißlich leuchtende Nebelbank gebildet. Die in ihrer Helligkeit sogar das Licht des Mondes überstrahlte.

Der Magier war sofort aufmerksam. Aber auch er konnte auf die Distanz keine Details erkennen. Geschweige denn nachspüren, ob das Magie war, oder nicht. Aber war das wesentlich? Es würde zur Hexe und ihrer Schülerin passen, eine Nacht wie diese für irgendein Ritual zu nutzen. Und was sonst konnte es gewesen sein? „Ich denke, meine Herren, wir haben ein Ziel", meinte er daher nach kurzem Nachdenken. „Da oben sitzt eine Hexe und zieht ihre finsteren Riten ab. Und es scheint unser Ziel nahe zu sein."

Gerant wusste es besser, das waren mindestens noch zwei Tage Marsch. Aber so sollte es sein. „Ich höre und gehorche", murmelte er. Das Ende der Geschichte des Magiers war jedenfalls vergessen.

Der alte Schmied saß beim Hauptmann der Wildhüter vor der Blockhütte und sah versunken in die Glut, die vom Mittsommernachtsfeuer übriggeblieben war. „Ob es wohl eine gute Idee gewesen ist, meine Enkeltochter mit der alten Hexe mitzuschicken", sinnierte der Alte. Sein Schwiegersohn Ladrin neben ihm brütete ebenfalls: „Ob Gerant und sein Trupp wohl die beiden schon gefunden haben." – „Denke ich nicht", meinte der Schwiegervater. „Die beiden Frauen hatten doch einen erheblichen Vorsprung." Der Wildhüter nickte und meinte: „Wollte selbst Magier werden, wie ich jünger war. Traum von mir, schon von klein auf. Meine Mutter wollte das nicht. Du erinnerst dich sicher an sie?" – „Ja, ich erinnere mich an Dania. Ihr habt ja deine Tochter nach der Großmutter benannt. Celestina ist jedoch hübscher." – „Hübsch oder nicht, mein Vater hat seine Frau über alles geliebt. Und wenn sie etwas gesagt hat, dann hat mein Vater es getan. Egal was. Und deswegen durfte ich nie an den Hof und zu einem Test. Keine Magie für mich. Nun, es war eine gute Idee, Celestina der Hexe mitzugeben. So kann wenigstens sie Magie lernen."

„Die Magie einer Hexe." Der Alte war nicht wirklich überzeugt. Antwortete der Hauptmann der Wildhüter: „Ja, die Magie einer Hexe, Schwiegerpapa. Naturmagie. Passt zu unserer kleinen Jägerin." – „Das stimmt, Ladrin, das stimmt." Der Alte bewegte sich sacht, um wieder Wärme in seine schmerzenden Knochen zu bringen.

Der Nachthimmel stand über den beiden Männern und es war bereits still im Dorf. Nur aus der Hütte vom Bauer Joram war das Weinen eines Säuglings zu hören, dem kurz darauf die singende Stimme einer jungen Frau folgte.

Da war es den beiden, als wäre über den östlichen Gipfeln, dort, wo der höchste Berg war, ein zweiter Mond aufgegangen. Das Licht war nur kurz zu sehen, aber zu lange für ein Wetterleuchten. Die beiden sahen sich an – was war das gewesen? Am Ende Magie? Ein Zeichen von Celestina?

IV.

Die neue FaraNa erreichte die kleine Höhle unter dem Felsen. Von außen war der Einstieg schmal wie immer. Aber im Inneren gab es Licht. Dania stand am Eingang, unschlüssig, ob sie eintreten sollte. Eine raue Stimme, sprach sie auf Alt-Oskurisch mit starkem Akzent an: „Keine Angst, ich bin alleine." Die Stimme klang nicht bedrohlich. Also fasste sich die junge Celes ein Herz und trat tiefer hinein.

Am Ende des Eingangs, bei der Zwergenwand, brannte ein Feuerchen und daneben saß ein verwachsener, kleiner weißhaariger, alter Mann mit langem Bart, in ein einfaches sackartiges Gewand gekleidet und einem Wanderstab an die Wand hinter sich gelehnt. Die junge Priesterin verneigte sich ehrerbietig vor dem Zwerg und sprach ihn auf derselben Sprache, die er verwendet hatte, an: „Herr des Berges! Mein Name ist Dania, eine Tochter der Na."

Der Alte nickte freundlich in ihre Richtung, wies zur Feuerstelle und meinte, wieder Alt-Oskurisch nutzend: „Bitte, setz dich zu mir. Ich bin Modin, Sohn des Boro, kein Herr aber der Hüter des Berges. Ich grüße dich, Tochter der Na, als ein Sohn von Welt."

Der Zwerg hatte den Begriff eines Priesters verwendet, war also auch ein Priester des Ersten Kreislaufs. Merkwürdig für Dania war nur der Umstand, dass ihre Lehrerin nie erwähnt hatte, dass Welt auch Priester besaß. Aber umso mehr überwog die Freude, nicht alleine zu sein, in der Aufgabe, den Ersten Kreislauf zu ehren. Sie verneigte sich noch einmal tief vor dem Zwerg und setzte sich, wie aufgefordert. Dann wartete sie, dass der Ältere das Wort ergriff.

„Gut", meinte dieser, „ich habe dich beobachtet. Die Lehrerin und dich. Natürlich freut es mich, dass ihr den Altar von Welt und Himmel für die Weihe genutzt habt. Einen schöneren Ort für die Weihe eines Priesters gibt es nicht. Nun, da deine Lehrerin offensichtlich nichts von uns Hütern der Berge erzählt hat, darf ich das bitte nachholen. Ach, und ich hoffe, die Geister des Berges haben dich nicht in der ersten Nacht erschreckt. Die Zwerge haben diesen Berg und die Minen darunter seit langem verlassen und es ist meine Aufgabe, die Seelen im Berg ruhig zu halten und zu verhindern, dass unbefugte Eindringlinge das Reich von Welt betreten und verderben."

Dania war damit klar, der Mann musste ihre Lehrerin und sie belauscht haben. Einerseits war sie verstimmt, dass er sich erst jetzt zeigte. Andererseits, hier war die Chance, mehr Wissen zu erhalten. Sie nickte: „Ihr hattet sicher Eure guten Gründe, Euch erst jetzt zu zeigen?"

„In der Tat", antwortete der alte Hüter: „deine Lehrerin ist mir nicht ganz unbekannt. Sie war es, die den derzeitigen Nekromantenfürsten ausgebildet hat. Das hat sie dir nicht erzählt, denke ich. Wer gibt auch schon gerne die eigenen Fehler zu." Dabei kicherte der Hüter, fast wie es Farana immer getan hatte, wenn sie über die Fehler der Menschen im Angesicht des Ersten Kreislaufs sprach. „Außerdem, bitte auch mich mit Du ansprechen. Ich bin ein Freund, kein König dieser Hallen. Deine Lehrerin war eine echte Tochter der Na, aber sie hatte, wie wir alle, ihre Fehler. Ich musste sicher gehen, dass du selbst würdig bist. Als du das einzig richtige getan hast, die Lehrerin zur ewigen Ruhe zu betten, wusste ich, es passt. Die Bronzeglocke im Berg, die habe ich für dich geläutet. Diese Glocke kündigte früher Könige unter dem Berg an. Doch seit vielen hundert Jahren nur mehr neue Hüter. Du bist kein Hüter des Berges, aber du hütest den Ersten Kreislauf, den wir den Zyklus nennen. Also willkommen. Willkommen bei den Priestern von Welt, dem vierten Teil der Schöpfung."

Der Alte lehnte sich vor, ein wenig die Hände am Feuer wärmend: „Nun, ich muss dir viel erklären, bevor ich die Wunder des Reiches unter den Bergen zeigen kann. Zwerge sind wie Celestes, aber auch Menschen, Elfen, Draks, und wie wir Rassen alle genannt werden, irgendwann im Zuge des Ewigen Krieges, was deine Lehrerin als Götterkrieg gelehrt hat, hier auf Welt eingewandert. Wir haben, wie alle, unsere eigenen Götter mitgebracht. Und wie alle anderen mussten wir innerhalb kurzer Zeit feststellen, dass uns hier unsere Götter nicht erreichen konnten. Sie hatten auf Welt einfach keine Macht. Der Erste Kreislauf verhindert das. Deswegen ist ja der Erste Kreislauf so wichtig. Er beschützt Welt vor dem Götterkrieg. Und damit auch alle, die darauf wohnen." Dania nickte. Das hatte auch die Alte so erklärt.

„Unser Volk war immer sehr pragmatisch. Nachdem wir im Vergleich lange leben, etwa viermal so lange wie die Menschen, ist unser Denken und Planen immer langfristig ausgelegt. Daher, als wir feststellen mussten, dass uns unsere Götter verlassen hatten, wandten wir uns dem Ersten Kreislauf zu. Ein Teil unseres Volkes, welcher auf der Oberfläche lebt, hat sich Bog angeschlossen. Das sind die Zwerge des Nordens, die mit ihren Rentierherden in der Eistundra ihr wildes Dasein fristen. Der andere Teil drang tief in die Berge, in die Eingeweide von Welt, vor. Und zu diesem Volk gehöre ich."

Dania sah den Priester vor ihr interessiert an. Das waren neue Geschichten. Die hatte sie weder im Dorf noch von ihrer Lehrerin gehört. Der Hüter fuhr fort: „Mein Volk durchwühlt den Stein und entringt ihm Erze und Schätze. Aber wir müssen dem Kreislauf auch wieder geben, was wir entnehmen. Berge wachsen langsam, sie schrumpfen langsam. Es dauert sehr lange, viele, viele sogar lange Zwergenleben, damit ein Berg so groß wird, wie die Schattenberge hier. Die Wurzeln gehen tief bei diesen Bergen. Mein Volk hat das erkannt und den großen Kreislauf akzeptiert. Wir haben eine aktive Priesterschaft von Welt. Aber mein Volk war nie zahlreich, und wird es auch vielleicht nie werden. Wir haben eine Mine, wir arbeiten darin, solange es Erze gibt, oder Schätze. Wir schließen die Mine und ziehen weiter. Aber wir bewachen die Mine in alle Ewigkeit. Bis kein Zwerg sie mehr bewachen kann. Und das machen wir Hüter. Es gibt nur wenige Minen, die aufgegeben wurden. Und nur wenige Hüter. Jeder Priester kann am Ende seines Lebens Hüter werden. Wir beten, meditieren und bewachen in Einsamkeit die Reste dessen, was unser Volk einst bevölkert hat. Bis wir nicht mehr sind oder die Berge zuwachsen Und deswegen bin ich da. Und werde ich eines Tages nicht mehr sein, wird mein Volk davon erfahren und einen neuen Hüter entsenden."

„Fehlt dir nicht der Kontakt zu deinem Volk", war die Na-Priesterin neugierig. Der Zwerg nickte wieder, schien kurz nachzudenken. Dann meinte er: „Es ist nicht so, dass ich hier einsam bin. Die Geister der Vergangenheit leben in diesen Hallen. Sie bewachen diese auch. Wer versucht, diese Hallen ungebeten zu betreten, wird die Geister schwer verärgern. Sie mögen wenig reale Macht besitzen, als einzelne Seele, aber da es viele sind, können sie schon einiges bewegen. Und sie warnen mich und helfen mir. Außerdem leben Tiere im Dunkel, die mir Gesellschaft leisten. Insekten, Fledermäuse, Nagetiere. Und immer wieder kommen Leute aus meinem Volk hier vorbei und halten kurzzeitig Quartier. Die bringen auch Nachrichten und geben die Neuigkeit dereinst weiter, dass ich als Hüter gestorben bin, wenn es soweit ist. Und heute bist du da. Sei bitte eingeladen, mein Gast zu sein."

„Ich nehme die Einladung gerne an, Hüter des Berges", antwortete die FaraNa und neigte im Dank das Haupt. Der alte Zwerg nickte wieder, dann meinte er noch: „Lasst uns jetzt hier schlafen. Wir brechen in der Früh auf." Und Dania merkte erschrocken, wie müde sie in Wirklichkeit war.

Rasch räumten die Jäger der Hexe das Lager. Die Gruppe war bereit zum Aufbruch. Berecht, der Magier, hatte zwar wie üblich geflucht, weil bereits mit dem Morgengrauen die Marschbereitschaft hergestellt werden musste, aber Gerant hatte Recht. Es würde ein heißer Tag werden, mit einem steilen Anstieg hinauf auf den Sattel zwischen den beiden Gipfeln. Ursprünglich war ein anderer Weg geplant gewesen. Aber nach den Vorkommnissen der Nacht wollten alle in der Gruppe rasch Bescheid wissen. Also führte der junge Leutnant nun die Gruppe tief in die Schlucht hinein zum Talhintergrund. Dort gab es eine Felswand, die etliche Mannslängen steil nach oben ging und das Tal abschloss. Die Jäger nannten sie den „Hohen Wall". Knapp bevor man diese Talsperre erreichte, wand sich ein Tierpfad auf der linken, der Nordseite nach oben. Steil, der Sonne ausgesetzt, aber begehbar. Sie konnten mit ein wenig Glück den Anstieg erreichen, bevor die Sonne richtig aufgegangen war. Und mit noch mehr Glück überwinden, bevor sie ihren Mittagshöhepunkt erreicht hatte. Wenn nicht, würde die sengende Hitze unbarmherzig in den Wildpfad hineinbrennen und der Gruppe Probleme schaffen.

Auf halber Höhe zum Sattel kannte dann der Leutnant ein Jägerbrünnlein, eine kleine natürliche Quelle mit frischem, klarem Wasser. Bis dorthin mussten sie es bis Mittag schaffen, dort eine Pause einlegen und am frühen Abend bis zum Pass kommen. Dann hatten sie eine Chance, morgen in Ruhe den Gipfel zu erreichen und Nachschau zu halten.

Schweigend war die Gruppe aufgebrochen. Das Glück war auf ihrer Seite, der Weg bis zum Talabschluss war frei von Steinen oder Felsbrüchen. Der Einstieg in den Hang neben dem Wall war frei. Und es war der Talabschluss noch in tiefem Schatten gehüllt. „Auf geht´s, meine Herren", meinte der Leutnant. Die Gruppe setzte sich in Bewegung.

Dania war mit dem Hüter des Berges fast zwei Stunden durch ein verwirrendes, verwinkeltes und weites Labyrinth von natürlichen Höhlen, Treppen und künstlichen Tunneln gegangen. Sie hatten beim ersten Licht des Tages die Höhle verlassen, indem ihr Begleiter einen versteckten Hebel an der Wand drückte, worauf sich die Zwergenwand zur Seite drehte und einen Durchgang freigab, der in die Tiefe führte. Frische Luft strömte daraus hervor. „Ein Erbe der guten Baukunst meines Volkes", meinte der Priester. „Die Lüftungsschächte sind überall am Berg verborgen. Von außen nicht zu erkennen. Und selbst in den tiefsten Bereichen des Berges gibt es frische Luft." Die FaraNa war zutiefst beeindruckt über die Wunder der Zwerge.

Auch die anderen Tunnel und Hallen waren erstaunlich. Die Zwergenmine war in Wahrheit eine Stadt unter dem Berg. Es gab verschiedene Viertel, einen Palast, einen Tempelbezirk, große, stillgelegte Schmelzöfen und Schmieden, ein Handelsviertel und die tieferen Ebenen, wo Erz und Edelsteine im Abbau gestanden waren. Immer wieder fanden sich hohe Räume, groß, viele Mannslängen lang, auf schweren, aus dem Stein wie organisch wachsenden Säulen getragen, mit Gewölben, die im Dunkel außerhalb des Lichts lagen. „Vieles waren vorher natürliche Höhlen, die wir in diese Form gebracht haben", sprach der Hüter mit sichtlichem Stolz. Und Dania gab ihm Recht. Nur still war es. Kein Leben in der Stadt. Still und stumm zeugte sie von vergangenem Glanz und vergangener Größe. Stolz, aber leer.

In einer der oberen Hallen war ein Steinpark untergebracht. Entlang einem Mineraliengang, der wunderschön und sorgfältig aus dem Umgebungsgestein herauspräpariert worden war und der sich entlang der Hallenlänge etwas einen halben Meter wie ein Wall aus dem Felsboden erhob, lagen weitere Kristalldrusen, teils von erstaunlicher Größe, sowie Erz- und Mineralienbrocken von hoher natürlicher Reinheit. Hier an diesem Ort war es auch, dass der jungen Priesterin erstmalig die angenehmen Geräusche der Umgebung bewusstwurden. Man hörte vereinzelte Wassertropfen platschen. Hin und wieder ein fallendes Steinchen oder ein Insekt. Und sie spürte mehr als sie es hörte, ein Brausen von unterm dem Berg, eine alte, langsame, aber machtvolle Strömung in der Magie. Gebannt blieb sie stehen und lauschte diesem Gesang des Berges.

„Ist das jenes Geheimnis, welches du mir zeigen wolltest", fragte Dania schließlich ihren Begleiter. Der riss erstaunt die Augen auf: „Du kannst die Musik des Berges hören?" – „Ja, laut und klar, wie die Wassertropfen und unsere Schritte, und sogar unseren Atem." – „Das ist fantastisch! Bei uns dauert es oft viele Jahre, bis ein Mitglied unseres Volkes die Berge singen hört." – „Ja? Es ist eine unglaublich machtvolle, sehr tief gelegene Musik. Wundervoll, verstörend groß und kompliziert. Aber der Stein spürt mich, ich spüre ihn, und..." Dann erhob die Celes ihre Stimme und klar und hell fiel ihr Alt in den Gesang der Steine mit ein. Und mit einem Mal hallte die Halle wieder und verstärkte den Gesang. Dröhnend wie ein Bergwerk voll mit Hämmern, Pochen und fallendem Gestein fielen die Tonkaskaden auf den Zwerg und die junge Frau hernieder. Dann schwieg die Priesterin, und nach und nach verhallte die Musik, und der Berg kehrte zu seinem Flüstern zurück. Nur das Tropfen des Wassers war weithin laut zu hören, „Plitsch", „Plitsch", „Platsch".

Der Hüter des Berges war bleich geworden. Fast ehrfurchtsvoll blickte er der FaraNa in die Augen. Dann, fast nur ein raues Flüstern: „Bei Welt, was war das? Du hast den Berg geweckt und in Schönheit zum Blühen gebracht. Sieh!" Dabei zeigte der Zwerg auf den Mineraliengang. Und wie Blüten aus dem Stein waren Edelsteine gewachsen, von außergewöhnlicher Größe und Reinheit. „Der Berg, FaraNa, hat sich für dich geschmückt."

Sie hatten die Quelle am Hang erreicht, als ein fernes Donnern den Berg erschütterte. Ein leichtes Beben. Die Jagdgenossen warfen sich zu Boden, um nicht den

Hang hinunter gestoßen zu werden. Vom Wall vor ihnen lösten sich Steine und fielen mit lautem Getöse in den Talgrund. Genauso schnell wie es begonnen hatte, war das Beben wieder vorbei. Gerant glaubte, aus den Tiefen des Bodens sowas wie Basstöne und den wunderschönen Alt der Stimme seiner Schwester zu hören. Aber aus der Tiefe des Bodens?

So rasch wie es gekommen war, war das Beben dann wieder abgeebbt und verhallt. Die Jagdgesellschaft hatte keinen weiteren Schaden genommen. Das Jäger-brünnlein war noch immer und munterer denn je vor ihnen. Immerhin. Zeit für eine Rast. „Hoffentlich haben die Erdstöße nicht den Pass verlegt", meinte der junge Leutnant.

Außer dem jungen Soldaten schien niemand die Stimmen aus dem Berg gehört zu haben.

„Das war unglaublich", der Hüter des Berges war sicht-lich erregt. Seine dunkle Haut hatte einen fast dunkel-schwarzen Hautton angenommen. Der weiße Bart flat-terte aufgeregt und wippte auf und ab. „Am liebsten hätte ich dich für immer hier. Aber es ist mir nicht gegeben, dich zum Hüter zu machen. Aber du gäbest einen exzellenten ab. Das kann ich versichern. Der Berg hat noch nie so reagiert."

Dania fühlte sich geschmeichelt. Dennoch musste sie das Angebot des alten Mannes ablehnen. Ihr Weg führ-te woanders hin: „das ehrt mich, Hüter. Aber der Weg der Na ist das Licht von Tag und Nacht. Es wäre mir aber ein Vergnügen, wenn ich bei Zeiten noch einmal mit dem Berg singen darf, so Na und Welt erlauben. Trotzdem muss ich deine gastlichen Hallen bald verlassen. Es ruft mich zu den Menschen unten im Tal."

Der Alte blickte freundlich: „Gerne, oh Tochter der Na. Und besuch mich unbedingt wieder, jederzeit gerne. Der Berg ist dir gewogen. Folge mir bitte nun zum Unteren Tor, es wird dich an der Westseite des Gebirges im Tal dem Tageslicht zurückgeben. Bitte fühle dich wirklich jederzeit willkommen. Aber, bevor du gehst möchte ich dich bitten, noch ein Geschenk anzunehmen." Dabei hielt er der Priesterin einen reinen Rubin in der Größe eines Fingernagels und in Spindelform entgegen. „Nimm diesen auch als Zeichen der Freundschaft mit dem Volk der Zwerge. Wenn du je auf mein Volk triffst, sage ihnen „Adak" und zeige das Juwel. Sie werden dich Freund nennen und willkommen heißen."

Dania verneigte sich tief, nahm den Stein und steckte ihn in die Innentasche ihres Ledergürtels.

Dann nickte der Alte nochmal freundlich und winkte der Priesterin, ihm zu folgen. Ein großer, breiter Tunnel nahm sie auf und führte sie aus der Oberstadt tiefer in den Berg.

Ein kalter Wind pfiff über dem Pass, als die Reisegesellschaft müde am späteren Nachmittag den Zugang ins östliche Hochtal erreichte. Von hier oben war die Ebene der Toten noch weiter im Osten klar zu sehen. Weit im Westen musste Weitfeld liegen. Aber von hier oben war nichts zu erkennen, außer hohe Gipfel und tiefe Einschnitte in die Täler dazwischen. Zu anderen Zeiten hätte sich Gerant über die Schönheit der Wildnis gefreut, doch jetzt musste er seinen Gefährten eine Zuflucht suchen, die sie vor dem Wind und der Kälte der Nacht schützen konnte.

Hier war er selbst noch nie zuvor gewesen. Sein Vater hatte ihn mal auf die Passhöhe mitgenommen, aber das war es. Dieses Hochtal hatte er noch nie betreten. Aber das Murmeln eines Bachlaufs stimmte ihn optimistisch. Zumindest war damit ein Problem gelöst. Und vielleicht auch bald ein weiteres, wenn es am Wasserlauf irgendwo windgeschützte Geländefalten gab.

Schon kurz darauf war er auf einen hohen Felsen gestoßen, der wie ein Wächter über dem Wasserlauf stand, bevor der Bach in einem hohen Wasserfall über eine Geländekante steil abfiel. Am Fuß des Felsen gab es nicht nur eine windgeschützte Stelle, sondern auch den Eingang in etwas, das wie eine Höhle eines Tieres aussah. Als Gerant in diese hineinschnupperte, wie es ihn der Vater gelehrt hatte, stutzte er. Es roch nach frischer Luft, die durch die Höhle kam, mit so etwas wie kaltem Rauch am Rand des Felsens.

„Meister Magier", rief der Leutnant. „Könntet Ihr bitte ein Licht in diese Höhle schicken. Es könnte ein Lagerplatz sein."

Berecht wackelte auf seinen dicken Beinstumpen daher. Er hatte Blasen a n den Füßen und war allgemein erschöpft. Müde winkte er und eine kleine Kugel Licht fiel in die Höhle unter dem Felsen. Der Magier, der Leutnant und der Grafensohn sahen ihr nach und hinein. Und staunten nicht schlecht: Ein ausgemauerter Raum mit Luftlöchern am rückwärtigen Ende und einem kalten Feuerplatz in der Mitte. Das war Menschenwerk, nicht die Höhle eines Tieres.

„Nun", meinte der Grafensohn, Leumond, „ich denke, wir wissen jetzt, wo die Hexe und ihre Schülerin bis vor kurzem gelagert haben."

„Nun", sagte Leutnant Gerant, „ich hoffe, wir finden hier wo Holz. Heute lagern wir hier, ich stelle Wachen auf."

„Nun", murmelte der Magier, Baron Berecht, „ich gehe keinen Schritt mehr." Müde ließ sich der Mann auf seinen beträchtlichen Hinterbau fallen.

„Ich frage mich nur", merkte einer der Soldaten an, „wer hier diesen Raum aus dem Fels gehauen hat. Der scheint alt, und die Luftlöcher sind auch nicht natürlichen Ursprungs."

Gerant erinnerte sich an was sein Vater immer wieder erzählt hatte. „Es ist wahrscheinlich ein Raum der Zwerge. Heute, meine Herren, werde ich eine Geschichte erzählen", merkte er mit einem breiten Lächeln an.

„Nun, FaraNa, wir haben es fast geschafft. Aber es ist schon dunkel draußen. Ich schlage vor, wir übernachten hier vor dem Tor und ich mache dir morgen mit dem ersten Licht des Tages das Tor auf." Der Hüter des Berges hatte mit der jungen Priesterin eine lange und hohe, aber sonst schmucklose und enge Halle auf einer der mittleren Ebenen der Zwergenstadt erreicht. Ein Handelstor, hatte er gemeint, und auf den nackten Fels vor ihnen gezeigt, der die Halle abschloss. Dania erinnerte sich an die Türe aus dem Raum unter dem Felsen und war schon gespannt, wie hier der Stein sich öffnen mochte.

Sie nickte ihrem Führer zu und wollte sich zum Schlafen einrichten. Dieser winkte ihr jedoch noch einmal zu folgen und brachte sie in eine Nebenkammer der Halle, hinter einer versteckten Türe. Und dort wartete eine noch größere Überraschung auf die Celes als die Halle mit dem Mineraliengang: Eine Art Gästehaus, warm, gemütlich, mit Wasser zum Waschen und Trinken. Und ein paar Fässer mit getrockneten Lebensmitteln, sowie etwas Feuerholz.

„Wie gesagt, selten, aber doch habe ich Gäste", meinte der Hüter lächelnd.

„Ihr meint also, dass dieses merkwürdige Volk der Berge hier den Raum aus dem Stein gehauen hat?" fragte Baron Berecht den jungen Leutnant. „Mein Vater erzählte mir hin und wieder solche Geschichten", antwortete dieser, „von kleinen Gruppen von verwachsen und wie zu kurze Menschen wirkenden Leuten. Mindestens einen Kopf kleiner als die Wildhüter, aber stämmig und kräftig, mit tief brauner oder fast schwarzer Hautfarbe. Die Haut selbst wie Leder. Und Bärte. Keine Frauen. Nie sieht man Frauen bei diesen Gruppen. Dafür tragen sie selbst im Frieden starke Rüstungen. Kettenhemden, oft mit Platten behängt. Bei uns im Dorf habe ich nur einmal so eine Gruppe gesehen, vor einigen Jahren. Die haben eine Karre voll Fässer mit getrockneten Lebensmitteln in ein Tal geschoben. Mein Vater hat damals nur gemeint, dass sie wieder einmal auf der Suche nach einer ihrer verlorenen Städte wären. Merkwürdige Leute. Aber sie haben gut gezahlt für das getrocknete Fleisch, mit viel Silber."

„Gerant", der Grafensohn war jetzt auch hellhörig, „wo soll denn die sagenhafte Stadt sein?" –„Herr, das weiß niemand so genau. Unter den höchsten Gipfeln der Schattenberge, heißt es. Gut möglich, dass dieser Lüftungsraum dazu gehört. Aber die Wand mit den Löchern ist wohl undurchdringlich." – „Ja, aber es muss ja andere Zugänge geben. Glaubt ihr, dass wir Schätze in dieser Stadt finden können?" – „Es hat immer wieder abenteuerlustiges Volk versucht, die Eingänge zu finden. Aber soweit mir bekannt, hat das nie jemand geschafft. Daher sind wohl auch alle Erzählungen über Schätze unter dem Berg übertrieben." – „Nun, den Raum hier gibt es jedoch. Also wird es wohl auch die Stadt geben." – „Ja, Herr, so mag es sein." – „Wenn wir unsere Jagd beendet haben, sollten wir uns auf die Suche nach dem Eingang machen." – „Wie ihr wünscht, gräfliche Hoheit. Aber bitte bedenkt, dass die Suche lange dauern kann, da die Zwerge ihre Geheimnisse gut schützen."

Der Grafensohn winkte gnädig. Aber innerlich war er sich unsicher. Gerüchte und Märchen waren nicht für einen Mann der Tat wie er gerne selbst wäre. Einen Mann, der sich fest vorgenommen hatte, schon in Kürze selbst der Graf zu sein. Und dann zur Hölle mit der Celes und her mit dem Recht der Ersten Nacht!

Gerant war sich sogar sicher, dass es die Stadt der Zwerge gab. Aber den Eingang finden war unmöglich. Es kamen selten Zwerge durch diese Gegend. Aber so sehr die Wildhüter ihnen nachstellten, die Spuren endeten im Nichts, in Bachläufen oder an glatten Felswänden. Was immer dieses Volk tat, es war wie verhext. Man konnte sie nicht aufspüren.

Die Tochter der Na hatte ausgezeichnet geschlafen. Die Betten waren zwar aus Stein gehauen, aber mit Fellen belegt und trotz ihrer natürlichen Härte bequem und warm. Das Frühstück war einfach, ein wenig gequollenes Getreide, aber es war für Dania ausreichend. Sie bedankte sich noch einmal bei Ihrem Führer und die Beiden brachen auf in Richtung des Hallenendes.

„Eine Sache noch, ehe ich dir das Tor öffne", meinte der Hüter. „Heute Nacht haben im Oberen Zugang ein paar Menschen übernachtet. Keine Gruppe von Wildhütern, sondern Soldaten und ein Magier. Sie suchen nach einer Hexe und ihrer Schülerin. Mehr haben die Geister des Berges nicht herausfinden können. Ich vermute, sie suchen nach dir. Vielleicht sagen dir die Namen etwas: Leumond, Berecht, Gerant? Sie haben noch vier Soldaten dabei."

„Mein Bruder? Der Magier des Grafen und sein jüngster Sohn? Und sie jagen eine Hexe und ihre Schülerin?" – „So sieht es aus."

Dania dachte nach. Was mochten die drei vorhaben? Gerant war das letzte Mal sehr wütend wegen Farana gewesen. Seiner Ansicht nach konnte es nur üble Zauberei gewesen sein, dass sie mit ihrer Lehrerin mitging. Es war gut möglich, dass er damit beim Grafen vorgesprochen hatte. Und wenn er den Grafen überzeugt hatte, dass ihre Lehrerin eine Gefahr darstellte? Aber warum eine so große Gruppe? Angst? Und was tat der Magier dabei? Dieser faule Sack hatte sich noch nie weit von seinen Büchern wegbewegt. Nachdenklich verneigte sich die Priesterin zu ihrem zwergischen Führer: „Danke dir, Hüter."

„Du könntest hier bleiben, bis die Gruppe ihre Verfolgung aufgibt." – „Danke für das Angebot, aber das bringt sie vielleicht nur auf die Idee, in den Berg eindringen zu wollen." – „Das lass meine Sorge sein. Bis jetzt ist das noch nie jemanden gelungen." – „Trotzdem, es ist besser, ich gehe dem Ärger aus dem Weg. Einmal noch bei meinem Vater vorbei und dann muss ich meine Pflichten aufnehmen." – „Wie du wünschst. Du wirst etwa einen Tag Vorsprung haben. Vielleicht mehr, wenn die Gruppe erst zum Gipfel des Berges hoch wandert, wo der Leichnam der Lehrerin liegt." – „Dann wird das ausreichen. Ich danke zutiefst für deine Gastfreundschaft." – „Priesterin, jederzeit willkommen."

Die beiden verneigten sich nochmal tief voreinander, dann presste der Hüter seine Handfläche in eine unauffällige Nische am Rand der Wand und mit einem leichten Donnern hob sich in der Wand eine Pforte, etwa zwei Zwerge hoch und drei Zwerge Breit. Düsteres Licht des frühen Tages sickerte durch den Ausgang herein. Dania tat einen Seufzer und trat dann entschlossen vor.

Von außen drehte sie sich nochmal um und sah den Hüter im Eingang stehen und winken. Sie winkte zurück und die Pforte schloss sich in einer Art und Weise, dass von außen nicht zu erkennen war, wo sich gerade eben noch das Tor befunden hatte.

Die FaraNa stand am Fuß eines Talabschlusses, von der Seite fiel ein kleiner Wasserfall zu Boden und am Talgrund schlängelte sich ein Bachlauf weiter hinunter. Da es noch früh am Morgen war, drang noch kein Licht aus dem Osten hinunter in die Schlucht. Nur der Himmel war weißlichblau gefärbt. Letzte Sterne standen noch hell am Horizont. Die junge Priesterin gab sich einen innerlichen Stoß und setzte den ersten Schritt in ihr neues Leben als Verfolgte.

„Mussten wir so früh aufbrechen?", Baron Berecht war wie immer schlechter Stimmung. Leumond dachte zum gefühlt hundertsten Mal darüber nach, was er diesem aufgeblasenen Fettsack antun wollte, wenn er die Gelegenheit dazu bekam. Sie hatten etwa den halben Weg zum Gipfel erreicht und sahen gerade die Sonne ihre ersten unbarmherzigen Strahlen über die Ebene der Toten senden. „Im Grunde ein schöner Anblick", dachte der Grafensohn. „Und noch schöner, wenn Baron Berecht in dieser Ebene gefesselt und geknebelt zurückgelassen werden konnte."

Der junge Leutnant war wie immer der Gruppe ein paar Schritte voraus. Der Mann schien unermüdlich zu sein. Und trittsicher. Es war gut, einen erfahrenen Bergführer wie ihn zu haben. Irgendetwas schien ihn jedoch zu stören: „Seht Ihr die Vögel, die dort oben kreisen?" Tatsächlich, um den Gipfel schien ein Schwarm Vögel versammelt. Bergkrähen, Raben. Aber auch ein Geier zog majestätisch seine Bahn.

„Was mag das bedeuten?" fragte Leumond. – „Vermutlich Aas, ein größeres totes Tier, oder so etwas", meinte Gerant.

Oder war das am Ende ein Mensch? Gar seine Schwester? Hatte die Hexe das Mädchen geopfert? In einem düsteren Ritual? Der Offizier war auf das Höchste angespannt. Wenn die Hexe seiner Schwester Gewalt angetan hatte, das schwor er sich, dann würde er sie verfolgen und zur Strecke bringen, und war es das Letzte, das er tat. Aber noch war es zu früh etwas zu erkennen. Nur das Geschrei der Vögel war zu hören und schien ihn zu verhöhnen.

Anders der Magier, der keine gesteigerte Lust hatte, den Anstieg in Angriff zu nehmen. Aber es war sein Auftrag. Und wer wollte nicht Meister im Dienste des Nekromantenfürsten werden. Und dann war da noch der aufgeblasene Grafensohn. Vor dem wollte er sich dann doch keine Blöße geben. Lieber leiden!

Seine Füße schienen die letzten Meter des Berges hinauf zu fliegen. So eilig hatte es der Leutnant, die Tote zu erreichen. Eine dichte Wolke Vögel umgab den Leichnam. Mit lautem Gebrüll und die Arme weit um sich schwingend verjagte der Soldat die Aasfresser. Ein wilder Schwarm von Dolen, Krähen und Raben stob davon.

Dann, endlich, hatte der Mann die Leiche erreicht. Aber viel zu sehen war nicht mehr. Die Vögel hatten die Tote bereits stark zerhackt. Trotzdem, die Leiche war deutlich kleiner als seine Schwester, gekrümmt, und hatte silbergraues Haar besessen. Es war eine Frau gewesen, das war zu erkennen. Sonst nicht mehr viel. Eine verkrümmte, alte Frau. Das hier war der Leichnam der Hexe.

Wie angewurzelt stand Gerant vor der Toten. „Was zum...?", dachte er. Er hatte mit vielem gerechnet. Mit seiner Schwester, einer anderen Toten, mit einem Tier, einem Opfer irgendwelcher düsterer Rituale. Aber alles, was er sah, waren die von den Vögeln arg zertrampelten und verblühten Blumen rund um einen flachen Stein nahe dem Gipfel, die Steinplatte selbst und die zerfressene Tote.

Hinter sich vernahm er das Keuchen seiner Gefährten, die ihm nicht zu folgen vermocht hatten. Und über ihm hörte er die empörten Schreie der von ihm verjagten Vögel. Und intuitiv wusste der junge Krieger, dass er sich getäuscht hatte. In der Hexe, in seiner Schwester. Seine Schwester wollte eine Hexe werden. Die Hexe. Sie hatte die Alte geopfert, offensichtlich. Sie getötet. Das musste es sein. Seine Schwester war die wahrhaft Böse. Ein Wesen, außen wie ein Engel, aber im Inneren schwarz und verdorben. Das musste das Geheimnis sein, nur so war das hier erklärlich. Es viel dem Leutnant nicht auf, dass ihn Baron Berecht merkwürdig anstarrte.

126

Inzwischen hatte der Rest der Gruppe die Steinplatte erreicht und umstand nun den Leutnant und die Tote. „Das war wohl die Hexe", merkte Baron Berecht unnötigerweise an. Leumond sah mit einer Mischung aus Ekel und Entsetzen auf die Tote hinunter. Gerant stöhnte, dann meinte er: „Bleibt nur mehr eine Hexe zu verfolgen, meine Herren."

„Und wo soll die Hexe jetzt sein?", fragte der Grafensohn keuchend und immer noch um seinen Mageninhalt ringend. Der Krieger blickte sich um. Sie waren glatt überlistet worden und Dania hatte sich irgendwie an ihnen vorbei geschlichen. Aber was würde seine Schwester als nächstes tun? Wenn sie eine Hexe war, und davon war der junge Leutnant felsenfest überzeugt, konnte sie nur auf Schaden aus sein. „Zurück ins Dorf!", rief Gerant. „Schnell! Die Hexe braucht Opfer."

Die FaraNa eilte, so schnell sie konnte. Was immer die Jäger im Sinn hatten, es konnte nichts Gutes sein. Sie kannte Gerant. Er war hitzköpfig, starrsinnig und von Ehrgeiz zerfressen. Dazu kam, dass er Anweisungen seiner Vorgesetzten wörtlich nahm und umsetzte. Und eitel war er, stolz auf seine scheinende Rüstung und sein Offizierspatent. Alles Eigenschaften, die ihn zu einem willfährigen Werkzeug im Dienste des Grafen werden ließen. Wenn er, der Hofmagier und der dritte Grafensohn unterwegs war, dann war klar, dass die Jagd nur ein Ziel hatte: Die Hexerei auszurotten.

Ihr Bruder hatte bereits in der Vergangenheit wenig Verständnis für fahrendes Volk, Gaukler, Spielleute, Wahrsagerinnen, Handlesen und dergleichen übrig gehabt. Sie erinnerte sich, er war noch Fähnrich in Ausbildung, als er im Burgdorf eine kleine Gruppe zerlumpter Gestalten eines Wanderzirkus festgenommen hatte und auch noch stolz darauf war, dass der Graf sie abgeurteilt hatte und des Landes verwiesen. Sein Vater, der selbst nicht viel für Schwindelei und Betrug übrig hatte, hatte den Sohn dann scharf kritisiert. Die Leute hatten niemandem etwas getan.

Und auch den Aufstand im Haus des Vaters erst vor wenigen Wochen vergaß Dania nicht. Auch da hatte der Hitzkopf sich gegen die Vernunft des Vaters gestellt. Vermutlich der Grund, warum er nun nach ihr suchte. Gerant verrannte sich da in etwas. Die Schwester spürte das, wusste es. Aber sie wusste auch nicht, wie man dem Bruder da helfen konnte.

Nur eine Sache war ihr klar: Der Bruder würde keine Gelegenheit bekommen, die Sache, in die er sich verrannt hatte, an ihr auszulassen.

Noch vor wenigen Wochen war sie ein Kind ohne Ziel und Bestimmung. Und jetzt kehrte sie als die Tochter der Na zurück. Was konnte sie nicht dem Dorf helfen. Doch in der jetzigen Situation war es besser, auch für Weitfeld, wenn sie so schnell als möglich die Gegend verlassen konnte.

Nur dem Vater ein Lebewohl, schwor sie sich.

„Wozu sind wir eigentlich den Berg hinaufgeklettert", fragte Baron Berecht, „wenn wir jetzt erst recht wieder hinunter eilen? Nur um die alte Hexe da oben zu sehen, wie ihr Krähen die Augen herauspicken?"

„Immerhin wissen wir jetzt, dass die Alte tot ist", merkte Leumond an. Der Grafensohn hatte schon das Ziel der Jagd umgestellt. Jetzt musste die Tochter des Wildhüters daran glauben. „Bleibt die Schülerin, aber was immer die Fähigkeiten der alten Hexe waren, die Schülerin kann in der kurzen Zeit nicht besser als die Lehrerin geworden sein. Wir haben es also leichter."

Gerant hatte bereits wieder die Führung übernommen. Allerdings hatte er nicht den Eindruck, die Jagd würde leichter werden, also hielt er kurz an, trat an die beiden Adligen heran und meinte: „Die Schülerin hat die Lehrerin besiegt. Nehmt es bitte nicht leichter als es sein wird, die Herren."

Leumond nickte: „Wahr gesprochen, Leutnant. Also lasst uns eilen, aber ausreichend Vorsicht walten lassen." Berecht keuchte: „Eilen ist gut." Der Grafensohn nahm die Gelegenheit auf, den Magier zu necken: „So machtvoll könnt ihr nicht sein, wenn wir nicht einmal den Berg hinunter schweben können." Der dickliche Magier nahm die Herausforderung an: „Gräfliche Hoheit, Ihr habt recht. Es wird Zeit, Euch meine Macht zu zeigen!"

Der Magier ließ alle Männer an eine Felskante herantreten, von der man in das westliche Tal sah, welches zum Dorf zurückführte. „Und nun seht meine Macht!" Dann murmelte er ein paar leere Silben, warf ein paar

Daunenfedern in die Luft und berührte Sachte den ersten Soldaten. Einen nach dem anderen berührte er die Jagdgemeinschaft, immer die Worte murmelnd und Federn werfend. Dann zuletzt berührte er sich selbst. Es war nichts zu spüren, aber Berecht wusste, der Zauber würde wirken. Nur nicht lange halten, sie mussten rasch springen. Also trat er in die leere Luft vor dem Felsen und stieß sich ab. Und schwebte recht zügig, aber deutlich langsamer als es der freie Fall gewesen wäre, zu Tal. Das erste Mal seit langem spürte Berecht sein Gewicht kaum, er war leicht wie eine Feder.

Die Gefährten murmelten erstaunt und aufgeregt hinter ihm. Dann sprangen sie ihm alle nach. Berecht hoffte nur, dass alle Zauber lange genug hielten, um den Talgrund zu erreichen. Aber wenn alles gut ging, ersparte ihnen der Zauber mindestens einen Tag Fußmarsch. Und das war seine nicht unbeträchtliche Erschöpfung nach dem Zaubern des Spruches allemal wert.

Leumond flüsterte im Flug zu Gerant: „Leutnant, ich wusste gar nicht, dass unserer Magier wirklich zaubern kann. Aber das ist wunderbar." Und der junge Krieger spürte, dass der Grafensohn tatsächlich beeindruckt war.

Der Flug war nur von kurzer Dauer. Berecht spürte, wie sein Gewicht zunahm, aber da berührten seine Beine bereits festen Boden unten im Tal. Die Soldaten, denen er den Zauber als Erstes drauf gesprochen hatte, bekamen eine recht ruppige Landung. Aber glücklicherweise gab es keine Verletzungen. Vor allem der Grafensohn und der Leutnant landeten sicher. Durch Wind und Zauber waren sie nicht weit vom Einstieg in die Wand hinauf zum Pass gelandet, von wo aus ihre Expedition zwei Tage zuvor gestartet war. Und sie hatten im Schatten des schlammigen Talbodens frische Abdrücke von leichten Frauenfüßen gefunden. Ihr Opfer mochte vielleicht vier Stunden Vorsprung haben. Die Jagd konnte beginnen.

Dania war erschöpft am Abend bei einem Lagerplatz der Jäger angekommen. Es war bereits nach Einbruch der Dunkelheit und sie konnte nicht mehr weiter. Müde ließ sie sich ins Gras fallen. Sogar für ein Feuer konnte sie sich nicht mehr aufraffen.

Das Rindenschutzdach gegen Regen bot einen einfachen Schlafplatz. Gegen wilde Tiere legte sie noch einen Bannkreis um das Lager, dann war sie am Boden zusammengerollt und rasch eingeschlafen. Gegessen hatte sie in der Früh beim Hüter des Berges. Doch ihre Erschöpfung war stärker als der Hunger.

Gerant wusste, seine Gruppe würde nicht in der Lage sein, das Lager der Jäger rechtzeitig zu erreichen. Berecht meuterte bereits und selbst Leumond, der sonst die Gruppe antrieb, war erschöpft und brauchte Rast. Zwei Stunden waren sie mit Fackeln durch das nachtdunkle Gelände geirrt, dem Jägerpfad folgend. Aber genug war genug. Der Leutnant ließ noch eine einfache Mahlzeit verteilen, dann ordnete er eine Wache an, die auch Feuer zu machen hatte und ließ alle anderen Schlafen. Er selbst wollte die schwerste Wache übernehmen, von Mitternacht bis zeitig in der Früh.

Dania erwachte in der Früh durch die nasse Kühle, die sich auf ihren Körper gelegt hatte. Es dämmerte bereits. Sie war hungrig. Ein Feuer, dafür war keine Zeit. Rasch fand sie, was sie gesucht hatte, einen großen Brombeerstrauch. Es war außer der Jahreszeit, aber mit ihrer Magie war es einfach, den Strauch zu bewegen, ihr eine riesige Frucht wachsen zu lassen. Mit nur dieser einen Frucht war sie gesättigt und konnte ihren Marsch wiederaufnehmen. Etwas Wasser noch aus dem nahen Bach, und die Celes eilte weiter. Je schneller sie Abstand zwischen sich und die Jäger bringen konnte, desto besser für alle Beteiligten. Ihre Magie konnte sie vielleicht vor den Verfolgern schützen. Aber sicher war sie sich dessen nicht.

Die Jagdgruppe hatte eine schlechte Nacht hinter sich. Unbequem gelegen, zu kurz. Vor allem der Hofmagier beschwerte sich wieder unablässig. Aber Gerant und vor allem Leumond kannten keine Gnade. Rasch wurden ein paar trockene Vorräte hinuntergeschlungen, mit etwas Wasser vom Bachlauf angefeuchtet. Im Gehen konnte noch getrocknetes Fleisch gekaut werden. Die Wasserschläuche und Bauchflaschen der Gruppe füllten sich rasch am Bach und los ging es.
Am mittleren Vormittag erreichten sie dann das Lager der Jäger, welches sie verlassen fanden. Allerdings

hatte jemand unter dem Rindendach gelegen. Drei, vielleicht vier Stunden, schätzte Gerant. Ob sie jedoch dem Ziel nähergekommen waren, war er sich nicht sicher. Nun, es war ein weiter Weg bis Weitfeld. Der junge Offizier trieb seine Gefährten zu höchster Eile an.

Dania hasste es, auf der Flucht zu sein. Warum hatte sie sich von der Gruppe eigentlich so aus der Fassung bringen lassen? Was wusste sie eigentlich über ihre Verfolger? Verfolgten diese Leute sie überhaupt noch? Was hätte ihre Lehrmeisterin gemacht? Die junge Priesterin beschloss, lieber zur Jägerin zu werden als sich weiter jagen zu lassen. Es gab nur einen einigermaßen vernünftigen und direkten Weg durch die Täler zum Dorf. Warum nicht sich verstecken und die Gruppe passieren lassen? Und beobachten. Die Jäger hatten keine Hunde dabei. Das war ihre Chance.
Rasch war der Plan in die Tat umgesetzt. Die Celes verwischte gekonnt ihre Spuren, dann eilte sie einen Bachlauf entlang hangaufwärts und suchte eine gute Stelle zum Beobachten, wo sie selbst kaum gesehen werden konnte. Diese war kurz darauf in einem Gebüsch auf eben diesem Hang gefunden, wo man bequem im Geäst sitzen konnte und den Weg beobachten. Ohne selbst gesehen zu werden. Was blieb, war sich auf längeres Warten einzurichten.
Überrascht musste die FaraNa dann feststellen, dass ihre Verfolger gerade mal zwei Stunden hinter ihr gewesen waren. Wie waren die nur so schnell vom Berg hinunter gekommen? Magie, vermutlich. Sie selbst kannte

da zwei Gebete, die so etwas vermochten. Außerdem gab es da noch die Möglichkeit, sich in ein entsprechendes Tier zu verwandeln, wie zum Beispiel einen Vogel. Nun, wie immer die es so schnell geschafft hatten, damit war es für sie einfacher. Sie konnte ihren Verfolgern gleich folgen.

Ihr Bruder hatte nichts dem Zufall überlassen, das sah sie jetzt ein. Gerant selbst lief der Gruppe voraus. Auch hatte er die zwei erfahrensten Soldaten, beide ehemalige Wildhüter, links und rechts von der Gruppe im Dickicht positioniert. Die zwei anderen Soldaten bildeten die Nachhut und hatten somit die beiden Adeligen in ihre Mitte genommen. Die Gruppe war rasch vorübergeeilt. Sie würden versuchen, das nächste Lager zu erreichen, in der Hoffnung, ihr Opfer auch dort zu treffen. Nun, sollte es so sein. Die Celes folgte der Gruppe mit Respektabstand und beobachtete den Weg vor ihr genau.

Gerant war verwirrt. Er hatte sicher damit gerechnet, seine Schwester im letzten Holzfällerlager vor dem Dorf zu finden. Es war bereits dunkel, als er mit seinen Gefährten das Camp erreichte. Aber keine Spur von Dania. Dass sie nicht auf die Gruppe warten würde, war klar. Sicher war sie geflohen. Aber so gar keine Spuren, kein Feuer, keine zurückgelassene Ausrüstung. Und die letzten Spuren im Lager waren etwa eine Woche alt und dürften von seinen eigenen Gefährten stammen. Wo war die Schwester? Was hatten sie übersehen?

Berecht war das egal. Der Mann war müde: „Wir suchen morgen weiter. Oder warten im Dorf auf sie. Irgendwann muss sie ja auftauchen." Der Grafensohn war damit nicht zufrieden: „Wozu seid ihr Magier. Nicht mal einen Suchzauber habt ihr!" Die Gruppe war insgesamt von der Jagd und dem hohen Tempo erschöpft. Die Sticheleien hier konnten in Gehässigkeiten ausarten. Also versuchte der Leutnant den Streit zu schlichten: „Bitte, die Herren. Dass wir unserem Opfer so nahe sind, haben wir dem Magier überhaupt zu verdanken. Dass es Suchzauber gibt, ist mir neu."

Der Magier nickte, aber Leumond war nach Streit zumute: „Nur weil Ihr, Herr Leutnant, keine Ahnung davon habt, wie auch dieser Magier-Stümper hier..." – Berecht war aufgesprungen: „Ihr wagt es? Soll ich Euch als Frosch zum Vater zurück..."

Gerant trennte die beiden Streitenden mit einem beherzten Schritt dazwischen: „Meine Herren! Bitte." An den ausgestreckten Armen, einmal Berecht, einmal Leumond. „Wir haben ein gemeinsames Ziel. Kein Streit. Morgen Abend sind wir in Weitfeld. Was für ein Bild gäbe das ab, wenn die Herren streiten?"

„Leumond", Berecht ließ nicht locker, „ich habe nur begrenzt viele Zauber mit auf Reisen. Der Suchzauber, den ihr meint, der hilft nur, wenn wir einen Gegenstand kennen, besser haben, der der gesuchten Person gehört. Dann, und nur dann kann ich den Zauber wirken. Habt Ihr so einen Gegenstand?"

„Einen Gegenstand kennen?", Gerant war hellhörig geworden. „Wenn ich den Gegenstand beschreibe, könnt ihr den finden?" – „Noch besser, Leutnant, wenn Ihr an den Gegenstand denkt, während ich zaubere, kann ich ihn finden." Selbst Leumond hörte nun interessiert zu: „Warum machen wir das nicht sofort?" – „Jetzt im Finsteren, Leumond, seid Ihr verrückt? Morgen bei Anbruch des Tages, gerne." – Der junge Soldat hatte das letzte Wort: „Also ist es ausgemacht. Wir wecken Euch rechtzeitig."

Dania war totmüde und hungrig. Wasser hatte sie ja genug. Aber das mit der Nahrung wurde zum Problem. Feuer wollte sie keines machen und ein Tier jagen und roh verzehren war ihr unangenehm. Natürlich konnte sie mit ihrer Macht wieder eine Pflanze anregen, ihr eine Frucht zu schenken. Blieb vermutlich nur dieser Weg. Sie hatte Heidelbeer-Pflanzen in rauen Mengen im Wald. Schon kurz darauf waren die paar großen Beeren gepflückt und verschlungen.

Auch mit dem Schlafen konnte es ein Problem geben. Eine Astgabel vielleicht? Hier im Wald gab es genug Tiere, die einem Bodenschläfer gefährlich werden konnten und so nah an der anderen Gruppe wollte sie kein Risiko eingeben.

Rasch waren die Vorbereitungen getroffen und sie war in eine auslandende Eiche am Rand einer Lichtung geklettert. Den Sack mit ihren wenigen Habseligkeiten ließ sie am Boden liegen. Der mochte oben im Baum nur stören. In einiger Entfernung konnte sie einen Lichtschein durch die Bäume wahrnehmen. Das war wohl das Lager der Gruppe um ihren Bruder. Ach, ein

Feuer und ein Bad! Das waren die Gedanken, dann schlief Dania ein.

„Guten Morgen, Schlafmützen!" Gerant war bereits voll bekleidet und gerüstet. Ein Schwert, Pfeil und Bogen. Bereit für die Jagd. Baron Berecht fluchte etwas, wie immer war der beleibte Magier der Letzte beim Aufstehen und nicht aus dem Bett zu bekommen. Leumond war schneller und gürtete sich gerade. Die anderen Soldaten waren noch beim Feuer und bereiteten ein leichtes Frühstück zu.

Es dauerte nicht lange, noch bevor das erste Morgengrauen vorüber war, da hatten sich die Gefährten um den Magier gesammelt. Dieser hatte eine Schale mit Wasser gefüllt, eine Nadel hineingelegt und meinte nun: „Leutnant, denkt ganz fest an den Gegenstand im Besitz Eurer Schwester. Je genauer und detailreicher Ihr ihn Euch vorstellen könnt, desto besser wird der Zauber funktionieren." – „Alles klar." – „Ich werde jetzt mit der Formel beginnen. Sobald ich spreche bis ich aufgehört habe, werdet ihr an den Gegenstand denken. Los!" Dann begann das Murmeln des Magiers. Nach einer kurzen Weile meinte er: „So, das sollte es gewesen sein." Die Nadel im Wasser der Schüssel, die vorher träge vor sich hingeschwommen war, drehte sich nun langsam und nahm eine bestimmte Richtung ein – in den Wald, grob in die Richtung zurück, aus der sie gekommen waren.

„So, so", meinte Leumond, „sie ist hinter uns!" Gerant fragte den Magier: „Gibt uns das auch eine Information, wie weit weg unser Opfer ist, Baron?" – „Leider nein. Nur die Richtung."

„Richtung reicht", entschied der Leutnant. „Lasst uns aufbrechen, aber leise und vorsichtig."

Dania sah die Gruppe durch den Wald kommen. Es war nicht weiter schwer, auch wenn Gerant selbst versuchte, leise zu sein, die anderen waren es nicht. Weder seine Soldaten, noch der Magier. Und der aufgeblasene Grafensohn, der mit war, versuchte es nicht einmal.

Leider war sie noch am Baum oben, ihr Bündel unter sich am Ende des Stammes. Die Eiche war alt und groß, vielleicht konnte sie sich im Laub oben in den Ästen verbergen. Aber hinuntergleiten, das Bündel an sich reißen und weglaufen machte die Jäger garantiert auf sie aufmerksam. Leise seufzend kletterte die Jungpriesterin nach oben, mit nicht mehr als ihrem Gewand und Gürtel am Leib, einem Jagddolch, dem Bogen am Rücken und drei Pfeilen im Köcher. Es gelang ihr, sich in einer hohen Astgabel zu verstecken. Ein kurzes Gebet zur Na, mit der Bitte, sie zu verbergen, wenig Magie, sie stellte sich vor, wie der Baum auszusehen.

Die Jäger kamen zielgerichtet auf den Baum zu. Dann fand Gerant, ihr eigener Bruder, das Bündel mit ihren Habseligkeiten.

„Hier her!" Gerant hatte unter einem großen Eichenbaum ein Bündel mit Sachen entdeckt. Der Magier, der die Schüssel trug, meinte: „Genau dorthin zeigt der

Zauber." Mit raschem Griff hatte der Leutnant das Bündel entrollt. Ein paar wenige getragene, geflickte und gebrauchte Gewänder fielen zu Boden. Und das Kettenhemd.

Der Leutnant fluchte leise: „Das Kettenhemd ist der gesuchte Gegenstand. Sie muss uns bemerkt haben, hat die Sachen fallen gelassen und ist geflüchtet."

„Wir haben aber niemanden fliehen gesehen", meinte einer der Soldaten richtig. „Ich kenne meine Schwester", antwortete Gerant. „Sie hätte niemals dieses alte und ruinierte Kettenhemd zurückgelassen. Ausschwärmen, wir suchen sie. Weit kann sie nicht sein.

Mit einem zweifelnden Blick starrte der junge Offizier in den Baum hinauf. Als wollte er dort was erspähen. Aber alles, was seine Augen sahen, war ein besonders knorriger und verwachsener Ast, der sich in zwei weitere schmalere Äste aufgabelte. Frustriert wandte er sich ab und hieb mit der Faust an den Baumstamm. Dania musste hier wo sein, nur wo?

„Leutnant, auf ein Wort!" Leumond näherte sich dem Stamm und Bündel. Mit sichtlichem Widerwillen drehten seine Füße die gebrauchte Wäsche hin und her. Das Kettenhemd in der Hand seines Untergebenen allerdings berührten seine suchenden Finger. „Diese Rüstung ist von feiner Qualität, nicht einmal mein Vater besitzt solche Kettenhemden. Wie kommt Eure Schwester in den Besitz von so einem Stück, frage ich mich." – „Nun, Herr, das ist einfach erklärt, es ist ein Erbstück meines Großvaters, des verstorbenen Heilers Pineval." – „Ja, ich erinnere mich, lange her. Mein

Großvater und Vater haben viel von Eurem Großvater gehalten." – „Zu Gütig, Euer Gnaden." – „Aber woher mag ein Dorfheiler, auch wenn er noch so gut war, so ein Kettenhemd hergenommen haben?" – „Nun, Herr, man sagt meine Großmutter hätte den Großvater als jungen Mann auf einem Pferd sitzend und schwer verletzt im Wald gefunden. Er hatte das Gedächtnis verloren." – „Nun, es ist fast sicher ein Kettenhemd, wie es Elitesoldaten am Hof haben. Kriegerpriester und Legionsoffiziere. Teuer und edel." – „Es gibt das Gerücht, Herr, dass der Großvater ein Überlebender der Dritten Legion war." – „Nun, das mag sein. Die dritte Legion wurde nicht weit von hier vernichtet, damals im Nekromantenkrieg."

Leumond schien noch etwas auf dem Herzen zu haben. „Sagt, Leutnant, was tun wir, wenn wir Eure Schwester hier finden. Wegen Hexerei anklagen können wir sie nicht, solange sie niemanden schädigt. Mord?" – „Mord wäre möglich, immerhin haben wir alle die Tote am Felsen gesehen. Aber wie verhindern wir, dass sie bei einem Prozess nicht von ihren Hexenfähigkeiten Gebrauch macht?" – „Nun, das wollte ich mit Euch besprechen, Leutnant. Ihr seid der Bruder der Mörderin. Und ich gebe Euch Recht, dass das Risiko viel zu hoch ist. Schon allein, weil vermutlich mein Vater dem Prozess vorsitzen wird." – „Was schlagt Ihr vor, Herr?" – „Das wahrscheinliche Urteil zu vollstrecken. Zumindest das Urteil, das mein Vater fällen müsste, wenn er ganz bei seinen Sinnen ist. Wir vollstrecken das Urteil, sobald sie gefunden ist." – „Verbannung?" – „Tot. Bei

Mord üblicherweise durch den Strick. Für Eure Schwester, die Enthauptung mit dem Schwert und danach die Überreste verbrennen. Um sicher zu gehen." Gerant gefiel die Idee überhaupt nicht. Das war ihm offensichtlich auch anzusehen. Daher bohrte der Grafensohn nochmal nach: „Ich sehe leider keine andere Möglichkeit. Alles andere ist ein zu hohes Risiko, wie Ihr selbst gesagt habt. Oder wir haben ein zweites Brunnbach, was ich vermeiden will. Wenn wir sie also finden, dann schnell und gründlich. So leid mir das für Euch und Eure Familie tut."

„Lasst nur, Herr", sprach der junge Soldat tapfer, „als Offizier ist man harte Entscheidungen zu treffen gewohnt. Meinem Vater wird es das Herz brechen. Aber Ihr habt recht, es gibt keine andere Möglichkeit, da sie uns sonst nur verhext."

Dania hatte alles Oben im Baum mitgehört. Und die Falschheit und Lüge in der Stimme des Grafensohn vernommen wie dunkles Donnergrollen am Himmel bei einem Gewitter. Warum konnte ihr Bruder, der sonst Lüge und Betrug ebenso durchschauen konnte, dieses nicht erkennen. Was verstellte seinen Blick so stark, dass er dem Grafensohn so ohne weiteres diese Schauermärchen abnahm. Farana war an Altersschwäche gestorben. Dania hätte viel gegeben, ihre Lehrerin noch um sich zu haben.

Es schien, als hätte ihr Bruder sich in einen Wahn hinein gesteigert, sie wäre eine finstere, böse Hexe, wie aus dem Märchen, die kleine Kinder fraß und die Ernten vernichtete. Das war nicht gut. Sie konnte von diesen Leuten da unter ihr keine Gnade erwarten. Wurde sie gefunden, war sie tot. Ohne Prozess und ohne Verzug. Oder sie musste ihre Kräfte einsetzen, was aber erst Recht den Hass auf sie steigern mochte. Oder die Furcht, vor allem bei den einfachen Leuten. Die Gefährten suchten den Wald nach ihr ab, mussten aber nach einiger Zeit unverrichteter Dinge aufgeben. Ihre Sachen hatten ihr Bruder und der Grafensohn einfach liegen gelassen. Außer dem Kettenhemd, welches dieser Leumond an sich genommen hatte. Und Gerant hatte es ihm einfach gelassen!

Als die Suche abgebrochen wurde, kamen die Leute nochmal an ihrem Baum vorbei. Sie unterhielten sich lautstark, am Weg zum Dorf hinauf eine Wache zu postieren, um im Fall ihrer Rückkehr sofort Meldung machen zu können. Es war also sehr unwahrscheinlich, dass Dania sich nach Weitfeld schleichen konnte, ohne entdeckt zu werden. Also würde sie ihrem Vater wohl nicht mehr Lebewohl sagen können. Um das Kettenhemd tat es ihr jedoch leid. Gerade des Kettenhemds wegen: Und was wenn sie die Gruppe verfolgte und im Dorf oben konfrontierte? Sie war sich sicher, an den Wachen vorbeikommen war einfach. Auch diese Leute mussten müde sein und konnten nicht alle Wege zur Linde bewachen. Aber was dann? War sie bereit, vor allen Leuten einen Kampf der Worte mit den drei Anführern, ihrem Bruder, dem Hofmagier und dem Sohn des Grafen aufzunehmen? Was, wenn es blutig wurde?

Auf welche Seite mochte sich das Dorf stellen? Nein, sie durfte das Dorf nicht gefährden. Das war es nicht wert. Trotzdem musste sie mehr erfahren. Offensichtlich hielt der Tarnzauber. Immerhin. Was hatte die Gruppe, die sie verfolgt hatte, wirklich vor? Und dann war da noch das Kettenhemd. Alleine deswegen musste sie die Gruppe verfolgen. Das gehörte ihr und nicht diesem arroganten Sohn des Grafen!

Was hätte ihre Lehrerin getan? Hätte sie Vorsicht walten lassen? Vermutlich nicht. Die Alte hätte alleine mit ihrer spitzen Zunge die ganze Gruppe mit Worten geröstet und als kleine Kohlestückchen ausgespien. Und dabei nicht ein kleines Quäntchen Magie benutzt. Bei dem Gedanken musste Dania unwillkürlich lächeln. Es schadete sicher nicht, der Gruppe ein wenig Vorsprung zu lassen und noch einmal in der Wildnis, aber nahe dem Dorf, zu übernachten.

V.

Müde erreichte die Gruppe der Jäger Weitfeld. Vor allem Berecht, der Magier, war glücklich. Ein Anstieg noch, dann war man aus dem Talgrund mit den Feldern heraus und oben auf der Höhe bei den Häusern. Hier war der Pfad immer noch der Feldweg, der dann in die Wildnis führte. Aber schon in wenigen Augenblicken kam das erste Haus in Sicht, der Hof des unfreien Bauern Most. Dort konnte die Wache postiert werden, mit dem Auftrag, den Weg im Auge zu behalten und das Nahen der Hexe zu melden. Gerant kümmerte sich unauffällig um die Details. Dann erreichte die Gruppe den Dorfplatz mit der Linde.

Die Leute beäugten die verdreckte und erschöpfte Gruppe mit Interesse. Da aber der Sohn des Grafen dabei war, und der Sohn des Hauptmanns der Wildhüter, traf man sich lieber in sicherer Distanz beim Haus vom Händler Uris. Der Dorfbrunnen wurde gerade von den Männern aus der Jagdgruppe in Beschlag genommen, die sich dort erfrischten.

Die Schneiderin nahm als erste die Gespräche auf: „Sie haben die Hexe nicht gefunden." – „Und wenn schon, vielleicht besser so", meinte die Frau des Schmieds. Die Ehemänner waren beide mit ihrem Tagwerk beschäftigt, also stand es nur Frau gegen Frau. „Blödsinn", fing die Schneiderin wieder an: „Eine Hexe bringt nie Gutes. Seid gewarnt und erinnert euch an Brunnbach. Seit dem Tag, an dem die Alte hier ins Dorf gekommen ist und die Tochter vom Hauptmann mitgenommen hat, habe ich gewusst, dass die Alte nur Probleme bringt. Und jetzt haben die dort", dabei wies die Schneiderin auf die Gruppe am Brunnen, „kein Glück gehabt. Das gibt Probleme. Ihr habt es hier zuerst gehört."

„Ina. Erzählst du schon wieder Mist", fragte eine ältliche Frau, die einst recht stattlich gewesen sein musste, deren Aussehen aber dem Zahn der Zeit zum Opfer gefallen war. Die Amme von Celestina. Ein Grinsen bei den Umstehenden. Die alte Esti war bekannt dafür, auch ein Schandmaul zu haben, wenn sie wollte. Es konnte unterhaltsam werden.

Von dem Wortgefecht der Frauen beim Handelsposten bekam die Gruppe der Jäger nicht viel mit. Ladrin war inzwischen auf die Gruppe zugetreten: „Wenig Glück die Herren?" Gerant blickte seinen Vater zornig an: „Dich freut das ja, oder? Nun, brauchst nicht antworten, man sieht es. Aber du hast Pech, Vater. Die Hexe ist tot. Gemordet von deiner Tochter. Und ich hatte einmal eine Schwester. Außerdem wird sie hier herkommen und Weitfeld angreifen. Bereite dich lieber vor und hilf uns bei der Verteidigung."

Der alte Wildhüter spürte sofort die Falschheit der Aussage und wunderte sich wieder, dass sein Sohn offensichtlich das selbst nicht erkennen konnte. Mit Vernunft war da wohl wenig zu erreichen. Trotzdem der Versuch: „Und welche Beweise gibt es, dass die Alte ermordet wurde? Immerhin, die Farana war, nun, alt?"

– „Hättest mitkommen sollen. Dann hättest du selbst die Tote gesehen, rundherum die Reste eines Hexenrituals und die Leiche halb zerfressen von den Raben und Geiern der Berge."

Der Grafensohn mischte sich jetzt ein: „Leutnant Gerant hat recht. Wir haben die Tote daliegen gesehen, geopfert. Eure Tochter hat sie gemordet, das steht fest. Wir sind der Hexe jedenfalls knapp entkommen, auch nur dank der starken Magie von Baron Berecht."

Hatte Berecht richtig gehört? Leumond verteidigte ihn? Es wurde Zeit, auch seinen Anteil am Gespräch zu suchen: „Der Platz, wo wir die Alte gefunden haben, war klar für ein Ritual geschmückt gewesen. Wir haben in der Nacht zur Sommersonnenwende auch mächtige Magien am Gipfel des Berges gesehen, wo das Ritual stattgefunden hat. Wie ein langandauerndes Wetterleuchten, aber es war keines. Und als wir zwei Tage später hinkamen, war da die Tote. Und Eure Tochter war geflohen."

Zögerlich versuchte der Wildhüter zu akzeptieren, dass Celestina vielleicht wirklich Schuld war am Tod der Alten. So irgendwie unwirklich das alles gerade geklungen hatte. „Nun, meine Wildhüter werden euch natürlich helfen, so sie da sind." Sprach es und nickte zu seinen Leuten, die heute im Dorf waren und keinen Dienst hatten. Dann begann Ladrin sich um die Quartiere für den Grafensohn, seinen eigenen Sohn und Baron Berecht zu kümmern. Und auch die anderen Soldaten mussten untergebracht werden, zumindest in der Scheune mit dem Stroh.

Es gab mehrere Möglichkeiten, ungesehen nach Weitfeld zu gelangen. Der Tarnzauber, der schon im Wald so gut funktioniert hatte. Oder als Schatten im Dunkel der Nacht. Dann gab es noch den Pfad beim Bach hinten herum und mit dem steilen Anstieg zur Schmiede. Aber das war alles nicht richtig, aus Sicht der FaraNa. Eine Priesterin schlich sich doch nicht einfach so wie ein Dieb ein. Dann gab es da noch eine Möglichkeit, aber diesen Zauber hatte Dania noch nie probiert. Sie konnte versuchen, die äußere Gestalt eines Tiers einzunehmen und so in das Dorf zu gelangen. Das war vielleicht überhaupt die beste Idee. Da konnte sie auch gleich die Jäger in Weitfeld belauschen.

Inzwischen war die Priesterin am Waldrand angekommen, dort wo der Pfad der Wildhüter sich an den Weg durch die Felder zum Dorf anschloss. Noch bedeckte sie der Wald. Es wurde Zeit, sich zu entscheiden.

Die Sonne stand tief, bald würde es dunkel werden. Welches Tier konnte am unauffälligsten hinein und hinaus? Ein Hund? Eine Eule? Die konnte wenigstens im Dunkel sehen. Eine Maus? Sicher fast unsichtbar, aber in Weitfeld gab es einige Katzen und die fraßen unvorsichtige Mäuse. Katzen! Das war die Lösung. Katzen schlichen durch die Felder, waren dort, wo man sie nicht vermutete, konnten bei wenig Licht sehen und fielen im Dorf nicht weiter auf.

Ihre Lehrerin hatte ihr noch einige Warnungen zu dem speziellen Zaubergebet mit auf den Weg gegeben. Deswegen hatte Dania die Verwandlung noch nie probiert. Wer sich in ein Tier verwandelte, war für die Dauer der

Verwandlung das Tier. Blieb man zu lange in der Form, verlor man sich darin und blieb für immer in der Tiergestalt. Man hatte zwar Reste von Erinnerungen, aber vieles nahm ein Tier nur wie im Traum wahr. Das Herausgehen aus der Form war schwierig, wenn man sich in der Tiergestalt wohlfühlte. Es gab keine Sicherheit, keinen Gegenzauber, keine Möglichkeit, einen Abbruch vorzeitig zu bestimmen.

Dania war bereit, das Risiko auf sich zu nehmen. Aber um den Zauber wirken zu können, benötigte sie irgendwelche natürlichen Teile des Tieres. Haare oder sogar Tierkot waren ausreichend. Aber irgendetwas musste es sein. Nur, hier nahe Weitfeld war es durchaus möglich, Katzen zu finden. Den Tierruf hatte ihre Lehrerin ihr bereits am ersten Tag beigebracht. Ein fast unhörbar hoher Ton war zu hören und es dauerte nur wenige Augenblicke, bis es im Feld raschelte und eine der Dorfkatzen sich neugierig am Feldrand zeigte. Dania lockte die Katze mit sanften Rufen. Dann eine kurze Streicheleinheit. Schon hatte die Priesterin die benötigten Haare. Rasch noch der Katze eine Maus als Belohnung gerufen und vorsichtig zog sich die FaraNa in den Schutz des Waldes zurück, während sich im hohen Korn das immer wiederkehrende Drama der Jagd abspielte. Die Katze blieb, wie erwartet, die Siegerin.

Die dreifarbig weißgrau-schwarz gestromte Katze schlich sich an den zwei Soldaten beim Hof des Bauern Most vorbei. Sie sah die beiden Menschen und schlich

148

schnurrend um deren Beine. Einer der Soldaten wollte das aufdringliche Tier mit einem Fußtritt vertreiben, doch der andere beruhigte den Kollegen, setzte sich auf einen umgedrehten Eimer, nahm die Katze hoch und streichelte sie, bis sie schnurrte: „Berri, du kannst doch nicht einen Mäusefänger treten. Die Bauern brauchen den Schnurrbart hier noch." Die Katze machte nur „Prrrrrrrr".

„Pah!, Katzen sind Frauentiere", meinte der angesprochene Berri. „Und natürlich was für dich, Aran. Aber kannst ja dir die Rüstung mit Haaren vollpflastern lassen, für den nächsten Apell."

Die Katze machte immer noch „Prrrrrr!".

„Dummer Auftrag", meinte der Wächter mit der Katze, der sich Aran nannte. „Die Hexe kommt eh nicht mehr, wenn sie schlau ist. Auf sie wartet der Tod."

„Ja, und das ist gut so. Hexen sollte man alle verjagen oder töten. Bringen nur Probleme." – „Warum glaubst du, dass sie Probleme bringen? Soweit ich weiß, arbeiten die meisten als Hebammen und helfen in den Dörfern als Heilerinnen. Auch die Herrschaft lässt sie gewähren, solange sie keinen Schaden anrichten."

„Ach, und ungewünschte Babys wegmachen nennst du also keinen Schaden? Das ist immer verboten, aber die Hexen halten sich nicht daran. Und dann sterben schon mal auch Frauen dabei. Außerdem haben sie es ja mit der Totenzauberei. Man denke an Brunnbach." Berri war hier absolut unversöhnlich.

„Nun, das ist verboten, ja. Aber die Hexen unterscheiden sich auch nicht wirklich vom anderen fahrenden

Volk. Von den Badern, Wundärzten, Quacksalbern, Schaustellern, Kleinkrämern und Dieben. Da tut dann auch die Herrschaft was dagegen. Haben wir beide schon oft gemacht und sie rausgeschmissen, aus der Grafschaft. Aber das ist Vertreibung, nicht niedermetzeln. Warum will Leumond, dass wir die Hexe töten? Was bringt ihm das? Das ist ungewöhnlich."

„Willst du jetzt echt die Herrschaft hinterfragen? Kannst dich gleich nach der Hexe für den Scharfrichter anmelden. Und auch Gerant wird dich nicht davor retten."

„Der ist für mich sowieso ein Rätsel. Das ist seine eigene Schwester. Und so zugerichtet die alte Hexe war, eine Wunde war nicht zu sehen. Die war steinalt. Was hätte die junge Schwester da ermorden sollen? Anhusten und umwehen hätte gereicht, nach der Beschreibung."

„Lass die Gedanken, Aran. Wir sind Soldaten, wir gehorchen und folgen Befehle. Wenn die Herrschaft die Hexe tot sehen will, dann töten wir sie eben. Gerant ist unser Leutnant. Leg dich mit ihm auch noch an. Mir soll es reicht sein. Bin ich schneller als du Unteroffizier."

„Mag sein, Berri. Bist du eh schon Korporal, also auf meinem Rang. Aber ich war damals in Brunnbach dabei. Wie Gerant auch. Der sollte also eigentlich die Wahrheit kennen. Wie die Skelette am Friedhof auferstanden sind, war diese Frau, von der sie meinten, sie sei eine Hexe, über drei Wochen weg. Wer damals dabei war, war der heutige Baron Berecht als Lehrling und der alte Magier Admar als sein Meister. Erinnerst du dich noch an Admar?"

„Der Typ, dem sie immer nachgesagt haben, dass er junge Knaben liebte? Vor dem haben mich meine Eltern gewarnt und gemeint, ich soll ihm lieber aus dem Weg gehen. Der hat immer so düster drein geblickt, dass selbst frische Milch in seiner Anwesenheit binnen weniger Minuten sauer geworden ist." – „Genau der. Und er und Berecht sind ein paar Tage vor dem ersten Auftreten der Skelette in Brunnbach offiziell für die Akademie Talente prüfen gewesen. Du weißt, wo sie in den Dörfern Nachschau halten müssen, ob wer zaubern kann. Und dann die Kinder auf die Akademie bringen sollten." – „Ja, und?" – „Und Admar einen Jungen gefunden hat, dem er tolles Talent bescheinigt hatte. Dort in Brunnbach. Und den Jungen dann mitgenommen hat, in sein Privathaus." – „Und?" – „Der Junge ist verschwunden, schon zwei Tage nachdem er von Brunnbach abgeholt worden war. Die Gerüchte haben fast sofort angefangen. Und dann, Poff! Und plötzlich waren da die Skelette, so zwei Tage nachdem die Gerüchte angefangen haben. Und Admar und sein Schüler sind mit uns Soldaten dorthin gezogen, haben ihr magisches Brimborium abgezogen und sind die großen Helden gewesen. Von dem Jungen hat man nie mehr was gehört. Die Skelette hatten auch rein zufällig vor allem die Familie des Jungen angegriffen und getötet. Zufälle gibt es, die gibt es nicht!"

Berri war jetzt doch etwas erschüttert: „Das sind aber nur dumme Gerüchte. Oder?" – „Jedenfalls war Admar dann recht rasch weg und sein Lehrling war der neue Baron Magier beim Grafen. Die Celes hat die Sache damals recht deutlich zu beenden versucht. Und Graf Roderich bemühte sich wirklich um Schadensbegrenzung. Was aus Admar geworden ist, weiß ich nicht. Was der Familie damals passiert ist, weiß ich gut: Die Mutter des Jungen war meine Tante."

Aran setzte die schnurrende Katze ab, die ihm schwer geworden war. Ein Schubs und sie fand sich einen Meter weiter abgestellt. Die Katze quittierte das mit einem „Mau", hob die Pfote und putzte sich, dann zog sie erhobenen Hauptes und Schwanzes schmollend ab. Rasch waren die vielen Katzenhaare vom Lederpanzer des Soldaten abgeputzt und Aran stand wieder auf Wache. Der Waldrand war ruhig und friedlich, langsam wurde es finstere Nacht. Keine Hexe zu sehen. Berri aber wirkte nachdenklich.

Dania lachte innerlich. Mit der Verwandlung hatte alles ganz hervorragend geklappt. Und die Wachen hatten absolut nichts bemerkt. Dafür hatte sie einige gute Informationen erhalten. Es war leichter als gedacht, auch als Katze, Mensch zu bleiben. Alles, was die Celes tun musste, war sich auf ihre Vorderpfoten zu konzentrieren und sich zu erinnern, dass das Hände waren. Obwohl, das Kraulen durch den Soldaten war richtig angenehm gewesen. Miau!

Und, hörte sie da nicht durch die Nacht das Rascheln einer Maus? Hm, kein Abendessen. So ein Zwischenhappen, warum nicht. Schwupp, schon waren die Krallen eingezogen und leise schlich die Katze ins Feld.

Doch! Was war mit der Mission! Dania! Wer oder was war Dania? Gehe ins Dorf. Ins Dorf. Aber was sollte sie jetzt bei den Menschen? Dort gab es kein Essen. Mäuse, vielleicht? Rasch ließ die Katze von der Maus im Feld ab und eilte Richtung der Häuser. Vorderpfoten. Vorderpfoten. Hände! Hopp, hopp, hopp!

Berecht hatte sein Quartier im lokalen Tempel des Lichts bezogen. Da im Moment kein Priester in Weitfeld stationiert war, gab es genug Platz für den Magier in der Kammer hinter dem Altarraum. Tempel war für diese kleine Dorfkapelle zu viel der Ehre, aber für eine ungestörte Nacht reichte es. Vor allem für ein Gespräch mit dem Nekromantenfürsten, oder zumindest dem Unterführer, der für Berecht zuständig war. Rasch waren die Türe und das Fenster der Kammer verdunkelt und mit Balken zugemacht, damit niemand ihn sehen oder hören konnte. Dann versuchte Berecht, die Bruderschaft zu erreichen. Irgendwo vor dem Fenster war das Mauzen einer Katze zu hören.

Was wohl im Tempel vor sich ging? Balken vor, aber Licht im Inneren, in der Priesterkammer. Oben im Dach gab es ein kleines Fenster. Für eine neugierige Katze kein Problem. Den Feuerholzstapel rauf, ein Sprung, und mit „Mrr" war das Fenster erreicht. Rasch schlüpfte das Tier durch den Rahmen, in dem schon seit Jahren weder Balken noch Glas ein Eindringen verhinderten. Der angenehme Duft von Fledermäusen und anderen Beutetieren umfing die feine Nase. Aber nicht jetzt. Dania. Nachsehen. Vorderpfoten. Hände! Hören.

„Ja, Herr", die Stimme des Menschenmagiers drang zum Tier hoch. „Wie gesagt Herr." Wen sprach dieser Mann als „Herr" an? Der Magier war selbst ein Herr, oder? Vorderpfoten!

„Die Hexe haben wir tot gefunden, Herr. Nur die Schülerin war nicht zu finden. Aber was kann die schon in der kurzen Zeit gelernt haben?"

Eine düstere, verzerrt klingende Stimme antwortete heißer: „Das lasst unsere Sorge sein. Die Bruderschaft wünscht auch den Tod der Schülerin. Wagt es nicht zu versagen!"

„Ich höre und gehorche." Der Magier klang wenig erfreut, dafür angsterfüllt.

Die Katze wirkte leicht verstört. Bruderschaft, hier? Beutetiere? Essen! „Wrrr!" Und mit geübtem Tatzenhieb hatte die Katze eine Fledermaus erwischt. Ein Biss und himmlisch frisches Blut war zu schmecken. „Prrrrr!" Und erst das rohe Fleisch! Vorderpfoten!

Gerade noch konnte Dania die Kontrolle über sich zurückgewinnen. Nach dem Mahl die Hände sauberlecken, das half. Knapp! Aber dennoch, ein Haus musste sie noch besuchen. Das ihres Vaters. Dort gab es einen Hintereingang für Katzen, in die Küche. Wo immer wieder Leckereien für Katzen abgefallen waren, vor allem, wenn Celestina selbst es getan hatte. Aber der Vater hatte eine Katzentüre in das Haus gebaut. Vor vielen Jahren. Hoffentlich war die noch offen.

Die Katze streunte unauffällig über den Platz an der Linde. Einigermaßen satt ignorierte das Tier die Geräusche der Nacht. Nur Theo, den Kater der Schmiedin, konnte sie nicht ignorieren. Der baute sich vor der Kätzin auf, machte sich groß und pfauchte: „Mein Revier. Weg da!"

Dania hatte nicht vor zu kämpfen. Sie pfauchte zurück: „Aus dem Weg. Göttin. Aufgabe!"

Der Kater blickte leicht ungläubig. Die Göttin! Sogar in seinem dicken Schädel, der gut zur Familie der Schmiedin passte, dämmerte etwas. Das war anders als sonst. „Ksss!", meinte er, als er Platz machte. „Gehe. Wieder kommen, Kampf!"

Und Dania merkte nun, dass sie in der Form die anderen Katzen verstand. Die Situation hatte ihr aber wieder Kontrolle gegeben.

Die Katzentüre war geöffnet. Irgendwer hatte den Katzen eine Schüssel mit Küchenabfällen und etwas Rahm in ein Eck neben dem Herd hingestellt. Unter dem Herd war auch ein Plätzchen für Katzen, wo es warm war. Darin lag noch die Holzkiste mit Decke, die Celestina vor Jahren hinein gelegt hatte. Es gab ein paar Katzen, die diesen Platz schätzten. Dania selbst war nicht die einzige Katze, die gerade durch die Küche strich. Eine Mutter war mit drei Jungen hier beim Essen. Ein viertes Katzenkind sprang munter auf der Decke in der Kiste herum. Die Mutterkatze ließ sich aber von der

Priesterin nicht stören, als diese in Katzenform und mit weitem Respektabstand an der Kiste vorbei tiefer in den Raum spazierte. Ach, wie sich die Priesterin nach einer guten Ruhepause in dieser Kiste mit Decke sehnte! Doch die Mission hatte Vorrang.

Wie immer trennte nur ein Vorhang den Raum zum Speiseraum, aus dem Licht drang. Von hinter dem Vorhang hörte man Stimmen. Die Priesterinnenkatze postierte sich direkt am Spalt zwischen Vorhang und Türrahmen. Ihr feines Gehör vermisste nicht ein Wort, das im Raum dahinter gesprochen wurde.

„… haben wir die Tote gefunden. Von den Vögeln am Berg zerhackt. Ein grauslicher Anblick." Die Stimme von Gerant war deutlich zu hören. „Rundherum war noch der Blüten- und Blumenschmuck zu bemerken, der für das Ritual benötigt worden war, verwelkt und verweht. Blut war nur in geringen Spuren vorhanden. Von der Hexe waren nur mehr Haarreste übrig, sowie große Teile des Skeletts und ein paar Fleischfetzen, um die Aasfresser sich gestritten haben. Fliegen und andere Insekten waren ebenfalls bereits zu bemerken. Der Geruch war übel. Das Miasma des Todes."

Leumond schloss sich dem an. „Wir gehen davon aus, dass es ein Ritual gegeben hat. Im Zuge des Rituals ist die alte Hexe gestorben. Vermutlich geopfert. Warum und wieso, entzieht sich unserer Kenntnis. Jedenfalls haben wir die Verfolgung Eurer Tochter aufgenommen, Hauptmann. Die Spur hat uns bis hierher zurück geführt und jetzt warten wir."

„Und was dann?" Ladrin ahnte, was die Gruppe vorhatte. „Was wollt ihr machen, wenn ihr Dania gefangen habt? Dem Herrn vorführen?"

„Tut mir leid", meinte Leumond, „das Risiko dürfen wir nicht eingehen, eine echte Hexe vor meinen Vater zu bringen. Ich fürchte, wir werden nur wenig Chance haben, gegen ihre Macht. Am besten, man macht das schnell und sauber. Ein Pfeil, ein Schwerthieb. Was immer. Aber kein Risiko."

„Ist das bereits beschlossen?" Ladrin blickte verzweifelnd zu seinem Sohn. Man merkte, dass dies dem Hauptmann falsch vorkam. Gerant nickte: „Tut mir leid, Vater. Es muss sein. Das Gesetz sagt, wenn eine Hexe Schaden anrichtet, ist sie zu töten. Einen Mord würde ich sehr wohl als Schaden bezeichnen."

Dania gab sich einen Ruck. Es wurde Zeit, das zu klären!

„Welche Beweise habt ihr, dass Dania diese Farana getötet hat?", wollte Ladrin wissen.

„Gar keine, Vater!", rief Dania, die inzwischen wieder Menschenform angenommen hatte. Unbekleidet und in all ihrer nackten Pracht stand sie im Türrahmen zur Küche, den Vorhang weggezogen. Wäre die Situation nicht so unpassend gewesen, Leumond hätte durchaus genossen, was er da sah. Gerant hingegen lief rot an.

Dania war sich im Klaren, dass sie hier nicht nachgeben durfte: „Es gibt keine Beweise für einen Mord, da es keinen Mord gegeben hat. Die alte Priesterin der Na ist an Altersschwäche verstorben. Vor meiner Weihe, die dort am Berggipfel hätte stattfinden sollen. Ich habe dafür gesorgt, dass sie ewige Ruhe finden kann. Damit auch Baron Berecht seine dreckigen Finger der Bruderschaft von ihr lassen kann. Ja, da schaut ihr, was? Berecht dient der Bruderschaft. Er ist jetzt nicht bei Euch, weil er gerade im Dorfschrein mit seinem Nekromantenfürsten spricht. Und er und sein ehemaliger Lehrmeister sind für die Skelette in Brunnbach verantwortlich. Wenn ihr seine Bücher durchstöbert, werdet ihr die entsprechenden Zauber finden."

Erstaunen mischte sich mit Entsetzen. Vor allem auch bei Leumond, der zusätzlich rot angelaufen war. Gerant hingegen wirkte ausgesprochen wütend.

„Im Übrigen hat Leumond Angst, dass sein Vater mich freisprechen könnte, da die Sache tatsächlich dünn ist. Deswegen will er unbedingt, dass ich sterben soll. Warum immer er", dabei blickte sie tief in die Augen des Grafensohns, „mich so unbedingt tot sehen will. Wo doch seine Körperreaktionen eine andere Sprache sprechen." Dabei nickte Dania in Richtung zwischen die Beine des Mannes, wo deutlich sichtbar eine Beule stand.

Gerant war aufgesprungen und hatte das Schwert gezogen. Er war im Begriff auf seine Schwester los zu springen, als ihr Blick tief in ihn hinein fuhr. „Gerant!" donnerte sie, „du bist ein Celes, wie dein Vater oder ich selbst. Du solltest sehr genau wissen, was richtig und was falsch ist. Du weißt, ich habe nicht gelogen. Steck das Schwert weg!"

Wie unter einem Bannspruch steckte der junge hitzköpfige Leutnant tatsächlich sein Schwert zurück in die Scheide. Leumond hingegen hatte einen Dolch ergriffen und warf ihn mit einer zügigen Bewegung auf die Priesterin. Die wiederum leichten Schrittes auswich: „Leumond, sorgt lieber für die Verhaftung von Berecht wegen seiner Beteiligung an der Bruderschaft. Er dürfte ein Spion der Nekromanten sein. Und gebt mir augenblicklich mein Eigentum heraus, das Kettenhemd meines Großvaters."

Dann zum Hauptmann der Wildhüter gewandt: „Vater, ich sage Euch Lebewohl. Weitfeld ist sicherer ohne mich. Na selbst hat mich in der Sommersonnwend-Nacht am Gipfel oben geweiht. Aber mir fehlt noch viel Wissen. Ich gehe auf Wanderschaft." Dabei trat sie auf den Mann zu, der sie von klein auf begleitet hatte, jedoch Leumond nicht aus den Augen lassend. Gerant hingegen schien gebrochen. Eine rasche Umarmung des Vaters, dann ein Schritt auf das Bündel des Grafensohns im Eck des Raums hin. Das Kettenhemd war im Wachstuch über den Rucksack gelegt. Sie nahm es an sich.

In dem Augenblick kam Bewegung in den jungen Leutnant. Mit einem lauten „Arr!" riss er das Schwert heraus und auf Celestina zu. Doch dieses Mal war Danias Vater auf dem Posten. Er stellte sich seinem Sohn entgegen und griff in den Schwertarm. Die Wucht des Sprungs riss beide Männer zu Boden. Das Schwert fiel harmlos polternd in eine hintere Ecke des Raums.

Leumond hatte die Situation genutzt und warf einen weiteren Dolch. Direkt in den Rücken Danias gezielt. Die drehte sich in einer einzigen flüssigen Bewegung herum, rief eine Silbe in einer unbekannten Sprache und der Dolch verwandelte sich in Rost, der sich als harmloser Staub über Schultern und Brust der Frau legte. Die FaraNa zischte: „Das war der zweite Versuch. Beim dritten Mal schlage ich zurück, aber das werdet Ihr nicht überleben."

Der Anblick erregte Leumond. Der rötliche Staub hatte sich über den kleinen, festen Busen der jungen Frau vor ihm gelegt und zeichnete die Konturen deutlich nach. Diese Priesterin war umwerfend schön. Und jetzt war sie richtig wütend, was sie für Leumond noch attraktiver machte. Ab jetzt war es was Persönliches. Auch wenn sie im Moment alle Vorteile auf ihrer Seite hatte. Ach, wie mochte diese Frau vor Angst quietschen, wenn er über sie erst herfallen konnte.

Inzwischen hatten sich die zwei Männer am Boden wieder erhoben. Der Vater hielt den Bruder von Celestina im Haltegriff, mit dem er sonst betrunkene Randalierer im Dorf hielt und rief: „Gehe mit meinem Segen, Mädchen, aber gehe!"

„Einen Hinweis zur Warnung", rief Dania, als sie in Würde aber rasch noch ein Jägergewand aus der Uniformkiste im Nebenraum holte. „Wenn mir die Jäger folgen wollen, tun sie das auf eigene Gefahr." Sprach es, warf das Kettenhemd-Bündel und das Gewand in einen alten Rucksack bei der Gewandkiste, nahm einen Wetterfleck vom Haken bei der Türe und warf ihm um die Schultern, blickte nochmal dankend zum Vater, der nur nickte, und ging nur mit dem Umhang und Rucksack bekleidet und ohne Schuhe, aber in voller Würde bei der Türe hinaus in die Nacht. Leumond und Gerant waren sprachlos.

Dania stürmte erhobenen Hauptes und raschen Schrittes bei der Haupttüre hinaus. Die beiden Wildhüter, die vor dem Haus auf Wache standen, waren perplex, dann aber rannten sie in das Haus hinein, um Nachschau zu halten. Daran, die Priesterin aufzuhalten, dachten sie nicht. Die Celes hingegen schritt unverzüglich zum Pfad hinter die Schmiede, wo sie einen einigermaßen freien Weg erwartete, zwar steil, aber ohne Schotter und kleine Steine. Ihre Schuhe und den Gürtel hatte sie beim Gewand und bei Dolch und Bogen am Waldrand liegen gelassen.

Dorthin musste sie, um sich in Ruhe anzuziehen. Waschen und den Rost entfernen konnte sie erst später, wenn sie vom Dorf weg war. Hoffentlich kamen die beiden Jäger im Haus der Wildhüter nicht auf die Idee, mit der Hilfe des Zaubers von Baron Berecht sie wieder zu verfolgen. Hoffentlich taten sie, was die FaraNa ihnen unterschwellig suggeriert hatte – Baron Berecht als Mitglied der Bruderschaft zu verhaften. Der Mann war kein machtvoller Magier, das wusste sie. Aber er konnte ihrem Bruder und dem Sohn des Grafen gefährlich werden. Nun, das war nicht zu ändern. Rasch und mit nur wenig magischem Licht sprang Dania den Pfad dem Bach entlang hinunter und versuchte, den größten Wurzeln auszuweichen.

„Nun, die Herren", fing Ladrin an, „da war ein Vorwurf, wir hätten eine Spion der Bruderschaft in unseren Reihen. Sollten wir da nicht Nachschau halten?"

Leumond dachte angestrengt nach. Er hatte einen Handel mit der Bruderschaft, aber sollte er nicht ein Auge auf Berecht halten. War damit gemeint, ihn ans Messer zu liefern. Wusste Berecht davon, dass er den Handel hatte? Was aber, wenn der Magier starb, bevor er reden konnte? Es war dem Grafensohn ein Bedürfnis, diesem aufgeblasenen Ochsen ein Schwert zwischen die Schultern zu jagen. Aber besser, es den Leutnant tun zu lassen. Und dann eben mit einem neuen Magier die Suche nach der Hexe wieder aufzunehmen.

Gerant war nicht glücklich, seine Schwester ziehen zu lassen. Aber was wog schwerer? Fast sicher der Anwurf gegen Baron Berecht. Nur, woher wusste seine Schwester davon? Hexerei? Vermutlich. Aber wenn wer ein Mitglied der Bruderschaft erkannte, dann wohl eine Hexe. Nun, nachdem sie die Gegend verlassen wollte, war seine Aufgabe erfüllt. Mochten doch andere Leute sich um seine Schwester kümmern. Jedenfalls hatte die Erzählung mit der alten Hexe, die an Altersschwäche starb, grundsätzlich wahr geklungen. Und was war das wieder mit der Aussage, er und sein Vater wären... Celestes? Aber dann wäre ja sein Großvater... Plötzlich ergaben einige Sachen Sinn. Seine Schwester ein Siebentes Kind eines siebenten Kindes. Der berühmte „Sechste Sinn" seines Vaters. Die Reaktionen der Beteiligten. Die Heilkräfte des Großvaters. Hatte Leumond das gehört? Und der Vater? Der sicher, dem entging nichts. Nun, zuerst Berecht auf die Finger sehen. Der Hauptmann der Wildhüter hatte Recht.

In genau dem Augenblick liefen die beiden Wildhüter Ladrins herein, Meldung machen: „Die Hexe war da, ist aber entkommen." Der Hauptmann drehte sich zu seinen Leuten und sprach: „Ich weiß. Aber kommt mit, wir müssen dringend zu Baron Berecht."

Kurz darauf liefen fünf bewaffnete Männer auf den Dorfschrein zu. Und in Weitfeld begannen Leute von den ungewöhnlichen Geräuschen aufzuwachen.

Ladrin wies Gerant vor dem Schrein stehend an, mit einem Wildhüter hinten bei der Wohnhütte der Priester einzudringen. Er selbst wollte mit Leumond und dem anderen Wildhüter durch den Haupteingang. „Auf drei", meinte er. Der Sohn nickte nur und eilte mit dem Mann um den Schrein. Aus dem Fenster unter den Balken hervor drang aus dem Priesterzimmer Licht.

Gerant hörte den Vater laut „Drei" rufen und mit einem festen Tritt war die Türe hinten offen und die Männer drangen eilends ein. Baron Berecht, diese fette Qualle, saß gerade unten herum nackt an einem seiner Bücher und onanierte. Der Anblick des halbnackten Magiers bei dieser Tätigkeit war so abartig, dass es Gerant die Sprache verschlug. Weniger lustig allerdings war die schwarze Kerze, die das Licht spendete, und die in einem kleinen aus Sandstein geschnitzten Totenkopf steckte, der einige alte Wachsflecken aufwies. Berecht sprang peinlichst erwischt sofort auf, lies seine Robe über den Unterleib und die Beine nach unten gleiten und schrie: „Ihr wagt es, Gerant!"

Von der anderen Seite, aus dem Tempelraum, kam gerade Ladrin mit Leumond herein. Gerant fand seine Worte wieder und meinte: „Baron Berecht, ich verhafte Euch im Namen des Grafen und mit Verdacht auf Spionagetätigkeiten für die Bruderschaft des Nekromantenfürsten. Solltet Ihr Euch der Verhaftung wiedersetzen, bin ich berechtigt, Gewalt anzuwenden."

„Schweigt!", donnerte der Magier den Leutnant an. Dann zum Grafensohn: „Dahinter steckt bestimmt Ihr. Aber so leicht gebe ich mich nicht geschlagen." Dabei schlug der Magier die Hände über dem Kopf zusammen und der Raum war mit Nebel gefüllt. Was nun gehört werden konnte, waren folgende Geräusche: Zuerst ein „Sssst" wie ein Dolch, der aus einer Scheide gezogen wurde. Gleichzeitig ein Geräusch als wollte wer nackten Schweißfußes über einen glatten Steinboden hinweg gehen. Dann ein Geräusch wie es eine Klinge machte, die durch Knochen schnitt. Dann ein lauter Schrei. Und der Nebel verschwand, wie er gekommen war.

Folgendes Bild bot sich: Der Magier stand in der Mitte des Raumes, mit erhobener Hand und darin ein Dolch. Ihn durchbohrten zwei Schwerter, eines vom Hauptmann der Wildhüter, von der Seite zwischen die Rippen in den Brustkorb gestoßen. Und eines von vorne, unter dem Brustbein nach oben gestochen. Das Schwert des Leutnants. Der Sohn des Grafen hatte die Arme zur

Abwehr erhoben und war hinter den Offizier getreten, auf den nun der Dolch gerichtet war. Aber der Magier war tot. Langsam verlor der Körper die Spannung und fiel schwer und mit den Schwertern darin steckend zu Boden.

„Nun, das hätten wir", bemerkte Leumond affektiert. Ladrin und Gerant sahen einander an, und der Vater blickte stolz zum Sohn, der ebenso stolz den Blick erwiderte und zustimmend nickte. „Guter Stich, Sohn!" – „Guter Stich, Vater!"

Dann allerdings hatten die Männer alle Hände voll zu tun, einerseits die Neugierigen wegzuhalten, die dem Dorfschrein näher kamen. Und andererseits die Leiche so zu legen und aufzubahren, dass sie möglichst wenig Blut verlor und Dreck verursachte. Was bei sowohl den Stichen, einer hatte das Herz getroffen, als auch beim Gewicht des Körpers kein leichtes Unterfangen war.

Und dann war da noch die Notwendigkeit, festzustellen, ob Baron Berecht wirklich Bruder der Bruderschaft war – doch das war die leichteste Übung, er trug einen Silberring mit dem Totenkopf an einer Kette um den Hals, das untrügliche Zeichen seiner Zugehörigkeit. Und Gerant staunte, woher seine Schwester das gewusst haben mochte. Aber jedenfalls war der Zorn auf die Hexe einer brütenden Nachdenklichkeit gewichen. Die sowohl der Vater als auch der Sohn des Grafen bemerkten. Beide jedoch mit unterschiedlichen Rückschlüssen.

Für Ladrin war klar, dass sein Sohn endlich den richtigen Weg seiner Schwester einsah. Was sonst wäre die Reaktion seines Sohnes gewesen. Celestina hatte der Grafschaft einen Gefallen getan und ein großes mögliches Übel beseitigt. Alleine das musste ja den Sturkopf des Leutnants endlich überzeugen. Also kam Gerant wieder zur Vernunft. Gut so.

Leumond hingegen sah genau, dass der Soldat gerade darum kämpfte, seine geistige Gesundheit zu behalten. Immerhin hatte er sich die letzten Tage in das Schema, seine Schwester sei böse, hineingesteigert. Und jetzt zeigte sich der Magier als böse und ausgerechnet die Hexe hatte das bewiesen. Nur gut, dass niemand von der eigenen Verbindung zur Bruderschaft wusste. Aber für Leumond war auch klar, er musste die Verfolgung vorerst, hier und jetzt abbrechen. Und mit der Bruderschaft Kontakt aufnehmen. Gut, gleich selbst der Graf werden war nicht möglich. Oder? In seinem Kopf nahm ein Plan Gestalt an. Aber dazu musste er dringend seinen Kontakt sprechen. Und das ging nur mit Hilfe eines Gegenstandes, der gut verborgen in der Burg seines Vaters lagerte. Dort, wo der Grafensohn selbst ihn vor der Reise versteckt hatte.

„Gut, Hauptmann, Ihr kümmert Euch bitte um die Aufräumarbeiten, und dass der verblichene Baron Berecht ein anständiges Begräbnis bekommt. Ich werde umgehend morgen Früh mit Eurem Sohn zu meinem Vater aufbrechen und Bericht erstatten. Die Verfolgung Eurer Tochter ist jedenfalls damit hinfällig."

Leumond winkte dem Leutnant, ihm zu folgen und verschwand in Richtung Haus der Wildhüter. Ladrin wandte sich an die versammelten Dorfbewohner um und rief: „Könnt heimgehen, Freunde. Die Vorstellung ist zu Ende!"

VI.

Es dauerte dennoch bis weit nach Mitternacht, bis der Hauptmann und seine Leute die Dorfbewohner heimgeschickt und den Toten einigermaßen sicher gelagert hatten. Im Dorfschrein war noch der beste Platz dafür. Zum Glück konnten seine erfahrenen Wildhüter eine größere Sauerei von Blut und anderen Körperflüssigkeiten durch die Leiche vermeiden. Angenehm war die Arbeit trotzdem nicht.

„Sag, Boss," sprach ihn einer seiner Leute an, „was ist eigentlich vorgefallen?"

Ladrin überlegte, was er seinen Leuten sagen konnte, entschloss sich dann jedoch zu weitgehender Wahrheit: „Sieht so aus als wäre Baron Berecht ein übler Totenzauberer gewesen. Und Celestina hat es herausgefunden."

„Ja, aber warum ist Celestina weggelaufen?" – „Nun, nachdem immer noch der Sohn des Grafen und mein Sohn Gerant hinter ihr her waren, was hätte sie denn tun sollen?" – „Ja, aber ist das denn nicht jetzt vorbei?" – „Ich glaube nicht, dass der Junggraf so schnell aufgibt. Aber vielleicht hat es Gerant jetzt endlich verstanden. Mal sehen. Aber für Celestina ist auf jeden Fall ein wenig Distanz zu hier besser." – „Und, kommt sie wieder?" – „Wer weiß. Aber wenn Celestina schlau ist, kommt sie nicht so schnell zurück." – „Ich verstehe es trotzdem nicht, wenn sie doch nichts getan hat." – „Nun, es könnte wer auf die Idee kommen und sagen, sie hat Baron Berecht das Zeichen der Bruderschaft untergeschoben. Zum Glück ist der Sohn des Grafen noch nicht darauf gekommen. Aber auch als Vater muss ich sagen, für Celestina ist es besser, weit weg zu sein."

„Und, hat sie es dem Baron untergeschoben?" – „So, wie wir den Baron vorgefunden haben, ganz sicher nicht! Aber das wird leider die üblichen Gerüchte", dabei blickte Ladrin mit kritischem Gesichtsausdruck und deutlich merklich Richtung der Schneiderin Ina und ihrer Gruppe, „nicht verhindern."

Die FaraNa hatte inzwischen ihre Sachen erreicht, aufgenommen und war weiter dem Bachlauf gefolgt, im Wasser und wieder zurück Richtung Schattenberge. Teilweise um Verfolger abzulenken, teilweise auch um sich selbst zu säubern und den Rost wegzubekommen. Notdürftig trocknete sie sich etwas Später am Rand eines natürlichen Beckens im Bachlauf ab und zog sich die Kleider der Wildhüter an. Zum Glück hatten ihr die Magie und der Mondstand geholfen, genug zu sehen. Und zum Glück war es Sommer und entsprechend warm und trocken. Das Wasser im Bach hatte zwar nicht mehr die Kälte, mit der es aus dem Berg geschossen kam. Aber trotzdem hatte sie bereits zu zittern begonnen.

„Mist!" Das Gewand war ihr deutlich zu groß. Sie musste etwas erwischt haben, dass für Ihren Vater gefertigt worden war. Nun, das konnte auf einen anderen Tag warten. Zunächst brauchte sie entweder ein gutes Versteck, oder besser, mehr Distanz zwischen sich und

Weitfeld. Am besten gleich Distanz zur ganzen Grafschaft. Nun, ein Tagesmarsch weg vom Bach nach Norden lag die alte Handelsstraße nach Osten, die direkt in
die Ebene der Toten führte. Dort gab es oben auf der
Passhöhe einen Wachturm, aber die Straße selbst
konnte sie benutzen, wenn sie vorsichtig war. Der Pfad
führte sie auf jeden Fall in die Nachbargrafschaft und
von dort in jeden beliebigen Winkel des Kaiserreiches
von Adulaid.

Vermutlich hatten sie den Magier bereits getötet. Eine
Gefangenschaft war bei der Gruppe eher unwahrscheinlich. Der Grafensohn freute sich gewiss, den
Mann loszuwerden. Und ihr Bruder galt als hitzköpfig
genug, den Zauberer einfach abzustechen. Nun, das
berührte sie nicht, der Mann bekam, was er verdiente.
Damit konnte die Gruppe sie aber nicht weiter verfolgen. Trotzdem war keine Zeit zu verlieren. Jedoch,
schlafen musste sie. Also machte sie es sich in einer
Astgabel einer großen Weide am Bach bequem und
schlief.

Es graute das erste Licht des Tages, als Dania fast unsanft geweckt wurde. Ein Specht begann unverschämt
laut zu hämmern, ohne Rücksicht auf die Priesterin,
die neben ihm auf der Astgabel saß. Offensichtlich war
der Baum von einigen Insekten befallen, denn der Vogel
klopfte immer wieder, an unterschiedlichen Stellen. Wie
gerädert stieg die junge Frau vom Baum herunter
sammelte ihre Habseligkeiten zusammen und mar-
schierte los. Querfeldein, Richtung der alten Straße.

War es nicht an der Straße gewesen, dass ihr Großvater vielleicht gekämpft und sein Gedächtnis verloren hatte? Konnte das sein? Folgte sie gerade seinen Spuren?

Jedenfalls war es ein Marsch von etwa einem Tag. Und sobald sie die Gelegenheit fand, nochmal zu baden, sollte sie das tun. Etwas zu essen war sicherlich auch nicht schlecht. Außerdem, sie wollte unter Leute. Weg von hier. Und vor allem hatte sie auch weitere Schülerinnen zu finden und den Na-Kult wieder aufzubauen.

Das Getuschel an der Linde war bis ins Haus des Wildhüters zu hören, wo die Herren beim Frühstück saßen. „Sollen sich die Leute doch den Mund zerreißen", murrte Leumond. „Wir haben einen Schwarzmagier erledigt und dem Volk einen Gefallen getan. Ich muss jedenfalls dringend zu meinem Vater und Meldung machen. Gerant und die Soldaten werden mich begleiten."

Der Hauptmann der Wildhüter nickte und meinte: „Seid ohne Sorge, gräfliche Hoheit, wir werden die Leute schon wieder beruhigen." – „Das will ich hoffen. Einen Pöbel, der bei meinem Vater wegen dem Tod eines bösen Magiers versucht, Radau zu machen, den kann ich nicht brauchen. Nun, jedenfalls muss ich Euch und Weitfeld schon bald nach dem Frühstück verlassen. Danke, dass ich auf Euch zählen kann."

Gerant blickte immer noch etwas geistesabwesend und stocherte nur in seinem Spiegelei mit Speck ohne besondere Begeisterung herum: „Warum hat sie uns das gesagt. Warum hat sie uns den Schwarzmagier ausgeliefert?" – „Sohn, was verstehst du nicht? Celestina gehört zu uns, nicht zu den bösen Hexen. Natürlich liefert sie uns den Magier aus, wenn er schwarze Magie betreibt." – „Ach, Vater. Ja, sie hat uns Berecht ans Messer geliefert. Und wir haben die einzige Möglichkeit verloren, sie jemals zu finden. Außer sie ist so blöde und kehrt zurück. Wir haben nichts erreicht." – „Gehst du immer noch nicht von deiner Idee ab, sie zu verfolgen? Lass es bitte endlich." – „Ja, Vater, hast ja recht. Jetzt hat das eh alles keinen Sinn mehr. Gräfliche Hoheit?"

Der Angesprochene blickte zum Soldaten: „Ja, bitte?" – „Wäre es möglich, dass Ihr auf mich in den nächsten Verfolgungsschritten verzichtet, bitte?" – „Gewährt!" Leumond fühlte sich gerade äußerst gönnerhaft.

Die Schneiderin war mit ihrer Gruppe von Frauen dabei, die Ereignisse der Nacht ausführlich Revue passieren zu lassen: „Und wenn ich euch sage, der Magier hat ein kleines Teufelchen beschworen. Ich habe ja immer gewusst, dass dieser Baron Berecht ein ganz übler Bursche war. Da war schon Baron Admar so komisch, sein Lehrmeister. Vielleicht war schon der ein Schwarzmagier. Da gibt es doch die Gerüchte über den. Dass er lieber mit kleinen Jungen und so. Naja, ihr wisst schon." Zustimmendes Kopfnicken.

„Ina, spritzt du wieder mal Gift?", die Erzfeindin der Schneiderin in Form der Schmiedin näherte sich der Gruppe von Frauen. „Ich habe gehört, dass Beschwörer von Teufelchen auch als Geist wiederkommen können und dumme Schandmäuler zu Tode ängstigen." Die

Schmiedin wartete das erschrockene Gesicht ihrer Rivalin ab, bevor sie weiter ausführte: „Ich habe das nämlich aus zuverlässiger Quelle, frisch der Kuh vom Bauern Most aus dem Arsch gezogen!" Gelächter brandete rundherum auf. Das Gesicht der Schneiderin verfärbte sich von erschrocken und aschfahl auf feuerrot. „Dumme Schlampe", schimpfte sie in ihrer Not. „du verteidigst wohl immer noch deine Nichte, die Hexe!"

Nun war die Schneiderin aber entschieden zu weit gegangen. Das konnte die Schmiedin nicht auf sich sitzen lassen: „Wer hat denn hier für eine Silbermünze peinliche Details des Dorflebens dem Schwarzmagier anvertraut? Wer hat denn...", dabei gab die Frau des Schmieds eine vorzügliche Parodie des Verhaltens der Schneiderin vor Baron Berecht, „ausgeplaudert: Ah! Das Kind war schon..." Hand an die Stirn, Handflächen nach außen... „von klein auf was Besonderes. Wie ich..." Linke Hand an die linke Wange: „... anlässlich des Besuchs..." Hand an die Stirn zurück: „... der Herrschaft mit der Celes bemerkt habe..." Hand zum universellen Zeichen, dass wer einen Vogel hatte: „Ina, du müsstest dir mal zuhören können!" Das Publikum überschlug sich vor Lachen. Die Schneiderin rannte zutiefst gekränkt davon.

„Das war nicht nett", merkte die Frau des Bauern Most an. „Das bringt dir noch Probleme." – „Mag sein", entgegnete die Schmiedin, „aber das hat sie sich verdient. Mich als Schlampe zu bezeichnen. Wo meine Nichte unser schönes Weitfeld vor einem Schwarzmagier gerettet hat!"

Leumond trieb die Soldaten zu höchster Eile an. Er musste unbedingt so rasch wie möglich zur Burg seines Vaters. Nicht unbedingt zu seinem Vater selbst. Nur zu dem Gegenstand, der in dem Turmzimmer versteckt lagerte, das er üblicherweise während seiner Aufenthalte in der Burg des Vaters bewohnte. Rasch waren die Männer gepackt und abmarschbereit. Leumond hatte alle auf den Pferden aufsitzen lassen, die sie ins Dorf mitgebracht hatten. Auf das eine überzählige Pferd hatte er befohlen, die Habseligkeiten des Magiers zu packen. „Scharfes Tempo", befahl der Grafensohn. „Wir müssen so rasch als möglich meinem Vater Meldung machen und die Räumlichkeiten des Magiers sichern. Gerant, auf Euer Kommando!"

Ladrin hatte alle Hände voll zu tun, Ruhe in den Hühnerhaufen zu bringen, den derzeit Weitfeld darstellte. Seine eigentlichen Aufgaben musste er daher notgedrungen vernachlässigen. Nicht, dass momentan viel zu tun war. Die Holzfäller, die im Sommer in den Lagern im Wald hausten, standen unter der strengen Aufsicht seiner zwei ältesten Söhne, da brauchte er sich nicht selbst kümmern. Und mit Wilderei hatten sie derzeit auch wenig zu tun. Trotzdem hätte der Hauptmann eigentlich zwei Trupps zusammenstellen sollen, einer nach Norden und einer nach Süden, zur Überwachung der Wälder in den jeweiligen Bereichen der Grafschaft. Und sobald die zwei anderen Gruppen zurück waren, diese schicken müssen. Die Nordgruppe hatte auch immer die Alte Handelsstraße mit zu überwachen. Vor allem für den Fall einer neuerlichen Invasion des Nekromantenfürsten. Aber das musste dank des Zanks zwischen der Schmiedin und der Schneiderin warten. Ihr Ehemann war gerade erschienen und hielt Vorsprache: „So geht das nicht, Hauptmann. Es kann nicht dieses miese Stück Dreck meine Frau vor allen Leuten so lächerlich machen! Ihr müsst einschreiten und sie bestrafen!"

„Beruhig dich erst einmal, Meister Nadel", versuchte Ladrin es in Güte. Die Frau des Schneiders war als Klatschmaul bekannt. Auch die Rivalität mit seiner Schwägerin war dem Hauptmann nicht entgangen. „Vor allem, bitte bezeichne Elva nicht mit so harschen Worten. Immerhin ist ihr Mann der Bruder meiner verstorbenen Frau. Und jetzt, was ist denn passiert?"

Der Schneider erzählte ausführlich, was unter der Linde passiert war. Der Hauptmann musste sich ein Lächeln verkneifen, als er sich seine Schwägerin vorstellte, die die Schneiderin nachäffte. Wäre es nicht so ernst für den Frieden im Dorf gewesen, hätte das einen hohen Unterhaltungswert gehabt.

Fast gierig riss Leumond die Holzschachtel von unter dem losen Brett in seiner Kammer hervor. Schon war sie offen und der kleine Silberspiegel lag in seiner Hand. Ein rascher Blick zur Kammertüre hinaus, ob wer lauschte. Dann die Kehrseite rasch auf das Bett gesetzt. Dann mit lauter Stimme: „Radmarech!" Die Spiegelfläche, die vorher glatt und unschuldig sein Bild gezeigt hatte, wurde nun ganz dunkel, fast schwarz. Ein Wirbel aus Dunkelheit in der Mitte. Die Stimme von Reisender, dem mumifizierten Zombie-Magier aus der Ebene der Toten meldete sich mit der ihm eigenen, heißeren, papierenen Stimme: „Habt Ihr die Hexe erledigt wie es Euch der Fürst befohlen hat?" Sein Gegenüber konnte den Grafensohn zwar nicht sehen, aber dennoch wäre dieser fast von der Verbeugung zum Spiegel hin vom Bett gefallen. „Berecht ist tot. Von zwei Leuten meines Vaters erstochen. Sie haben herausgefunden, dass er der Bruderschaft angehört hatte." Stille am anderen Ende des Spiegels. Dann: „Und die Hexe mit Schülerin?" – „Die Hexe ist tot. Aber die Schülerin ist dank der Verwirrung rund um Berecht entkommen und jetzt haben wir auch keinen Magier, der uns mit seiner Magie zu ihr führen kann."

Wieder Schweigen auf der anderen Seite, für eine unangenehm lange Zeit. Ob der Magierzombie wohl selbst nachfragte? Doch dann kam die heißer-papierene Stimme wieder: „Also habt Ihr versagt?" – „Nun, wie man es nimmt, versagt hat der Magier der Bruderschaft, würde ich sagen. Aber ich habe einen konkreten Vorschlag, wie man die Hexe doch fangen und töten kann. Das setzt aber zwei Dinge voraus." – „Nun, lasst hören." – „Erstens, ich bin Graf statt dem Grafen, meinem Vater." – „Und zweitens?" – „Ihr kennt eine Möglichkeit, wie man der Person, die man in eine Falle locken will, eine Nachricht zukommen lassen kann, wenn man nicht weiß, wo sie steckt."

Hatte der Zombie am anderen Ende des Spiegelportals gerade gelacht? Leumond war sich nicht sicher, ob er das raue Raspeln richtig interpretiert hatte. Da ertönte wieder die Stimme des untoten Magiers: „Verdient habt Ihr Euch den Grafentitel nicht. Doch wenn das der Preis für die Schülerin ist, werde ich gerne mit meinem Herrn und Meister sprechen. Was die Möglichkeiten anbelangt, da gibt es viele. Kommt zu Besuch und wir besprechen das alles. Meldet Euch wie gehabt über den Spiegel, wenn Ihr am Rand der Ebene ankommt, damit ich den Schutzzauber auf Euch legen kann. Gute Reise."

Reisender war nicht oft amüsiert, jedenfalls nicht mehr, seit er durch die Bruderschaft deren Version der Freuden der Unsterblichkeit kennen gelernt hatte. Ein Gutes gab es im Dasein als lebender Toter. Man hatte kaum noch Gefühle. Aber Humor auf einer rein intellektuellen Ebene funktionierte immer noch und es war daher durchaus möglich zu lachen. Der Ehrgeiz und die Verbissenheit, mit der dieser untalentierte Bursche darum kämpfte, selbst Graf zu werden, verdiente Respekt. Und Reisender war sich durchaus bewusst, was ein einfach zu kontrollierender Bengel als Graf im Grenzland für Möglichkeiten bot. In Wahrheit brauchte er den Nekromantenfürsten gar nicht fragen. Reisender hatte bereits alle Vollmachten, sogar, den Grafensohn zu begleiten oder zu töten, falls das nötig war. Aber es hatte ihn dann doch die Durchtriebenheit des jungen Mannes überrascht. Daher der Lacher. Versagte und kam mit einer noch höheren Forderung. Diesen Mut musste jemand erst einmal haben. Nun, Reisender respektierte das. Außerdem konnte man sich den Plan ja anhören.

Reisender lehnte sich zurück in seinem löchrigen Sessel und klopfte etwas Staub aus seinem Körper. Zumindest das versprach, etwas spannender zu sein, als ewig nur den Kontaktmann in der Ebene darzustellen. Mal sehen, welche Zauber es so in seinem Buch gab, um Nachrichten an einen unbekannten Empfänger zu senden. Und in welcher Form. Der mumifizierte Magier hatte da bereits so seine Ideen. Im Reich der Albträume, aus den finstersten Winkeln der Totenbeschwörung, gab es Boten, die es fertigbrachten, nicht nur die Nachricht an unbekannte Empfänger zu übermitteln, sondern diese auch noch damit zu quälen. Ein weiteres Lächeln umspielte seine vertrockneten Lippen.

Hass und Wut waren seine einzigen Emotionen, der er noch fähig war. Und der Hass auf das Leben selbst war am größten. Und das Leben zu quälen war ihm daher ein inneres Bedürfnis. Umso mehr er davon ausgehen durfte, dass die FaraNa ihre Schülerin zur Priesterin des Lebens ausgebildet hatte. Aber in der kurzen Zeit der Schülerin bei weitem nicht alles und jeden Trick gezeigt haben konnte.

Und wenn alles so weit gediehen war, konnte man ja auch den Grafensohn langsam und qualvoll morden, wenn man ihn nicht mehr benötigte. Genau das war dem Zombie schon jetzt die größte Freude.

Von außerhalb der Ruine hörte nur der Wind das grausame Lachen.

Der Circus Reinald hatte schon bessere Zeiten gesehen. Inzwischen war er auf zwei Karren, gezogen von je einem ältlichen Esel, geschrumpft. Neben dem ersten Esel ging der Impresario persönlich, Habakuk der Prächtige, ein Clown und Zirkusdirektor wie aus Märchen und Erzählungen. Wäre nur das Gewand nicht so abgetragen und geflickt, dass man die originalen Farben und Formen nicht mehr ausmachen konnte. Und der Hut war ein Zweispitz mit einem dritten Spitz und einem Loch statt der zweiten Spitze. Hinter ihm am zweiten Karren ging seine Frau, die alternde Seiltänzerin und Schlangenbeschwörerin Elina. Schade nur, dass die Schlange inzwischen bereits verstorben war und nun deren Haut als Ersatz für eine Federboa herhalten musste. Das mit dem Seiltanz war bei Elina nicht mehr so richtig gut gehend, seit sie bereits vor ein paar Jahren vom Seil gefallen war und sich ihr Bein gebrochen hatte. Leider war der einzige Heiler in der Nähe zu teuer gewesen und deswegen war das Bein nur schlecht geschient worden. Ungefähr zu der Zeit hatten sie auch das große Zelt verkaufen müssen, um die anderen Artisten auszubezahlen. Seitdem waren sie in kleinerer Besetzung unterwegs, unter freien Himmel oder in Schenken, je nachdem wie das Wetter es zuließ. Auch hatten sie schon lange keine Stadt mehr betreten, denn sie konnten sich den Zoll und die Standgebühren nicht mehr leisten.

Also zog der Zirkus von kleinem Ort zu kleinem Ort und die beiden Zirkusleute versuchten mehr schlecht als recht das Auskommen zu finden. Dieses Mal hatte sie ihre Tournee in das entlegene Grenzgebiet der Schattenberge verschlagen. Um auch in den entlegenen Baronien und Grafschaften den Menschen Freude und Magie des Zirkus zu bringen. Üblicherweise konnten die Leute keinen Eintritt bezahlen. Aber Essen und Futter für die Esel gab es reichlich, also war die Tournee sowas wie ein Erfolg und vielleicht konnten sie dieses Jahr genug lange haltbare Lebensmittel zur Seite legen, um nicht im Winter halb verhungern zu müssen. Doch die Esel und die beiden Zirkusartisten wurden nicht jünger. Es war nur mehr eine Frage der Zeit, bis ihre Reise böse enden musste. Doch aufgeben kam nicht in Frage.

„Mann!" Elina rief laut nach vor: „Eigentlich sollte das Dorf schon in Sicht kommen, oder?" Der Impresario drehte sich halb nach hinten: „Ja, warum?"

„Weil wir dann doch falsch abgebogen sind. Darum!"

Habakuk fluchte halblaut. Vermutlich hatte seine Frau recht, aber hier umdrehen am Pfad war mit den Karren unmöglich. Links ein Abgrund, rechts ein steiler Hang nach oben und der Pfad reichte gerade für die Esel und Karren. Sie mussten weiterwandern, bis es eine Kehre oder breitere Straße gab. „Wir können noch nicht umdrehen", rief er deshalb zurück. Da hörten sie beide das Klappern von Hufen herannahen. Jemand trieb sein Pferd stark an, es klang wie Galopp. Und dieser Reiter näherte sich von hinten.

„Der Weg ist zu schmal", schrie die Frau aus Leibeskräften. Hoffentlich hatte der Reiter sie gehört. Das Geräusch der Hufe wurde langsamer. Dann war der Reiter offensichtlich direkt hinter dem zweiten Karren. „Aus dem Weg" fauchte die herrische Stimme eines jungen Mannes. „Geht nicht, Herr!", rief der Impresario nach hinten. „Der Weg ist zu schmal."

„Ich habe keine Zeit, euch abzuwarten!" rief der Mann. Dann erzitterte der hintere Wagen und wurde mit roher Gewalt in den Abgrund getreten. Der alte Esel versuchte sein bestes, den eigenen Untergang unter lautem „Ihhahh!" aufzuhalten, aber der Wagen war zu schwer und zog das arme Tier mit. Die Seiltänzerin schrie: „Um Lichtes Willen, was soll das!" Doch es war zu spät. Krachend zog der Wagen den brüllenden Esel mit sich in den Abgrund.

„Schwein!" rief die Frau und wollte sich auf den fremden Reiter werfen, der in schwarzer Reisekleidung auf einem schnellen Reitpferd sitzend mit schmalem Gesicht und gepflegtem schwarzhaarigen Spitzbart frech herunter grinste. Er hatte den Wagen von seitwärts hinten mit einem Tritt in den Graben befördert. Von weiter unten hörte man den Esel noch schreien und röcheln. Der Reiter hob den Fuß und trat Elina mit einem schweren Tritt dem Karren nach. Die Frau konnte sich gerade noch am Karren ihres Mannes festhalten.

Da war der Reiter auch schon bei diesem dran, von der Bergseite, und „Krach!" war auch dieser Wagen Richtung Abgrund getreten.

Die Artistin konnte sich mit einem Sprung, den sie sich selbst nicht mehr zugetraut hätte, gerade noch zurück auf den Weg retten, hinter dem Spinner auf dem Pferd. Angst verlieh vielleicht doch Flügel. Doch auch der Wagen ihres Mannes war nicht mehr zu retten und schon kurz darauf krachte dieser mit dem Esel angeschirrt in den Abgrund. Auch da hörte man das Tier erst schreien, dann röcheln. Am Ende waren beide Esel verstummt. Der Reiter war ohne nachzusehen einfach über ihren Mann hinweg und weiter geritten, das alte Zirkus-Paar gebrochen hinter sich zurücklassend.

Was bildeten sich die beiden Alten eigentlich ein, ihm, dem zukünftigen Grafen von Waldland, den Weg zu versperren? Seine Mission war zu wichtig, um sich von den beiden fahrenden Bettlern aufhalten zu lassen. War er erst Graf, so wollte er dafür sorgen, dass solches Volk die Strafe bekam, die es verdiente: Härtesten Kerker und vielleicht, wenn er gnädig war, einen qualvollen Tod aus seiner eigenen Hand in der Folterkammer. Ja, eine solche wollte er errichten. Erst für die Hof-Celes, dann für die Hexe, dann für alle, die es wagten, gegen ihn aufzubegehren. Er würde leben wie ein Gott in seiner Grafschaft. Ein gefürchteter Gott. Allmächtig. Leumond hatte sein Ziel klar vor Augen. Da störte dieses Lumpenpack nur.

Rasch war er weiter geritten. Es war einfach gewesen, die schiefen und wackeligen alten Karren in den Abgrund zu treten. Hatten die Esel wenigstens nicht lange zu leiden gehabt. Mit diesen komischen Alten konnten sie eh nur langsam verhungern, so wie die ausgesehen hatten. Besser war es, diese Schandflecke der Menschheitsgeschichte auszuradieren. Weg damit. Endlich hatte er wieder freie Bahn.

Celestina hörte das Schluchzen schon von einiger Entfernung. Sie war im Wald ober der alten Passstraße herausgekommen. Hier in diesem Teil war das nur ein Saumpfad mit wenig mehr Platz als zwei Reiter oder maximal drei eng gehende Soldaten gleichzeitig hindurch gelangen konnten. Als die Legion oben am Pass vernichtet wurde, hatte dieser Engbereich das Ende bedeutet. Die kopflos fliehenden Soldaten verstopften den Pfad und machten es dem Gegner einfach, sie von hinten niederzumachen oder einfach in den Graben zu stürzen. Dabei war die Engstelle nur vielleicht eine halbe Meile lang, dann erweiterte sich bereits das Tal zum Hochtal vor dem Pass. Nun, sie musste nur den Hang hinunterkommen. Aber warum schluchzte da eine Frau?

Die Magie der Na konnte die Priesterin leicht wie eine Feder machen. Ein paar kurze Silben in Alt-Oskurisch, und schon glitt die junge Frau wie von Flügeln getragen zu Tale. Da, auf halber Höhe am Saumpfad und in etwa eine Viertelmeile vor dem Hochtal, sah sie eine alte Frau in einem sackartigen und geflickten Gewand am Wegrand sitzen und hemmungslos weinen. Neben ihr ein komisch gekleideter Mann mit noch merkwürdigerem Hut, der versuchte, die Frau zu beruhigen. Unten im Talgrund erspähte die Priesterin zwei Wägen, zerbrochen und zerstört, mit toten Pferden oder Eseln davor. Vermutlich die Habseligkeiten dieser Leute. Dania beschloss, sich die Sache anzusehen und landete etwas abseits am Saumpfad. Dann trat sie auf die alten Leute zu: „Der Na zum Gruß, warum das Klagen?" Das Paar richtete sich erschrocken auf. Sie hatten die Ankunft Danias nicht mitbekommen. Der Impresario fasste sich schneller: „Ach, gute Wildhüterin, meine Frau und ich sind als einfache Artisten mit unserem Dorfzirkus des Weges gezogen, als ein Reiter von hinten uns überfallen und unsere Wägen mitsamt unseren Eseln in den Abgrund gestoßen hat. Unser ganzes Hab und Gut ist weg."

Die FaraNa nickte. So etwas hatte sie bereits vermutet. „Immerhin seid ihr noch am Leben." – „Ja, aber wir sind alt, schwach und ohne Zukunft. Dazu kommt, dass meine Frau sich am Bein verletzt hat, als sie sich mit einem Sprung vor dem Abgrund retten musste."

Gut, gegen die Verletzung konnte man was tun. „Darf ich mir den Fuß einmal ansehen, gute Frau?" Dania kniete nun neben der Artistin, die auf einem herausragenden Felsbrocken saß. Die Frau nickte tapfer. Und die Priesterin untersuchte mit ihren magischen Sinnen die Verletzung.

Rasch hatte die Celes herausgespürt, dass in dem Fuß nicht eine, sondern zwei Verletzungen existierten. Eine frische von jetzt eben und eine ältere, schlecht verheilte. Eingedenk der Worte der Lehrerin, nie einfach nur mit den Fingern zu schnippen und Dinge zu tun, nahm Dania die Hand der Frau und meinte: „Ich suche nur

rasch ein paar Kräuter, die hier am Weg wachsen sollten, und dann kann ich deinen Fuß in Ordnung bringen. Gib mir einen Augenblick."

Sprach es und ging rasch zu den nächsten Berggrä-
sern, die sie finden konnte. Kurz darauf hatte sie ein
Bündel gesammelt. Mit diesem kehrte sie zurück, am
Bündel kauend und einen Brei daraus erzeugend.
„Wird nicht besonders appetitlich sein, aber es wird
helfen", murmelte die Priesterin kauend. Dann spuckte
sie das Grünzeug zurück in ihre Hände.

„Appetitlich können wir uns momentan nicht leisten",
meinte der Mann, die Hand seiner Frau haltend, als
diese entsetzt sah, wie Dania ihr den Fuß mit dem Brei
einschmierte und dabei merkwürdige Worte sprach.
Doch die Frau spürte, wie eine Welle durch ihren Fuß
ging, ein Ruck, ein stechender Schmerz, als ihre Knochen und Bänder sich richteten. Die Frau schrie kurz
auf, dann war es vorbei. Der Fuß war wieder heil.

Verwundert trat die Frau auf ihren Fuß. Es schmerzte
noch etwas, aber der Fuß hielt. Nicht nur haltend, sondern wieder ganz. Der schlecht zusammengewachsene
Knochen war ebenfalls gerichtet. Sie drehte vor Freude
eine Pirouette auf dem Bein. „Danke, Jägerin, danke." –
„Tut mir leid, habe ganz vergessen mich vorzustellen.
Ich bin Dania, die FaraNa." Celestina war etwas rot
angelaufen.

„Farana, Farana", murmelte der Mann. Dann: „Ich
kenne eine Farana, aber die ist steinalt, falls sie nicht
schon verstorben ist. Das kannst unmöglich du sein,

Jägerin. Oder ich will auch das Mittel haben, dass du genommen hast." – „Vermutlich meine Lehrerin, und ja, sie ist bereits verstorben." – „Aber, die ist eine Hexe, sagt man." – „Und, muss eine Hexe unbedingt böse sein? Ich bin auch eine, wenn euch Beiden das so beliebt. Persönlich bevorzuge ich den Begriff Naturmagierin oder Tochter der Na." – „Tut mir leid, ich wollte dich nicht beleidigen, schon gar nicht, wo wir dir zu Dank verpflichtet sind..." – „Lass gut sein. Meine Lehrerin hat mit dem Begriff der Alten Hexe gut leben können. Nur fühle ich mich noch nicht alt genug dafür."

Das löste wieder etwas die Anspannung. Es war offensichtlich, dass die im Jägergrün gekleidete Frau vor dem Artistenpaar nicht allzu alt sein konnte. Der Impresario ergriff das Wort: „Entschuldige übrigens auch uns, Farana, aber wir haben uns noch nicht vorgestellt. Habakuk der Prächtige, Zirkusdirektor. Und neben mir meine treue Frau und beste Seiltänzerin und Schlangenbeschwörerin des Zirkus, Elina. Wir wollten eigentlich ein Dorf erreichen, haben aber offensichtlich die falsche Straße genommen."

Dania nickte, war dann aber wieder bei den praktischen Dingen: „So, und jetzt sollten wir zu den Resten der Karren hinunter und sehen, was wir noch bergen können. Und ihr Beide erzählt mir dann auch bitte, was euch wiederfahren ist."

Der Zirkusdirektor wollte schon beginnen, vorsichtig den Berg hinunter zu klettern, da ergriff ihn und seine Frau die Priesterin, stimmte einen fröhlich klingenden Gesang von unverständlichen Silben an und meinte:

„So, springt mit mir hinunter, es kann euch nichts passieren." Tat einen Satz in die Luft und verschwand schwebend im Graben. Und tatsächlich, der Impresario und seine Frau fühlten sich deutlich leichter. Mutig taten sie es der FaraNa nach.

Unten angekommen sahen sie den Totalschaden. Beide braven Tiere waren mit gebrochenen Gliedern, offenen Brüchen und gebrochenem Rücken elend verreckt. Die Wägen waren beide zerbrochen, die wenigen Besitztümer, vor allem die Lebensmittel, im Bachbett und rund um den Abhang verstreut. Die ersten Räuber und Aasfresser, vor allem Vögel, sammelten sich bereits und stritten um die Reste. Eine Holzkiste mit Kostümen hatte den Aufprall nicht überstanden und die Gewänder lagen über den Hang verstreut und unter den Resten der Kiste. Eine zweite Kiste war offensichtlich besser gefallen oder stabiler konstruiert, sie lag neben dem zweiten Wagen, war aber noch verschlossen. Ein längeres Seil und zwei Leintücher, die Vorhänge sein sollten. lagen im Gelände abseits der Wägen. Ansonsten waren keine weiteren Sachen von Wert zu sehen.

Das Artistenpaar war geschockt. Ihr ganzes Leben, alles, was sie besaßen – weg. Dann gab sich der Impresario einen Ruck und trat auf den einen, seinen ehemaligen Karren, zu. Rasch hatte er die Reste untersucht und dann mit einem Seufzen ein Geheimfach gefunden, dass offensichtlich gehalten hatte. Drei kleine Silbermünzen lagen darin, sowie ein dünnes, speckiges und abgegriffenes Buch.

„Wenigstens diese Sachen haben wir noch", meinte der Mann. Celestina wunderte sich, was es mit dem Buch auf sich hatte.

„Es tut mir leid, ich kann euch da nicht viel helfen", meinte die Priesterin. „Meine Magie kann heilen und eine Person leicht wie eine Feder machen. Aber sie kann keine Karren reparieren und keine Tiere wiederauferstehen lassen."

„Lass nur", meinte der Impresario, „mit dem Buch habe ich vielleicht eine Möglichkeit, die Karren wieder zu richten. Aber dann fehlt uns immer noch ein Weg aus der Schlucht und Zugtiere. Mit den drei Silbermünzen wird es wohl nicht reichen."

„Wenn du die Karren reparieren kannst, dann kann ich euch mit den Karren und Zugtieren helfen", versprach die Priesterin. „Und vielleicht mit einer neuen Schlange für dich, Elina." Die Zirkusleute nickten zuversichtlich.

„Das wird aber etwas Zeit brauchen", meinte der Impresario.

„Gut, gehen deine Frau und ich inzwischen euer Gewand und alles an Lebensmitteln sammeln, was noch in Ordnung ist. Und deine Frau erzählt mir bitte, was euch wiederfahren ist." – „Wie können wir dir jemals danken", fragte Elina wieder mit Tränen in den Augen.

Die Celes war sichtlich peinlich berührt: „Bitte, jemandem in Not helfen ist doch selbstverständlich." Dabei ging die Priesterin schon auf die ersten Lebensmittelbeutel und Säcke zu. „Und mich interessiert deine Geschichte." Die alte Frau nickte tapfer und begann mit der Erzählung, während Dania die Sachen einsammelte und immer wieder aufmunternde Gesten machte.

„Eigentlich waren wir mal ein guter, ein großer Zirkus. Der Circus Reinald. Aber in den letzten Jahren blieb der Erfolg aus, wir mussten aus den großen Städten raus und in den kleinen Städten und Dörfern ist wenig Geld zu verdienen. Inzwischen sind wir seit ein paar Jahren alleine unterwegs und leben von der Güte der Bewohner in den Dörfern, die wir besuchen. Dabei versuchen wir uns einen Ort zu überwintern und genug Lebensmittel für uns und unsere Tiere zu verdienen. Bis jetzt hat es geklappt. Aber heute hatten wir Pech. In dieser Gegend waren wir noch nicht so oft. Und nachdem wir die falsche Abzweigung genommen haben, naja. Jedenfalls, als wir draufgekommen sind, waren wir schon auf diesem Saumpfad. Und hinter uns ist ein Reiter gekommen. Schwarzes Reitgewand, schwarzer Rappen. Schlankes, edles Gesicht mit Spitzbart und dunkelbraunen oder schwarzen Haaren. Weiße Haut, fast zu weiß um gesund zu sein. Und eine absolut üble Art, uns einfach von der Straße zu stoßen. Herrisch. Arrogant. Absolut widerlich."
Unwillkürlich musste Celestina an Leumond denken. Aber der war doch im Dorf oder auf der Burg seines Vaters. Oder? „Hatte der Mann ein Muttermal am Kinn, etwa hier", dabei deutete sie auf die entsprechende Stelle. „Ja!", antwortete Elina, „hatte er. Warum, kennst du ihn?" – „Ja, leider. Der Sohn des Grafen von der Grafschaft Waldland. Ein Ekelpaket." – „Er hatte es

jedenfalls sehr eilig, Farana." – „Merkwürdig. Da draußen gibt es nichts mehr außer einem alten Wachturm und die Ebene der Toten. Was immer er da so rasch will." – „Die Ebene der Toten, wo die Schwarze Bruderschaft sitzt?"

Dania war plötzlich übel. Sie ahnte, dass Berecht nur die eine Seite der Sache gewesen sein konnte. Leumond war viel zu ambitioniert gewesen. Viel zu sehr daran interessiert, sie töten zu lassen. Mist! Sie hatte es übersehen. Übersehen, dass auch Leumond bis zur Nase drin in der Kehrseite der Bruderschaft steckte. Was für ein Fehler! Vermutlich war er gerade auf dem Weg zu seinem Herrn und Meister. Sie musste sehen, dass sie Distanz zu dem Mann bekam, bevor er wieder einen Magier hatte, der ihn auf ihre Spur brachte. Nun, zunächst musste sie den Leuten hier helfen.

Die beiden Frauen waren fast fertig mit der Rettungsaktion für den Inhalt der Kisten und Säcke, da rief der Impresario laut „ich hab´s!"

Kurz darauf hatten sich die Frauen wieder bei ihm eingefunden. Der Mann hatte inzwischen einen der Karren soweit vom toten Esel befreit und die Teile zusammengetragen. Nun legte er das Büchlein zur Seite und murmelte etwas in einer obskuren Sprache. Dania verstand nichts, es war jedenfalls nicht Alt-Oskurisch. Dann hob er die Arme, warf irgendwelches Zeug in die Luft und klatschte in der Luft die Hände zusammen. Und tatsächlich, der Karren erhob sich und wuchs wieder zusammen, als wäre er nie zerbrochen. Magie!

Dania spürte das Zittern rund um sich, als die Macht floss. Aber was für ein armseliges Rinnsal war denn das? Es reichte für diesen einfachen zweirädrigen Karren. Aber der Impresario hatte kaum Talent. Erschöpft wischte er sich mit dem Ärmel seines Gewandes den Schweiß von der Stirn. Dann musste er sich hinsetzen Dieser Kraftakt hatte ihn an die Grenzen seiner Fähigkeiten gebracht. „Einen Wagen reparieren kann ich", meinte der Zirkusdirektor atemlos. „Aber jetzt brauche ich Rast für den zweiten."

„Komm", meine Elina zur Priesterin, „machen wir ein Essen, dann kommt er schon rasch wieder auf die Beine."

„Darf ich mal in das Zauberbuch blicken?", fragte die FaraNa unschuldig. „Klar", meinte der Erschöpfte, „die nächsten Stunden kann ich es eh nicht brauchen."

Dania half der Frau rasch, einen aus dem Wagen gefallenen Kessel zu säubern und Wasser auf einem magisch entzündeten Feuer aufzusetzen. Holz gab es in dem Graben jedenfalls genug, auch trockenes, das man verbrennen konnte. Die Frau nahm sich ein Messer und begann, den Eseln Stücke des Fleisches herauszuschneiden. „Brauchen werden die das wohl nicht mehr", war ihre einzige Bemerkung dazu. Dann warf sie Getreide und Salz in den Topf. Die junge Celes suchte noch ein paar schmackhafte Kräuter und schon bald brodelte im Topf ein kräftiges Gericht, dass vielleicht nicht den Ansprüchen an einem Grafenhof gerecht wurde, aber jedenfalls die kleine Gruppe wieder auf die Beine bringen mochte.

Während die Seiltänzerin nun im Kessel rührte, las Dania in dem dünnen Büchlein des Impresarios. Der wiederum lag wie schlafend auf der Wiese neben dem Lager. Das Büchlein war enttäuschend. Es war offensichtlich von ungelenker Hand geschrieben worden, war voller Kringel und Kreise und hatte für die FaraNa zunächst keine erkennbare Struktur. Je mehr sich jedoch die Celes auf die Kringel und Kreise konzentrierte, desto klarer wurde, dass es sich dabei um Anweisungen für Handbewegungen handelte. Dazu war in einer unbekannten Schrift sowas wie Punkte und Beistriche gemalt.

Je länger Dania diese komischen Zeichen ansah, desto mehr nahmen diese in ihrem Geist Gestalt an. Es war wie mit den Gebeten zur Na. Es kam nicht darauf an, was dort gesagt oder getan wurde. Es kam auf den Willen und das magische Talent an. Der Impresario hatte alles, was er hatte, in den Zauber gesteckt.

Ob wohl die Priesterin auch diese Magien beherrschte? Dania versuchte, sich alle drei Zauber im Buch einzuprägen. Und, Wunder der Na, es funktionierte. Nur, was taten die Zauber? Einer davon war die Basis dafür, den Wagen zu reparieren. Aber welcher? Ausprobieren? Oder reichte es, sich wie bei den Gebeten auf das zu konzentrieren, was der Zauber bewirken sollte und dann einfach der Intuition den Lauf lassen? Was konnte passieren.

„Lasst uns gemeinsam die Reste des zweiten Wagens zusammentragen, damit dein Mann dann weniger zu tun hat." Mit Hilfe von Elina waren die Reste des zweiten Wagens rasch zusammengetragen und soweit zusammengelegt, wie die Teile passten.

Während die Frau zurück zum Kessel ging, nahm die Celes ihre Kräfte zusammen, konzentrierte sich auf das Bild des gesamten Karrens und versuchte den ersten Zauber. Ein lauter Knall ertönte, aber nichts weiter. Der Impresario fuhr aus dem Schlaf hoch. „Ups!", meinte Celestina. „Das war so nicht geplant. Bitte um Entschuldigung." – „Was versuchst du hier?", meinte der Zirkusdirektor verschlafen. „Ich probiere deine Zauber aus", war die Antwort. „Meine Zauber?", der Mann war etwas ungläubig, aber schien jetzt beschlossen zu haben, der FaraNa ein wenig Unterricht zu geben.

„Gut, der erste Zauber dient zur Hervorrufung von Geräuschen. Ich kann aus einer beliebigen Richtung rund um mich Geräusche ertönen lassen, mit der Wirkung einer kleinen Menschenmenge. Das kann alles sein, solange es nicht klar verständliche gesprochene Worte sind. Ich muss mich allerdings auf das konzentrieren, was ertönen soll, muss es quasi innerlich hören. Auch hält die Wirkung nicht lange an. Vielleicht ein paar Augenblicke. Trotzdem ist der Zauber ganz nützlich, wenn bei meinen Aufführungen die Stimmung nicht aufkommen will. Ein paar künstlich erzeugte Lacher an der richtigen Stelle, ein Donnerhall bei spannenden Erzählungen und solche Sachen. Dann klappt es meistens auch mit guter Stimmung und die Leute sind zufriedener mit dem, was Elina und ich machen. Und dann zahlen sie besser."

„Und der zweite Zauber?" – „Nun, den hast du bereits in Aktion erlebt. Der repariert einfach Dinge. Wenn man frisches Material zur Verfügung stellt, dann nimmt der Zauber auch das frische Material, zum Beispiel Stoffe für Löcher im Gewand. Der Karren ist einfach nur groß, daher erschöpft mich die Reparatur mehr als das Flicken einer Jacke. Aber jetzt kennst du auch den Grund, warum unsere Kleidung so bunt und geflickt aussieht. Und bevor du fragst, der letzte Zauber ist eigentlich gar kein richtiger Zauber. Es sind Finger-übungen für Magier, womit sie lernen, sich zu konzent-rieren und kleine Effekte hervorzurufen. Ich nutze die-sen Zauber vor allem für meine Kunststücke. Zum Beispiel kann ich damit Spielkarten aus dem Hut er-scheinen lassen, oder Wasser in den Hut gießen und es verschwindet. Und solche Sachen eben. Für die Men-schen ist das immer ein großes Staunen, aber in Wahrheit sind das Taschenspielereien. Kein Betrug. Aber eine große Aufführung mit kleinen Effekten."

Celestina war erstaunt. So einfach funktionierte Magie für Magier? Man konzentrierte sich und stellte sich alles bildhaft vor? Rasch trat sie vor den Karren, stellte ihn sich ganz vor und nahm Zauber Nummer zwei aus dem Buch. Es tat wieder einen Knall, aber dieses Mal leiser. Und der Karren stand ganz vor den erstaunten drei Personen im Talgrund.

„Du musst ein ganz großes Naturtalent sein, wenn dich das nicht erschöpft", meinte der Impresario schließlich beeindruckt, nachdem die Überraschung abgeklungen war. „Ich hätte es in der Qualität und ohne Anstrengung nicht vermocht."

„Wie seid ihr überhaupt zur Zauberei gekommen", fragte Dania die Artisten.

„Nun, das ist auch eine längere Geschichte", meinte der Zirkusdirektor. „Aber hier die Kurzfassung: Im Grunde hat wohl jedes Lebewesen irgendwie ein wenig Talent. Magie ist gewissermaßen wie das Leben selbst. Alles existiert in der Magie oder Magie würde nicht auf Lebewesen wirken. Warum, wieso, das lasse ich gerne euch Priesterinnen und Priestern, oder auch den Magiern in ihren Akademien und Gildenhäusern. Jedenfalls gibt es überall Magie. Sie umgibt uns wie die Luft zum Atmen. Allerdings ist sie ungleich verteilt. Viele Leute, wie leider auch ich, haben nur sehr wenig Talent. Ein paar andere, wie scheinbar auch du, haben sehr viel Talent. Nun, da kann man nicht viel machen. Jedenfalls habe ich im Lauf der Jahre auf der Straße ein paar Tricks links und rechts aufgeschnappt. Zu besseren Zeiten konnte ich einem Magier von der Akademie für viel Gold die drei Zauber abschwatzen und habe mir erklären lassen, wie man sie lernt und anwendet. Und seitdem verwende ich sie. Leider sind das die einzigen drei Zauber, die ich beherrsche. Und selbst das erschöpft mich. Tja, und dann kommst du und zeigst mir, was wahres Talent kann."

„Ich wollte dich nicht beschämen, Habakuk. Nichts liegt mir ferner. Im Gegenteil, ich bin dir zu großem Dank verpflichtet. Meine eigene Lehrerin hat mir geraten, mich auch mit der Zauberei der Magier zu beschäf-

tigen und dank euch beiden kann ich das gerade." –
„Es freut mich, wenn ich deine Güte mit so wenig habe
erwidern können." Dabei gab der Impresario seine
Hand auf die Schulter der Celes, blickte ihr tief in die
Augen und nickte.

„Nun, die Karren stehen wieder, eure Sachen haben wir
soweit gerettet, wie sie gerettet werden konnten. Jetzt
müssen wir die Karren wieder auf die Straße bringen,
oder zumindest in ein Gebiet, von wo aus man die
Straße erreichen kann. Und dann brauchen wir noch
Zugtiere. Meine Zauberei funktioniert gut bergab, aber
nicht bergauf. Ich werde die Karren zum Schweben
bringen, wir müssen aber dem Bachlauf hier im Tal
folgen, bis wir in zivilisiertes Gebiet kommen." – „Ja,
gut", antwortete Elina, „aber erst wird gegessen!"

Leumond mochte den Anblick dieses mumifizierten
Magiers immer noch nicht. Aber es blieb ihm wohl
kaum eine Alternative, wollte er selbst Graf werden.
„Was ich Euch bereits gesagt habe, Reisender. Die
Schülerin hat für genug Chaos gesorgt und ist ent-
kommen. Sie ist wohl mächtiger als wir alle denken.
Aber ich kenne ihre Schwachstelle. Helft mir, an die
Stelle meines Vaters zu treten. Und ich serviere Euch
die Schülerin zum Frühstück."
Die bröckelnden Mauern dieses Außenpostens frus-
trierten den Grafensohn wie der Gesprächspartner.
Alles war im Verfall begriffen. Bereits tot. Und starb
doch täglich mehr. Das Gebiet hatte eine deutlich nega-
tive Auswirkung auf seinen Willen und seinen Körper

und je öfter er hierherkam, desto depressiver machte ihn dieser Teil der Ebene der Toten. Als ob das Land selbst seinen Lebenswillen aussaugte.

„So einfach ist das nicht", raspelte der wandelnde Tote vor ihm. „Die Bruderschaft ist mächtig, aber nicht allmächtig. Gute Arbeit braucht Zeit. Wir müssen erst dafür sorgen, dass Eure Brüder sterben, bevor Ihr selbst Euch um Euren Vater kümmern dürft. Natürlich wäre gut, bis dahin die Schülerin zu finden und zu töten. Aber ohne Magie werdet ihr das kaum schaffen. Also, erzählt mir mal genau, was Ihr vorhabt. Dann werden wir sehen, wie schnell wir helfen können."

„Nun, ich habe wohl kaum viele andere Optionen. Also, warum ich einen kompetenten Magier mit mir mitmöchte, ist folgender: Die Schwachstelle der Schülerin ist ihre Familie. Und zufällig weiß ich, wo die Familie ist und wie man sie zusammenholen und festsetzen kann. Und da kommt Ihr ins Spiel. Natürlich muss die Schülerin auch davon erfahren. Sie wird natürlich ihren Leuten zur Hilfe eilen, im Glauben, nur ich wäre der Bösewicht. Aber irgendwie muss ja die Nachricht bei ihr ankommen. Habt Ihr dafür eine Lösung, haben wir in kurzer Zeit das Mädchen in unserer Hand."

Der mumifizierte Magier vor Leumond schien nachzudenken. Die Augenlieder waren über die starren, toten Augenbälle gelegt. Woanders hätte das wie schlafend gewirkt, aber bei der lebenden Leiche vor sich wusste der Grafensohn, dass der Untote gerade Rücksprache hielt. Vermutlich mit dem Fürsten, aber möglicherweise war der Magier auch nicht hoch genug in der Hierarchie. Was mochte herauskommen?

Jedenfalls dauerte es nicht lange und der Zombie öffnete wieder die Augen: „Nun, wir werden tun, wie Ihr wünscht. Eure Brüder werden sterben. Ich selbst werde Euch begleiten und sichergehen, dass Euer Vater eines möglichst naturnahen Todes stirbt. Außerdem werdet Ihr Unterstützung gegen die Hof-Celes des Altgrafen benötigen, denke ich. Und dann will ich mir namens der Bruderschaft natürlich nicht entgehen lassen, wie Ihr die Familie der Naturpriesterin zu Tode foltern werdet, natürlich bevor Ihr der jungen Frau selbst habhaft seid. Schon alleine um sicher zu gehen, dass sie keine Hilfe mehr von ihrer Familie erhalten kann. Ich packe nun meine wenigen Sachen, wartet bitte kurz."

Leumond war mit Horror erfüllt. So sehr er Graf statt seinem Vater werden wollte, so sehr war ihm das, was der untote Magier ihm gerade eröffnet hatte, zuwider. Nicht, weil er etwas dagegen hatte, sinnlos Leben zu opfern. Er hatte ja bereits seine eigenen Vorstellungen davon, was sich in der Grafschaft unbedingt ändern musste. Nein. Sondern weil der Zombie es von ihm verlangte. Ihm nicht die Wahl ließ, wann und wen er töten, foltern oder sonst wie bedrücken wollte. Es fehlte ihm die Kontrolle in der Sache. Er war hier nur das willfährige und ohnmächtige Werkzeug dieser lebenden Leiche und seiner Bruderschaft. Aber er war nicht der Herr, der Graf, der Tyrann, die Person mit der Macht in den Händen.

Siedend heiß fiel dem Grafensohn ein, dass er keinen Notfallplan mehr hatte. Berecht war tot. So sehr er diesen aufgeblasenen Magier gehasst hatte. Trotzdem war er ein gewisser Schutz gewesen, denn nun war er der Macht von Reisender auf Gedeih und Verderb ausgeliefert. Fast wünschte der Grafensohn sich, die Hof-Celes konnte mit dem Untoten fertig werden. Nur, es war Leumond selbst, der den Schlag gegen den Vater führen musste. Die Celes mochte eher ihn als den Zombie bekämpfen.

Aber, hatte er das nicht richtig gehört gehabt? Die Familie von der Hexe waren auch Celes? Der Wildhüter war vielleicht ein Verbündeter gegen den Magier, vor allem, wenn er dem Mann klarmachen konnte, dass es der Zombie war, der seine Tochter auf dem Gewissen hatte? Dazu musste er aber erst einmal Celestina in seine Finger bekommen.

Also vorerst mitspielen, aber so rasch als möglich diese lebende Leiche zerstören!

Reisender hatte so seine Zweifel, dass es eine gute Idee gewesen war ihn mit dem jungen Grafensohn zu entsenden. Der Nekromantenfürst selbst aber war es gewesen, der genau das gefordert hat: „Reisender, mein treuer Diener, hole mir die Grafschaft. Wenn die letzte Priesterin der Na getötet ist, ermorde den Grafensohn und nehme seine Gestalt an. Und dann erwarte weitere Weisungen."

Nun, es war schon klar, was sich der Fürst von diesem Auftrag erwartete. Mit nur wenig Aufwand war eine ganze Grafschaft für die Bruderschaft als Rückzugsort und Aufmarschgebiet gewonnen. Und wenn etwas schiefging, konnte man immer noch dem Grafensohn die Schuld für alles in die Schuhe schieben. Vor allem wo der dann bereits tot war. Reisender besaß außerdem genug magische Macht, kurzfristig flüchten zu können. Daran bestand absolut kein Zweifel.

Aber was, wenn es Probleme gab? Oder legte es der Fürst darauf an und Reisender war als Bauernopfer vorgesehen? Was, wenn ihn die Bruderschaft loswerden wollte? Nun, Reisender hatte noch eine kleine Rückversicherung. Mochten sie es versuchen!

Die Alten saßen mit der Priesterin beim Kessel und bedienten sich alle gemeinsam aus dem Topf. Wie alle Wildhüter hatte Dania ihren Löffel immer im Gepäck. Offensichtlich hatten das auch die alten Leute. Es zeigte die erfahrenen Reisenden. Löffel und Fangdolch, oder bei den einfacheren Leuten das Fingermesser, so auch hier bei den Zirkusartisten.

Als der Impresario nach dem Kessel langte, schob sich sein Ärmel etwas über den Unterarm hinauf. Die Celes konnte blutrote Muttermale im Bereich des Unterarms erkennen, die merkwürdige Zeichen bildeten. Der Zirkusdirektor war ein Däm. Celestina hatte von ihrem Vater und der alten FaraNa von diesen Leuten gehört, aber noch nie selbst welche getroffen. Viele von diesen mythischen Halbdämonen waren Diebe und Fahrendes Volk. Weil die Däms in der Regel, wenn man es herausfand, von der Bevölkerung gemieden wurden. Damit blieb diesen armen Leuten kaum etwas anderes als die Straße oder der Schatten. So zumindest hatte es die alte Priesterin erklärt gehabt. Dania hingegen hatte von ihrem Vater auch gelernt, dass man nie jemanden vorverurteilen sollte. Sie selbst als FaraNa war ein gutes Beispiel für Vorurteile, wurde sie doch Hexe genannt. Außerdem waren die Artisten bisher äußerst freundlich gewesen.

„Du bist ein Däm", stellte die Priesterin daher neugierig freundlich fest. „Bitte nicht falsch verstehen, aber es ist das erste Mal, dass ich mit jemandem wie dir zusammenkomme."

„Gute Beobachtung", meinte der Impresario, ohne mit der Wimper zu zucken. Dann nahm er seinen Hut ab, den er sonst immer trug, und darunter waren auf der Stirnseite der Halbglatze klar ersichtlich zwei kleine Höcker zu sehen, wo sonst ein Tier Hörner tragen mochte. „Ich hoffe, das tut deiner Freundlichkeit keinen Abbruch." – „Es tut mir leid, wenn ich es ausgesprochen habe. Aber ich habe noch so viel zu lernen." – „Bei mir ist leider nichts zu lernen." – „Doch, du hast mir schon Magie beigebracht. Und ich durfte euren Zirkus kennen lernen."

Der Impresario stand auf, verbeugte sich mit dem Hut tief in Richtung der Celes und meinte übertrieben höflich: „Zu Euren Diensten". Die Priesterin musste bei dem Anblick heiter lachen. Es klang wie ein helles Glockenspiel.

„Dann solltest du auch mein Geheimnis kennen lernen", meinte die Frau des Direktors und wickelte ihren

Oberkörper frei, wo sich zwei kleine Fledermaus-Flügelchen eng um ihre Schulterblätter legten. Dania hatte das ursprünglich für den Ansatz eines Buckels gedeutet, sah aber, dass die Frau darunter top fit und gerade gewachsen war. „Wir wollten dich nicht täuschen, du warst so freundlich, bisher." – „Keine Sorge, ich plane hier keine Änderung", versicherte die FaraNa rasch. „In meinem Glauben sollte es keine Vorurteile geben. Ich muss euch beiden auch was gestehen. Ich selbst bin eine Celes."

Jetzt fielen die beiden Alten fast von den Steinen, auf denen sie Platz genommen hatten. Zwei Däms und eine Celes. Und das hier, am Rand von Nirgendwo? Wer hätte davon schon jemals gehört? Elina kicherte laut, Habakuk lachte dröhnend. Dania stimmte glockenhell mit ein.

„Zufälle gibt es, die darf es gar nicht geben", schnaufte der Impresario schließlich. „Willkommen, Schwester von der anderen Seite!" Dieses Mal war es die Priesterin, die aufsprang und sich tief verbeugte: „Willkommen, liebe Geschwister von der anderen Seite." Und nochmal erklang das dreifache Gelächter in der Wildnis.

„Nun, mit einer Celes an unserer Seite kann uns eigentlich nichts mehr passieren", meinte der Zirkusdirektor schließlich. „Das Licht und das Glück scheinen uns." – „Oh, tut mir leid, ich helfe euch noch aus dem Tal, aber dann muss ich meiner Wege ziehen und die Gegend verlassen." – „Warum denn das?" – „Der Reiter, der euch von der Straße geschubst hat. Das war Leumond, der Sohn des Grafen von Waldland. Er ist auf der Suche nach mir und will mich zur Strecke bringen. Vermutlich holt er sich gerade bei der Schwarzen Bruderschaft Ersatz für Baron Berecht, einen Magier, der unvorsichtig genug war, sich bei dunklen Beschwörungen erwischen zu lassen. Und sobald dieser Leumond den Magier hat, wird er wieder die Jagd aufnehmen. Leider ist dieser Mann wirklich ein übler Kerl."

„Schätzchen", die Schlangenbeschwörerin und Seiltänzerin ergriff das Wort, „das wussten wir nicht. Aber wir können dich begleiten oder mitnehmen, je nachdem wie du das sehen willst. Wir schulden dir was."

„Ich will euch nicht gefährden. Es ist schon schlimm genug, meine Familie in Waldland zurücklassen zu müssen. Der Mann ist gefährlich und geht über Leichen. Wörtlich."

„Haben wir gesehen", bemerkte der Impresario, „und wenn du wirklich Familie zurücklässt, und der Typ weiß davon, hast du ein Problem. Glaub einem alten Reisenden von der Straße etwas: Er wird deine Familie gegen dich wenden. Entweder wegsperren und als Geiseln verwenden, um deiner habhaft zu werden. Oder er wird versuchen, zumindest ein paar Familienmitglieder zu überreden, dich anzugreifen. Und du wirst gehemmt sein, deine eigenen Leute zu töten. Ob alle deine Leute dann allerdings dieselbe Hemmung haben werden? Und wenn er deine Familie wegsperrt, wird er sie vermutlich in dem Augenblick, wo er sicher ist, dass du kommst, töten lassen. Nur um sicher zu gehen, dass die ihm nicht in die Quere kommen können. Und außerdem wird dich das massiv wütend machen, damit sehr gefühlsbetont und somit fehleranfällig."

„Das ist noch nicht alles", warf jetzt Elina ein, „vorher wird der Junggraf oder seine Verbündeten von der Bruderschaft auch die gräfliche Familie abschlachten. Um den Junggraf auf den Thron zu setzen und frei schalten und walten zu können. Es ist also nicht nur deine Familie bedroht, sondern die gesamte Grafschaft." Der Impresario nickte zu seiner Frau.

„So schlimm?" Dania war ehrlich erschüttert. Der Impresario nickte: „Du kannst einem Däm ruhig glauben. Wenn es um das Denken wie ein Dämon oder Teufel geht, das können wir! Wenn der junge Mann so böse ist, wie du ihn beschreibst, dann wird er genau das tun. Oder er ist ein Idiot."

Die FaraNa war immer noch nicht überzeugt: „Ist das Böse echt so einfach durchschaubar?" – „Das Böse ist nie durchschaubar. Aber es gibt Muster, und das Muster hier ist die Schwarze Bruderschaft. Diese hat keinerlei Hemmungen damit, Leben auszulöschen. Und sie werden nicht Kraft, Zeit und Energie verschwenden, wenn sie dich so bekommen können. Aber, was macht dich so wichtig, dass sie mit hohem Aufwand sich aus der Deckung wagen? Schon eine Expedition dir nachzusenden und einen der eigenen Brüder zu opfern ist ungewöhnlich für eine einfache Priesterin."

„Diese Frage stelle ich mir seit Tagen. Seit ich weiß, dass sie meiner ehemaligen Lehrerin und mir nachspüren und uns töten wollen. Ein Magier der Bruderschaft, dieser Grafensohn und leider auch ein Bruder von mir, der offensichtlich ein Problem damit hat, dass ich eine Tochter der Na geworden bin. Dazu eine Gruppe Soldaten."

„Nun, einerseits sind Celestes abseits der Höfe extrem selten. Das alleine wäre vielleicht schon ein Grund, dir nachzustellen. Aber warum dann nicht dem Rest der Familie, sinnierte der Direktor. „Aber was hat es mit deiner Lehrerin auf sich, die du laufend erwähnst? Kann die der Grund sein? Was macht eine FaraNa so speziell, dass die Bruderschaft alles in Bewegung setzt, sie zu töten?"

Die Priesterin wirkte leicht ratlos. „Vielleicht liegt es daran", mutmaßte sie schließlich, „dass meine Lehrerin gar nicht gut auf die Bruderschaft zu sprechen war. Auch wegen der Ebene der Toten." – „Gut, das mag wieder ein Grund sein. Aber das reicht nicht. Hat sie spezielle Fähigkeiten gehabt, die Lehrerin?" – „Gut möglich. Sie hat vermutet, dass es keine weiteren Priesterinnen der Na mehr gäbe. Daher wir die beiden letzten sein konnten." – „Nun, da hätten wir zumindest ein Motiv", strahlte der Impresario, „aber warum ist die Priesterschaft der Na so besonders? Mal sehen..."

Der Direktor schien lange, lange nachzudenken. Seine Gefährtin Elina beruhigte Dania: „Das macht er immer, wenn er sein Gedächtnis durchsucht. Er schnappt immer entlang dem Weg mal hier und mal da was auf, da sind oft obskure Informationen dabei."

„Ich habe es!", rief der Impresario, „das muss es sein: Beim Bürgerkrieg, der das alte Imperium zerstörte und aus dessen Reste heute das Kaiserreich Adulaid, das

Herzogtum Aribo, das Gottkaisertum von Maramis, der Staatenbund von Corhyne und die Magierrepublik von Sarabanda entstanden, da entstand die Ebene der Toten. Die Bruderschaft unterstützte die Kriegsfürsten, die sich vom Reich loslösen wollten. Die Priesterschaften von Ti, Na und Bog hingegen unterstützten das Imperium und seine Legionen. Nicht, weil sie das Imperium so schätzten, sondern weil sie strikte Gegner der Bruderschaft waren. Dank einer Intrige der Bruderschaft, eigentlich der Verbündeten auf der Akademie der Magier, gelang es, die Imperialen davon zu überzeugen, den Naturpriestern des ersten Kreislaufs nicht zu vertrauen. Was immer der erste Kreislauf ist..." – Dania warf ein: „Die Schöpfung, der Schutz von Welt selbst." – „Ah, in Ordnung. Danke. Gut, also, weiter. Die Bruderschaft konnte dank der Neutralisierung der Naturpriesterschaften den Krieg gewinnen. Unter Schaffung der Ebene der Toten, einen Fleck, wo es scheint, als wäre die Schöpfung zerstört. Soll ich tiefer gehen?"

Celestina staunte, was der Impresario so wusste. „Wenn es dir möglich ist, ja bitte!" – „Gut. Bitte nicht erschrecken, dazu muss ich in eine Trance, um das versteckte Wissen anzuzapfen."

Der Zirkusdirektor nickte, wiegte sich hin und her, schloss die Augen und plötzlich sprach er mit tiefer, magischer Stimme: „Während also die Bruderschaft in den Jahrzehnten und Jahrhunderten seit dem Bürgerkrieg immer mächtiger wurde, kam es bei den Priesterschaften von Ti, Na und Bog zu starken Auflösungserscheinungen. Immer weniger Priesterinnen und Priester waren unterwegs. Und obwohl die Schwarze Bruderschaft in allen Folgereichen offiziell verboten wurde, wuchs und wächst sie wie ein Krebsgeschwür. Alleine, die Menge an Talent begrenzt das Wachstum der Bruderschaft. Immer wieder aber war es den Naturpriestern gelungen, Pläne der Bruderschaft zu vereiteln. Daher verfolgt die Bruderschaft die Naturpriester mit manischem Hass. Doch erst mit der Prophezeiung der Heteka erhielt der Krieg gegen die Naturmagierinnen der Na jenen Fanatismus, den die Bruderschaft in den letzten Jahrhunderten zeigte. Und zwar sinngemäß, dass es eine Na-Priesterin wäre, die die Bruderschaft dereinst vernichten und die Ebene der Toten wieder begrünen würde..." Dann wachte Habakuk aus der Trance auf und blickte verwirrt um sich: „Habe ich was beitragen können?"

Die FaraNa blickte erschüttert: „Was war das? Wie machst du das?" – „Auch ich habe einen Lehrer gehabt. Einen bekannten Schausteller namens Brabus, Brabus der Unglaubliche. Er hatte mir eine Methode weitergegeben, wie man sein Gedächtnis nach Dingen durchstöbert, die man irgendwann mal irgendwo gehört hat. Aber das klappt leider nicht immer. Nun, es freut mich, wenn ich habe helfen können." – „Alter Zausel", meinte Elina zärtlich, „dieses Mal hast du dich selbst übertroffen. Die Bruderschaft jagt unsere Begleiterin hier, weil sie in der Lage ist, die Bruderschaft zu vernichten. Scheint so, als hätte die Bruderschaft große Angst vor der FaraNa." – „Na, da schau her", meinte der Zirkusmann verwundert.

„Nun", meine Dania, „dann muss ich wohl umkehren, und zwar bevor Leumond nach Waldland zurückkehrt und Unfrieden stiften kann. Angriff als beste Verteidigung. Danke euch für die viele Hilfe. Und ich hoffe, euer Erfolg kehrt zurück. Es wird nun Zeit, neue Tiere zu rufen." Der Impresario und seine Frau verbeugten sich leicht.

Der Pfiff der FaraNa war in Wahrheit der Tierruf gewesen. Im gesamten Bereich der Schattenberge gab es Wildesel und Waldpferde, die man als Zugtiere verwenden konnte. Diese Wildtiere überzeugen, den beiden alten Leuten zu helfen, das war die eigentliche Kunst. Aber auch da gab es entsprechende Bindegebete, mit deren Hilfe man sowas bewerkstelligen konnte. Es dauerte nicht lange und dem Bachlauf herab kamen zwei Pferde. Diese Wildpferde waren kaum größer als starke Ponys, aber sehr ausdauernd. In den Grafschaften an den Bergen wurden diese Pferde gelegentlich gezüchtet, aber normalerweise waren diese Tiere nur für ihr Fell und Fleisch zu gebrauchen, da zu klein als Reit- und Schlachtrösser und zu wenig stämmig und ausdauernd für die Feldarbeit oder die schweren Karren. Aber, diese Bergpferde hatten einen großen Vorteil. Sie waren vielleicht noch genügsamer als Esel. Vor allem konnte man sie grasen lassen und sie zogen trotzdem brav ihre Lasten. Dania war jedenfalls überzeugt davon, dass sie den Alten gute Dienste leisten würden, als sie die Tiere magisch band. „Der Zauber wird erst mit eurem Tod erlöschen. Aber lasst die Tiere bitte dann gehen", meinte die Priesterin, als sie die Tiere anschirrte.

„Wir haben uns entschlossen, FaraNa", meinte der Impresario, „wenn du deine Familie retten willst, wir kommen mit und wollen helfen." Dania nickte dankbar.

„Und jetzt zu den Karren!", rief Dania, als sie diese auf magische Windpolster hob. Die trittsicheren Pferde zogen brav an und die Reise nach Waldland begann.

Reisender und sein Gefährte näherten sich dem Wachposten am Pass. Es wurde Zeit, sich um die Tarnung zu kümmern. Reisender besaß seit vielen Jahren etwas, das er seine „Häute" nannte. Dabei handelte es sich um fein konservierte und in Originalfarbe sowie optisch im Lebend-Zustand aussehende Hautstücke, die er seinen Opfern abgenommen hatte. Diese konnte er mittels Magie an seinem mumifizierten Fleisch befestigen. Auch ohne seine weitere Hilfe hielten diese Hautstücke fast für immer. Nur, wenn er die Häute nutzte, war damit immer das Risiko verbunden, dass diese Stücke dadurch Schaden nahmen. Da Reisender wie jeder echte Sammler seine Stücke pflegte und schätzte, war es ihm unangenehm, sie für profane Aufträge zu nutzen. Aber in diesem Fall und bei diesem Auftrag hatte er wenig Alternativen. Eine besonders gut erhaltene Vollkörperhaut hatte er ausgesucht und zog sich nun, knapp bevor der Wachposten in Sicht kam, diese an. Der Grafensohn staunte nicht schlecht, als der Magier mit Magie den Spalt im Rückenbereich versiegelte und wie ein lebender Mensch aussah. Weiblich, rothaarig, jung. Weibliche Rundungen und Formen, nicht üppig, aber genau richtig groß für eine besondere Wirkung. Reisender war sich der Wirkung dieser Haut vor allem auf die Männer im Reich von Adulaid bewusst. Und sein Begleiter bestätigte nur diese Wirkung, mit hervorstehenden Augen und offenem Mund.

„War von einer Vorgängerin der Na-Priesterin", murmelte er, als er schließlich den erstaunten Blick Leumonds bemerkte. „Die Frau habe ich selbst vor etwa hundert Jahren sauber getötet, die Haut entsprechend konserviert. Diese eine Hexe hat aber nur wenig Macht gehabt. Sollte es sich allerdings ausgehen, werde ich auch der jetzigen FaraNa die Haut abziehen und meiner Sammlung hinzufügen. Ich sammle leidenschaftlich gerne edle Häute."

Leumond war endlich über die Optik von Reisender hinweg. Und so war es logisch der nächste Gedanke, den er sich aber hütete auszusprechen: „Macht der das dann auch mit meiner Haut?"

Der Zombie hatte sich inzwischen vollständig getarnt. Leumond hatte ja ein Pferd. Der Magier hingegen klatschte in die Hände und ein Pferd formte sich vor ihm aus der Luft. Zunächst wirkte es durchsichtig, fast geisterhaft. Dann aber nahm es feste Form an und kurz darauf stand da ein Tier ruhig und willig, das hätte das Zwillingstier zum gräflichen Ross sein können. Es würde auf jeden Fall für die Wachen am Pass genügen.

„Welche Macht, im Vergleich zu Baron Berecht", dachte der Grafensohn, als sie sich auf ihre Tiere setzten und losritten.

VII.

„Waldland wird euch beiden gefallen", meinte die Fara-Na, als sie von der alten Passstraße Richtung Grafschaft Waldland abbogen. „Wir haben nicht oft Schausteller, aber die Leute sind freundlich. Nur erst müssen wir ja Elina eine Schlange rufen, oder?" – „Eine Schlange wäre wunderbar", meinte die Alte. „Außerdem solltest du dich tarnen. Es wird nicht so gut ankommen, wenn du offen mit uns in dein Dorf marschierst. Vor allem, falls der Graf davon hört." – „Wir sollten außerdem nicht zum Dorf, sondern zur Burg des Grafen selbst. Zumindest wenn wir noch rechtzeitig sind, bevor der Junggraf zurück ist", warf Dania ein. Auch der Impresario stimmte zu: „Hört sich nach einem Plan an." „Bleibt aber eine Frage", meinte Celestina: „Welche Tarnung soll ich mir zulegen?"

Alle drei dachten intensiv nach, dann meinte Elina: „Ganz klar. Reisender Bader. Mit den Heilkräften die ideale Tarnung." Der Impresario wollte schon nicken, dann merkte er kritisch an: „Aber Bader haben immer einige Werkzeuge, scharfe Messer und so. Die haben wir nicht." – „Reisende Heiler brauchen nicht viel Werkzeug", meinte die Priesterin, „wenn ich die letzten Besuche von diesen Leuten richtig in Erinnerung habe, haben die vor allem Kräuterzeugs und so. Wir haben aber keine Zeit, diese zu sammeln. Nun, muss ich eben improvisieren. Aber diese Leute sind fast immer ältliche Männer. Ich falle als junge Frau auf."

Die FaraNa pfiff wieder ihren Zauber. Kurz darauf war eine Bergnatter herangekrochen. „Eine Giftschlange", meinte die Priesterin. „Aber was Besseres wohnt hier nicht. Kannst du damit umgehen?" Elina nickte begeistert. „Das Gift können wir melken und verkaufen. Und was zu essen findet sich für die Schlange." Rasch und mit geübten Fingern fing die Artistin die Schlange ein und verstaute sie in einem geflochtenen Korb.

Inzwischen hatte auch der Impresario im Fundus für Celestina nachgesehen: „Nun, Gewand hätten wir. Aber für eine wirklich gute Verkleidung wird das nicht reichen. Habt Ihr nicht einen guten Zauberspruch, der Euch die nötige Tarnung liefert?"

Dania dachte nach. Dann zupfte sie dem Impresario mit einer schnellen Bewegung ein Haar von der Jacke und verschwand rasch hinter einem Busch. Und kurz darauf kam von dahinter ein nackter, alter, buckliger Däm hervor, mit Klumpfuß, aber sonst weitgehend menschlich. Die beiden Alten blickten zuerst erstaunt, dann aber lächelnd und halfen „dem Alten", sich in ein besser passendes Gewand umzuziehen.

„Nun, so wird dich niemand erkennen", der Impresario war mit der Tarnung zufrieden.

Dania fühlte sich unwohl. Der Männerkörper, zumal eines Däms, war ihr nicht geheuer. Der Klumpfuß schmerzte. Und sie fühlte sich so... Wütend? Hart? Gewalttätig! Die Gefühle dieses Körpers waren so fremd. Mit Hilfe der beiden Zirkusleute zog sie sich passende Männerkleidung an. Aber es war alles so falsch. Und warum, zum Urgrund, juckte es im Schritt so, dass sie sich immer wieder kratzen musste. Jetzt hatte sie auch dieses Ding da hängen, das ihr Vater trug, wenn man ihn nackt sah. Was wohl alle Männer hatten. Unpraktisch. Zog man die Hose zu hoch, schmerzte es teuflisch. Und lies man zu locker, baumelte es und war im Weg. Verdammt! Wie machten das die Männer bloß. Wie hielten sie das aus? Na, auch egal. Das Gewand hätte sie am liebsten wieder weggegeben. Es roch nach Schweiß und war nicht besonders sauber. Aber es musste die Tarnung sein. Trotzdem, das wurde ein Leidensweg. Am liebsten hätte die Priesterin den Zauber sofort beendet.

Und wenn es im Schritt juckte, das wurde übertroffen von dem Jucken im Gesicht, wo diesem Männerkörper ein Bart wuchs. Wie um des Urgrunds willen hielten Männer das aus? Schrecklich, widerlich, abartig! So etwas tat die FaraNa wirklich nur der Familie willen. Einmal. Und nie mehr wieder. Das schwor sie sich!

Die Schatten wurden länger. Es wurde Zeit, einen Rastplatz zu finden. Der Zirkus Reinald war noch etwa acht Wegstunden vor der Grafenburg und etwa zwei Wegstunden vom nächsten Weiler entfernt. Zum Glück war das Tal neben dem Weg breit und von Feldern durchzogen. Am Wegrand gab es immer wieder Wiesen und kleine Wäldchen, die gute Rastplätze boten. In eines dieser Wäldchen mit einem kleinen Bestand von Pappeln und Eichen bogen sie ab und schon bald gab es ein munteres Lagerfeuerchen.

Kaum war der Zirkus zur Ruhe übergegangen, hörte man zwei Reiter auf der Straße in scharfem Tempo heranreiten. Noch war Licht und das nächste Dorf bei dem Tempo der Reiter auf jeden Fall noch vor Einbruch der Nacht erreichbar. So wunderte es die Zirkusleute kaum, dass die Reiter sie keines Blicks würdigten und einfach eilends weiterritten.

Allerdings, und der Impresario sprach das aus, was alle Drei gesehen hatten: „Das war der Grafensohn, der uns von dem Saumpfad getreten hat. Und offensichtlich hat er sich eine Begleitung geholt Und eine recht hübsche noch dazu."

Hübsch war ein Hilfsbegriff. Dania war in diesem Männerkörper überfordert, als sie die rohe und gewaltige Lust in sich aufsteigen spürte, beim Anblick der Frau am Pferd. Nicht wenig peinlich war ihr, als sie an sich herunter blickte und sehen musste, was das bei ihr ausgelöst hatte. Dieser Zauber durfte keine Minute länger gehalten werden als unbedingt notwendig!

Reisender und der Grafensohn waren schnell unterwegs. Trotzdem konnte Leumond sich ein leichtes Grinsen nicht verkneifen, als er die Zirkusleute da im Wäldchen lagern sah. Den einen Teil dieser Leute hatte er schon in den Graben getreten. Diese andere Gruppe würde er höchstpersönlich außer Landes jagen. Mit der Reitpeitsche und einer Hundemeute, die er auf die Leute hetzen konnte. Verdammte Bettler und Schnorrer. Die hatten in seinem Gebiet nichts zu suchen. Jawohl!

Sein Gebiet, seine Grafschaft. Und frei von diesem Pack.

Reisender war weniger aggressiv als der Grafensohn über die Zirkusleute denkend. Mit magisch geschultem Blick hatte der Zombie in der Frauenhaut sofort bemerkt, dass dort drei mehr oder weniger magisch begabte Leute saßen. Eine Person mehr, zwei weniger. Vermutlich Däms, wie es viel fahrendes Volk war. Däms hatten zwar einen schlechten Ruf, meist unbegründet. Aber gegen gutes Geld taten viele Däms fast alles, auch die Drecksarbeit. Und das konnte unter Umständen nützlich werden. Vor allem, wenn man Sündenböcke benötigte. Reisender machte sich eine mentale Notiz, falls diese Leute zur Grafenburg oder tiefer in die Grafschaft reisten, ihnen ein entsprechendes Angebot zu machen.

„Was diese Reiter wohl vorhaben?" fragte Elina. „Nichts Gutes, sicher", mutmaßte Habakuk. „Den Grafen töten, nehme ich an", meinte Dania, die Leumond am Pferd sehr wohl erspäht hatte, trotz ihrer Wallungen im Männerkörper. Und die Frau musste dann wohl die neue Magierin oder der Kontakt zur Bruderschaft sein? Mal sehen. Und keinesfalls unterschätzen!
„Übel, wir sind jedenfalls zu spät, wenn dass dieser Schnösel war, der uns in den Graben getreten hat", gab der Impresario nach einer kurzen Pause zu bedenken. „Den Grafen werden wir wohl nicht mehr retten können." – „Ich könnte es vielleicht", meinte die Priesterin

mit ihrer neuen, tiefen Brummstimme. „Wenn ich mich in einen Vogel verwandle, kann ich rechtzeitig am Schloss sein." – „Und dann?", Elina wirkte ehrlich besorgt. Dania nickte und lächelte: „Mein Bruder ist Offizier in der Garde des Grafen. Er muss mir helfen."

Dann sprang die FaraNa so rasch auf, wie es dieser unglaublich klotzige und unbewegliche Däm-Körper erlaubte, nahm ihre Frauengestalt an und stieß einen Seufzer der Erleichterung aus. „Dieser Männerkörper ist nichts für mich. Nächstes Mal verwandle ich mich in eine Kopie von Elina. Es tut mir Leid, Habakuk, aber wie haltet ihr Männer das bloß aus? Der Bart juckt, zwischen den Beinen juckt es, dauernd Gefühlswallungen." Elina lachte auf und der Impresario lächelte. Dann aber wurde er ernst und meinte: „Und jetzt?"

„Jetzt rufe ich einen Raubvogel und lass mir eine Feder geben. Wir sehen uns morgen am Schloss, ich hoffe, ich kann noch rechtzeitig eingreifen. Wenn alles danebengeht, seid ihr bitte meine Unterstützung. Was immer ihr glaubt mir zu schulden, das ist damit abgegolten, in Ordnung?" – „FaraNa, wir werden immer in deiner Schuld stehen. Was wir tun können, werden wir tun, dir morgen zu helfen", der Impresario war aufgestanden und umarmte nun Dania. Auch seine Frau tat es ihm gleich.

In Windeseile war zuerst eine Maus gerufen, die von Celestina sorgfältig magisch betäubt wurde, und dann ein Raubvogel, letztlich ein Habicht. Rasch hatte Dania dem Tier eine lose liegende Feder aus dem Gefieder gestreichelt. Sie bedankte sich geistig beim Tier, fütterte ihm die Maus und verabschiedete es. Der Habicht startete von ihrem Arm und flog in langsamen Bewegungen davon.

Dania dachte nach. Raubvögel waren zwar gute Flieger, aber nur, wenn sie ausreichend Essen hatten. Und einen längeren Flug musste sie daher gut vorbereiten. Nochmal an ihre Verbündeten gewandt: „Bitte wundert euch nicht, ich hole nochmal Mäuse und werde dann auf einen Baum klettern und von dort aus als Habicht starten. Holt euch bitte dann die Gewänder", dabei schlotterte sie mit ihren viel zu weiten Männersachen.

„Und noch eine Bitte. Falls alles danebengeht, gehören meine wenigen Sachen Euch. Aber bitte passt mir vor allem auf das Bündel mit dem Wachstuch auf. Darin befinden sich ein Kettenhemd, das mir persönlich sehr wertvoll ist, sowie ein Rubin, den mir ein Hüter des Berges geschenkt hat. Der Rest ist kaum was wert, aber das Kettenhemd gehörte meinem Großvater und der Rubin ist ein Geschenk der Zwerge."

„Sorg dich nicht", antwortete Elina, „wir geben auf deine Sachen gut acht. Wenn alles gut geht, sehen wir uns morgen Abend bei der Burg. Viel Glück!"

Dania nickte. Dann rief sie zwei weitere Mäuse, die sie ebenso wieder achtsam betäubte. Mit den Mäusen im Gewand verborgen und der Feder griffbereit bestieg sie den Baum. Auf dem niederen Ast breitete sie ihre Sachen und die Mäuse aus, dann verwandelte sie sich.

Die beiden Däms sahen interessiert zu, wie das Mädchen im Baum zunächst in sich zusammenzufallen schien, bis der Habicht aus ihr hervorbrach und die Gewänder zu Boden fielen. Es sah aus als wendete sich ihr verkleinertes Innerstes nach Außen und nahm die Vogelgestalt an, die sogleich dort im Baum die Mäuse zu zerhacken und zu fressen begann. Es dauerte nicht lange und der Habicht ließ von seinem Fraß, stieß sich kraftvoll ab und warf sich in den Abendwind, der durch das Tal strömte. Die beiden Alten sahen dem Vogel nach, als er in der Dämmerung verschwand.

„Was sollen wir tun, Frau?", fragte der Impresario, „nehmen wir ihre Sachen und verschwinden einfach? Oder helfen wir ihr?" – „Normalerweise nehmen wir die Sachen und verschwinden", meinte die Artistin, während sie Danias Männersachen holte, „alleine das Kettenhemd ist gute acht Goldstücke wert, vielleicht sogar mehr, und der Rubin sicher das Zehnfache davon. Aber es ist ein imperiales Kettenhemd, kann uns Probleme machen und der Stein stammt von Zwergen. Da brauchen wir einen guten Hehler oder wir bekommen sicher Probleme."

Elina holte Luft. „Nur, in diesem einen Fall, das Mädchen ist mächtig, Und furchtbar naiv. Aber sehr magisch begabt. Sowas habe ich lieber auf meiner Seite als wenn sie draufkommt, dass wir sie hintergehen, als Feindin. Lassen wir doch diesen Grafensohn und seine Begleitung die Arbeit erledigen. Und wenn es sich ergibt, dass wir helfen können, tun wir das. Ich habe so eine machtvolle Magierin jedenfalls lieber als Verbündete. Aber wenn es besser ist, können wir immer noch schauen, ob wir von der Sache irgendwie profitieren."

„Frau, dein Rat ist gut." Der Impresario lehnte sich zurück an den Baum und sah den grasenden Pferden zu. „Und ja, dieser FaraNa täte es ganz gut, einmal auch die harten Lektionen des Lebens zu lernen. Naiv, das trifft es. Aber, nicht wir, nicht heute. Ich bin ganz deiner Meinung, meine Liebste."

Elina kuschelte sich an ihren Mann. Der lächelte in Gedanken versunken. Das Leben war voller Überraschungen. Vor zwei Tagen oben am Saumpfad sah es so aus, als wäre alles zu Ende. Und jetzt hatten sie neue Pferde, reparierte Karren und das Kettenhemd als Pfand mochte sie über den Winter bringen. Wenn schon sonst nichts. Ja, wer immer da ihr Schicksal bestimmte, der Urgrund, einer ihrer höllischen Urahnen oder die Göttlichkeit, die diese FaraNa anbetete, es war egal. Im Moment lief es gut. Und Habakuk war fest entschlossen, alles zu tun, dass es so blieb.

Dania stieg rasch auf, spürte den Wind um ihre Schwingen. Das Lager hinter ihr wurde kleiner und kleiner. Dann sah sie in der Entfernung Lichter. Dieser Vogelkörper war ein kleines Wunder. So klar die Sicht. Sogar bei dem wenigen Licht noch konnte sie Details erkennen. Kleine Tiere, Vögel im Flug. Nur dass dieses Mal die Farben alle irgendwie nicht stimmten, grauer, dumpfer waren. Bis auf die Beutetiere, die sie farblich klar abgehoben sehen konnte. Aber sie war satt. Und das Fliegen war eine Freude. Mit nur wenigen Flügelschlägen hatte die Priesterin ordentlich Höhe gewonnen, der abendlichen Aufwinde im Tal sei Dank.

Im Licht der Abenddämmerung erkannte sie noch immer deutlich die Reiter, die sich gerade dem Dorf näherten. Geschickt den Wind nutzend flog die FaraNa näher. Vermutlich würden die beiden Reiter nicht riskieren, im Dunkel der Nacht zu reiten, oder? Sicher war sie sich nicht.

Inzwischen hatte Dania deutlich mehr Erfahrung damit, die Gefühle in dem Tierkörper unter Kontrolle zu halten und damit ihre eigene Essenz zu schützen. Das war bereits die dritte Verwandlung und auch dieses Mal konnte sie sich trotz aller Freude über das Gefühl der Freiheit im Flug auf etwas konzentrieren, dass nicht passte. Und zwar hier die Sache mit den Farben. Wenn man sattes Grün kannte, war das, was sich hier als Bäume zeigte, einfach nur dumpf. Für den Vogel war das überlebenswichtig. Für die Priesterin war das der Punkt, an den sie ihre menschliche Existenz knüpfen konnte.

Sanft umspielte sie der Abendwind, als der Habicht einmal hoch über Reiter und Dorf kreiste.

„Sollten wir nicht Rast machen?" Leumond sah den Zombiemagier fragend an, mit Mühe daran denkend, dass sich hinter dieser hübschen äußeren Hülle ein vertrockneter Untoter verbarg. „Wer rastet, rostet. Euer Pferd, entweder könnt ihr es wechseln oder lasst es verrecken. Wir reiten weiter, bis wir an der Burg sind. Wir müssen schnell sein. Bevor bekannt wird, dass Eure Brüder ermordet wurden. Nachdem ich nicht weiß, wie schnell der Kaiserhof Mitteilungen an die

Celes schicken kann, können wir kein Risiko eingehen. Jeder muss sehen, dass Ihr in der Burg zugegen gewesen seid, während Eure armen Brüder, der Eine Opfer eines furchtbaren Raubmords und der Andere Opfer eines wütenden gehörnten Ehemanns, diese Nacht getötet wurden. Es darf nicht der leiseste Zweifel daran bestehen, dass Ihr unschuldig seid." – „Oder Eure Position ist in Zweifel und Ihr seid für die Bruderschaft nicht mehr von Nutzen", wie der Zombie-Magier innerlich das Gespräch fortsetzte.

Leumond nickte verzweifelt. So einen Gewaltritt mochte das Pferd vielleicht tatsächlich nicht überleben, das war egal. Aber auf jeden Fall war seine eigene Bequemlichkeit und vor allem seine Oberschenkel eine solche starke Beanspruchung nicht gewohnt. Das mochte mächtig Schmerzen geben. Und das wiederum wollte der Grafensohn gar nicht.

„Nur um das klar zu stellen: Wir warten die Nachricht ab, dass Eure Brüder getötet wurden. Nur wenn ganz klar ist, dass ihr der nächste Graf sein werdet, und nur wenn auch klar ist, dass Ihr unmöglich etwas mit dem Tod Eurer Brüder zu tun haben könnt. Nur dann werden wir Euren Vater ermorden. Und Ihr werdet das machen. Ich empfehle ein Kissen, um ihn zu ersticken. Die Celes überlasst bitte mir. Die wird mit Gift beseitigt, dafür sorge ich. Hat die Burg einen Heiler?"

„Ja, einen Priester des Lichts namens Jonas, der ist aber ein harmloser Trunkenbold. Warum?"

„Weil wir den brauchen, um zweimal einen natürlichen Tod festzustellen. Blöder Zufall, innerhalb kürzester

Zeit seid Ihr ganz alleine. Gibt es noch Eure Mutter?" –
„Nein, die ist bei einem Reitunfall gestorben, da war ich
vier." – „Gut, brauchen wir uns nicht um die auch
kümmern." Und Leumond merkte, dass der Untote
ganz bewusst seine gesamte Familie auszurotten
schien. Wieder fragte der Grafensohn sich, ob es den
Preis wert war, Graf zu sein?

Der Vogel schwebte hoch oben und beobachtete aufmerksam das Geschehen am Boden. Offensichtlich
ruinierten die beiden Reiter bewusst ihre Pferde. Denn
im Dorf wurde nur eine kurze Rast gemacht, um den
Tieren etwas zu trinken zu geben. Und das eine Pferd,
dass der Magierin, trank nicht, sondern stand wie angewurzelt und wartete. Ungewöhnlich.
Dania musste das Schloss erreichen und ihren Bruder
warnen. Pfeilschnell schoss sie in die heraufkommende
Nacht davon, auf den dunkel sich abzeichnenden Bau
zu, der am Horizont auf einem etwa zehn Meter hohen
Hügel aus dem Talgrund ragte.

Gerant war noch einmal auf Wachrunde. Zu seinen
Aufgaben als Fähnrich hatte die Kontrolle der Nachtwache auf der Burg des Grafen gehört und auch wenn
er kein Fähnrich mehr war, so hatte er es sich zur Gewohnheit gemacht, immer selbst noch einmal Nachschau zu halten. Ob der neue Fähnrich, ein junger
Mann namens Odrim, auch seinen Pflichten nachkam?
Der Burghauptmann Starkarm hielt diese übertriebene
Kontrolle für pedantisch, aber Gerant sah es als Teil

seiner Pflichten. Zum Glück für den jungen Fähnrich und die Wachmannschaften gab es aber kaum Grund zur Beanstandung.

Diese Nacht war der Leutnant auch als Offizier der Nachtwache eingeteilt. Somit war er mehr als sonst befugt, auch die Kontrollen durchzuführen. Und er würde seine Pflichten auf Punkt und Beistrich erfüllen, das war Ehrensache.

Der Leutnant war gerade mit seiner Kontrolle der Wache am Tor fertig und hatten den Torwall betreten, um auf diesem weiter zum nahe gelegenen Wachturm und zur Turmwache zu gehen, als ihm der Raubvogel auffiel, der um die Burg kreiste. Es war ein außergewöhnlich großes und schönes Habicht-Exemplar. Ein Weibchen, gewiss. Kein Männchen wurde so groß. Ungewöhnlich war neben der Farbe, der Vogel war am Bauch fast schneeweiß, auch die Tages- oder hier besser Nachtzeit, denn Habichte waren Tag- und Dämmerungsjäger. Und dass dieser Vogel so weit südlich flog – die nördlichen Habichte waren normalerweise nicht in den Schattenbergen zu finden, außer das Tier entstammte einer Zucht für Jagdvögel. Graf Roderich II war nicht bekannt dafür, selbst welche zu züchten. Gerant hatte aber bereits Beizjagden erlebt. Auch mit dem nördlichen Habicht.

Das Tier schien ihn erspäht zu haben und landete in seiner Nähe auf einer Zinne. Dann starrte es ihn an. Gerant stutzte. Das Verhalten des Tieres war mehr als ungewöhnlich. Völlig außer der Natur des Tieres.

Dann stürzte sich der Habicht von der Zinne in den Burghof, in den Schatten neben dem großen Turm und zur Verwunderung und zum Schrecken des Leutnants verwandelte sich der Vogel vor seinen Augen. Das Tier schien aus sich herauszustürzen und gleichzeitig dabei zu überschlagen und zu wachsen. Was für ein Horror für Gerant, als sich diese Form zu der einer nackten Frau zusammensetzte, die Gestalt seiner Schwester.

Mit einem Satz sprang der Leutnant von der hier nicht zu hohen Mauer in den Hof hinunter und in den Schatten: „Calestina, was zum Urgrund tust du hier? Und dann noch..."

Seine Schwester trat auf ihn zu, legte dem Leutnant ihren linken Zeigefinger auf den Mund, hieß ihn schweigen, dann flüsterte sie: „Ich komme dich warnen, Gerant. Das Leben des Grafen ist in unmittelbarer Gefahr." Ungläubiger Blick des Soldaten: „Was?!"

„Lange Geschichte, lass uns wohin gehen, wo wir uns in Ruhe unterhalten können." – „Ah, klar", die Verwirrung bei Gerant war immer noch groß. Seine Schwester, die Hexe, nackt, hier? Aber da ein klarer Gedanke: „Komm mit. Im Keller des Turms ist derzeit niemand."

Rasch hatte der Leutnant die schwere Türe im Fuß des Turms neben dem Schatten des Walls geöffnet und Celestina schlüpfte durch, ihr Bruder hinterher. Im Inneren des Turmes war es dunkel, doch Celestina hatte rasch und magisch ein kleines Licht gemacht.

„So, liebe Schwester und Hexe, jetzt erzähl mal", sagte der Leutnant mit gezogenem Schwert und zischender Stimme.

„Gerant, steck das Schwert weg, du wirst es noch brauchen, aber nicht gegen mich." Celestina war jetzt langsam wütend auf ihren Bruder. „Dein Graf ist in Lebensgefahr und du fuchtelst vor der Nase der einzigen Person mit dem Schwert, die den Grafen vielleicht retten kann."

Der Leutnant spürte klar die Aufrichtigkeit in den Worten seiner Schwester und schob das Schwert grummelnd in die Schwertscheide. „Na gut", meinte er, „dann schieß mal los."

„Als ich euch Berecht genannt habe, habe ich einen Fehler gemacht." – Der Leutnant war über diese Ansage erstaunt. – Weiter seine Schwester: „Und ihr habt zwar ein Mitglied der Bruderschaft verhaftet. Aber nicht alle Mitglieder." – „So?" Gerant war jetzt leicht nervös. – „Ja, Leumond, der jüngste Sohn des Grafen, dürfte auch mit ihnen zusammenhängen." – „Beweise?" Gerant war äußerst skeptisch. So sehr ihn verblüfft hatte, dass ausgerechnet seine Schwester den Schwarzmagier ans Messer geliefert hatte, so sehr erschütterte ihn jetzt die Geschichte. Auch wenn sein berühmter Sechster Sinn immer noch keine Warnung gab.

„Nun, Berecht wird enttarnt und Leumond reitet schnurstracks in die Ebene der Toten und kehrt von dort mit einer rassigen, rothaarigen Schönheit auf einem Pferd zurück, welches weder Futter noch Wasser braucht. Reicht das als Beweis?" Celestina brachte nur die beweisbaren Fakten und Ihr Bruder hatte wieder keinerlei Anzeichen für eine Lüge oder Falschheit.

„Schwester, das ist zwar bedenklich, vor allem, weil dort draußen niemand lebt. Aber was macht dich sicher, dass er in der Ebene war, und nicht zum Beispiel in der Grafschaft Breitbergen, unseren Nachbarn, sich sein Liebchen abgeholt hat?"

„Bruderherz, leg einmal für einen Moment deinen Groll gegen Hexerei zur Seite. Überlege selbst, du bist immer der Klügste meiner Brüder gewesen. Fangen wir ganz am Anfang an. In Ordnung?"

„Was willst du?"

„Dir die Wahrheiten nahebringen, wie ich sie selbst gesehen und erlebt habe. Hier die erste. Unser Vater und du, wie auch ich, sind Celestes, Himmelsgeborene. Halbengel. Wir haben das von Großvater Pineval. In unserer Familie sind alle starke magische Talente. Auch du, mein Guter."

„Aber dann müsste das ja bei mir längst ausgebrochen sein."

„Nein, weil Himmelskinder automatisch die Kontrolle über die Magie haben. Was wir aber alle haben, du, Vater, unsere Brüder, aber auch Onkel Alaumus und Onkel Heron, ist ihr unbestechlicher Sinn für Gerechtigkeit und Lügen. Wir spüren Lüge und Trug. So zuverlässig wie jeder Magier oder Priester des Lichts. Du kannst das, ich weiß es. Vater kann es, er hat es mir erzählt. Auch von seinen Brüdern. Und ich kann es auch. Wir alle können es. Auch unsere anderen Brüder."

„Ja, ja, soll so sein. Was hat das jetzt mit dem Mord am Grafen zu tun?"

„Gemach. Noch sind Leumond und seine Begleiterin nicht hier. Sie werden noch etwa eine Stunde brauchen, obwohl die Gräfliche Hoheit ihr Pferd gerade zu Tode schindet. Wenn ich dir alles erzählt habe, Bruderherz, wirst du hinausgehen und mit eigenen Augen sehen, dass ich mit Leumond und der Frau an seiner Seite die Wahrheit gesagt habe. Und dann solltest du ein Auge auf den Grafen werfen. Tag und Nacht, wenn nötig. Aber zuerst noch ein paar Wahrheiten. Auch wenn sie dir wehtun werden."

Der Leutnant hob abwehrend die Hände: „Gut, gut, ich ergebe mich. Erzähl weiter."

„Das Naturtalent als Anführer von den Soldaten, das du von Vater geerbt hast. Das ist eines der Erbe der Himmelskinder. So wie auch die Stimme, wenn du befehlen musst. Das sind bereits echte magische Talente. Wenn auch natürlich nur unbewusst genutzt. Du kannst das aber kultivieren, wenn du willst. Und Karriere in einer Legion machen. Als General vielleicht? Als großer Held der Geschichte? Nun, was immer du willst, lieber Bruder, höre jetzt einfach nur weiter zu."

General? In der Legion als Offizier? Woher wusste seine Schwester von diesem innersten Geheimnis? Dass er sich vor ein paar Wochen beworben hatte, sogar mit Empfehlung von Graf Roderich? Wieder spürte Gerant nur die Wahrheit, keine Falschheit, keine Lüge.

„Nun, was meine Ausbildung anbelangt, sagen wir so, es gibt zwei Arten von Hexen. Die Guten und die Bösen.

FaraNa, die Tochter der Na, ist ein Titel, kein Name. Die Töchter der Na, die FareNa, sind eine Schwesternschaft von Naturpriesterinnen, die die Schöpfung, den Urgrund, in seiner ursprünglichsten Form anbeten. Wir sind sowas wie gute Hexen, Heilerinnen und leben im großen Kreislauf der Natur. Wir töten Untote, wo wir ihnen begegnen und bekämpfen Schwarze Magie. Also sind wir natürliche Gegner der Bruderschaft.

Aber natürlich gibt es auch diese Schwarzen Künste. Es gibt Personen jeden Geschlechts, die das Böse tun, die Menschen verfluchen, die Untote erschaffen. Meine Schwesternschaft hat die Aufgabe, diese Schwarzmagier zu bekämpfen. Du siehst, wir stehen also auf derselben Seite." Beschämt ließ Gerant den Kopf hängen: „Das habe ich nicht gewusst, verzeih!"

Dania nahm den Leutnant in Ihre Arme und drückte ihn: „Gerant, du bist mein älterer Bruder. Natürlich willst du mich beschützen. Aber das ist nicht nötig. Gehe deinen Weg und werde glücklich. Aber zuerst müssen wir den Grafen retten." – „Ja, das machen wir", auch der Soldat hatte nun seine Schwester umarmt und gedrückt.

„So, und jetzt höre nur weiter zu. Am Berggipfel ist meine Lehrerin vor meiner Weihe an Altersschwäche verstorben. Die Göttin selbst, Na, hat sich manifestiert und mir einen Göttlichen Segen erteilt. Ich bin also sozusagen von der Göttin erwählte Priesterin. Die Alte ist dort geblieben, wo sie selbst sich ihren Ort der Totenruhe gewünscht hat. Den Körper hat sie der Natur zurückgegeben. Ihr Geist ist in die Schöpfung eingegangen. Auch Berecht und Leumond haben das nicht verhindern können."

„In Ordnung. Aber was hat das jetzt mit einem Attentat auf den Grafen zu tun?"

„Gemach. Der Sohn des Grafen ist extrem Ehrgeizig. Ich nehme an, er hat einen Handel mit der Bruderschaft. Was der Handel ist, kann ich nur raten, daher lasse ich das lieber. Aber Fakt ist, dass er mich tot braucht. Nicht gefangen. Nicht verurteilt. Tot."

Gerant blickte geknickt seine Schwester an. Das war tatsächlich genau das, was Leumond wollte. Celestina musste tot sein.

„Nun", fuhr Dania fort, „Berecht ist Geschichte. Somit hat der Sohn des Grafen niemanden mehr, der mich finden kann. Wie soll er mich dann finden? Er wendet sich also an die Bruderschaft und holt sich einen neuen Magier. Oder eine Hexe, oder was immer ihn da begleitet. Heilerin wird es wohl kaum eine sein, die Bruderschaft ist nicht dafür bekannt, sowas in ihren Reihen zu haben. Und sie reiten in großer Geschwindigkeit auf die Burg zu. Das Pferd des Grafen wird noch den Staub der Ebene der Toten auf dem Fell haben. Ich konnte sie nur dank der Verwandlung in einen Vogel überholen. Dabei musste ich aber alle meine Besitztümer zurück lassen. Um dich zu warnen."

„Nun, liebe Schwester, aber warum soll er meinen Dienstherren bedrohen? Bis jetzt bedroht er dich."

„Ja, er bedroht mich. Aber er wird wie bei der Bruderschaft üblich vorgehen. Sie werden diese Grafschaft übernehmen und unter seiner Führung hier einen

Stützpunkt etablieren. Dann werden sie unsere Familie in Geiselhaft nehmen und mich so anlocken wollen. Und dann werden sie euch alle töten, damit ihr kein Risiko mehr darstellt. Und dann werden sie mich töten."

„Ja, und wo ist da der tote Graf?"

Innerlich fluchte Celestina. Manchmal war ihr Bruder begriffsstutzig. „Denk mal nach. Was braucht die Bruderschaft hier, um regieren zu können?"

„Naja, einen Grafen."

„Und, ist Roderich II ein Mitglied der Bruderschaft?"

„Ich denke nicht."

„Und ich auch nicht. Aber wer könnte ein Mitglied oder mit ihr verbündet sein?"

„Mag sein, aber er hat auch noch zwei Brüder, beide älter und in der Rangfolge deutlich vor ihm."

„Nun, dann bekommst du die nächste Vorhersage von mir: Binnen weniger Tage wird hier die Nachricht eintreffen, dass die beiden Brüder Leumonds eines tragischen Todes gestorben sind."

„Wenn das wirklich eintritt, dann glaube ich dir die Sache mit der Bedrohung. Vorher nicht."

„Reicht mir, Gerant. Gib mir bitte nur die Gelegenheit, mich hier auf der Burg irgendwo zu verbergen. Glaub mir, wenn es soweit ist, kann ich helfen, den Grafen zu retten."

„Wenn es dich nicht stört, wir suchen einen Stalljungen. Ich kann dir Gewänder besorgen und sagen, dass du mit mir verwand bist und in die Dienste des Grafen treten willst. Das sollte helfen. Aber du wirst dir die

Haare kurz scheren müssen und auch deinen Körper ein wenig einem Jungen anpassen. Offiziell bist du vierzehn. In Ordnung?"

„Reicht mir. Danke für dein Vertrauen, Gerant. Bitte, hilf mir noch mit der Kleidung."

Gerant war sich nicht sicher. War er jetzt bezaubert worden. Aber es war nichts zu spüren gewesen. Nur Worte. Und was sollte das, mit der Magie? Er und zaubern? Gut. Aber falls seine Schwester Recht hatte, musste sich ja bald was tun. Gerant nickte also seiner Schwester zu und meinte: „Bleibe bitte hier, ich komme gleich mit Gewand. Dann zieh dich an und schlafen kannst du im Stall. Morgen früh wirst du dem Haushofmeister offiziell vorgestellt. Du bist von unserer Mutter ein Großneffe. Hier ein Handzeichen", dabei bewegte er Zeige und Mittelfinger v-förmig weg von Ring- und Kleinem Finger. Ein Zeichen, das alle seine Geschwister kannten und konnten, wie er wusste. „Mit diesem Handzeichen können wir einander unauffällig zu verstehen geben, dass wir sprechen müssen. Ich werde dich im Befehlston kommandieren, dass du mitkommen sollst, dann bringe ich dich an einen sicheren Ort zum Reden. Besser, es bleibt selten. In Ordnung?"
Dania nickte.

Gerant war gegangen und Dania war alleine. Es war vielversprechend gut gegangen, mit dem Leutnant. Immerhin hatte er sie nicht sofort versucht zu töten. Hoffentlich hatte sie jetzt auch alles so gesagt, wie es kommen musste. Und hoffentlich reagierte der Soldat dann rasch und richtig. Nun, das musste sie ihrem Bruder und dem Schicksal überlassen. Sie hatte getan, was möglich war. Um dem Grafen das Leben zu retten und die Grafschaft und ihre Familie vor einem grausamen Schicksal. Auch nahte noch Hilfe, was immer sie wert war, in Form der Däms.

Gerant ließ sich etwas Zeit. Zuerst machte er rasch die Runde fertig. Dann avisierte er am Tor die Ankunft zweier Reiter, sollten diese kommen, war er sofort zu rufen. Dann erst ging er in die Zeugkammer, zu der er Zutritt hatte. Kurz darauf hatte er ein einfaches Burg-pagen-Gewand zusammengestellt, das in der Größe entsprach und machte sich auf den Weg zu seiner Schwester. Er konnte gerade noch die Kleidung durch die Türe reichen, da ertönte schon der Ruf der Wache: „Reiter!"

VIII.

Gerant stand mit einer kleinen Ehrengarde am Tor und salutierte, als Leumond mit Reisender in Begleitung eintraf. Der Grafensohn war abgestiegen und zog sein Pferd die letzten Meter, so erschöpft war das Tier. Und dreckig. Deutlich sichtbar lag ein hellgelblicher Staub auf den Flanken. „Ruft einen Pagen", befahl der Grafensohn, da sah er vom Turm her einen jungen Burschen kommen: „He, Page, übernimm das Tier! Und wenn es morgen tot ist, wirst du geschlagen!"

Ohne den Pagen eines Blickes zu würdigen, warf er die Zügel in dessen Richtung, nickte Reisender zu und rief zu Gerant: „Bereitet bitte meine Privatquartiere vor, und ein Gästezimmer für meine Begleitung, Die edle Dame..." – „Merinda", meinte Reisender zuckersüß mit magisch veränderter und deutlich femininer Stimme. „Merinda", machte Leumond das Echo.

Gerant nickte und gab die entsprechenden Anweisungen. Noch war die Burg nicht im Schlaf. Auch wenn die Mägde und Pagen wohl kaum Freude mit den Anweisungen hatten. Verdammt, diese Merinda war ein Traum jedes Mannes. Und wenn das jetzt wirklich eine Magierin war? In dem Augenblick klatschte diese Merinda in die Hände und das Pferd verschwand in einer Rauchwolke. Großes erstauntes „Oh" von den Umstehenden. Und innerlich dachte Gerant: „Mist, Celestina hat die Wahrheit gesagt!"

Der alte Graf, ein großgewachsener, aber vom Alter inzwischen gebeugter Mann mit wallendem weißen Haar und Bart, nahm seinen Sohn an der Treppe zum Haupthaus der Burg mit einer Umarmung in Empfang: „Leumond, mein Sohn! Willkommen zurück. Und wen darf ich da begrüßen?" Mit einer Verbeugung wandte sich der Vater der rothaarigen Schönheit zu, die vor ihm stand. „Baronin Merinda mein Name, Gräfliche Hoheit", nickte die Frau höflich zurück, „und Ihr müsst der berühmte Graf Roderich sein, meine Aufwartung", gefolgt von einem höfischen Knicks.

„Vater, ich habe mich für uns nach dem unrühmlichen Abgang von Baron Berecht um eine neue mögliche Hofmagierin umgesehen. Die edle Dame Merinda ist mir von früher bekannt. Sie war bei unseren Nachbarn zu einer Jagd eingeladen und ich habe sie gebeten, es in Erwägung zu ziehen, bei uns als Hofmagiern tätig zu werden. Sie hat mir versprochen, unsere Grafschaft in Augenschein zu nehmen. Und so ist sie hier."

Der Altgraf nickte und meinte: „Magierin Merinda, seid uns willkommen." Dann bot er der Dame seinen Arm, den diese neckisch ergriff. Gemeinsam betraten die Drei das Haupthaus der Burg mit der Burghalle.

Murrend hatte sich der Leutnant zu dem Pagen im Stall gesellt, der sich gerade um das völlig erschöpfte Tier des Grafensohns kümmerte. Unter normalen Umständen wäre das Pferd nun zu erschöpft zum Fressen und Trinken gewesen. Aber mit einem kleinen, unauffälligen Stärkungszauber war es für die Priesterin ein Leichtes gewesen, das Tier an die Tränke zu stellen. Gerant nickte anerkennend, als er den Zustand des Pferdes bemerkte: „Immerhin, da hat deine Magie Großes geleistet." Dania war noch beim Striegeln. Ein Hafersack und genug Wasser standen bereit und das Tier war bereits beim Essen. Unter ihren fachkundigen Händen erholte sich das Tier zusehends. „Schön, dass du das wenigstens anerkennst", bemerkte sie freundlich. Gerant kam sich trotzdem etwas blöd vor.

„Was wirst du machen, wenn du mit dem Pferd fertig bist?", fragte der Leutnant. Die Antwort überraschte ihn wenig: „Etwas schnüffeln, dann schlafen." Aber Dania war noch nicht mit ihrem Bruder fertig: „Wie hat denn die Celes auf die Magierin reagiert?"

„Noch gar nicht, sie überwacht gerade ein Erstnacht-Recht", antwortete der Soldat. „Aber sie wird dann schon kommen. Wieso?" – „Ach, nur wegen der Magierin", meinte die Priesterin, „ich kann mir nicht vorstellen, dass sich die beiden Frauen sehr mögen werden. Mal sehen, was ich noch rausfinden kann. Sag mir bitte, was mag Leumond lieber – Hunde oder Katzen?"

„Katzen? Leumond hasst Katzen. Der ist ein Hundenarr. Jagdhunde. Und er hat auch drei scharf abgerichtete Wolfsrüden, die außer ihm nur ein paar Diener pflegen dürfen. Und die Diener müssen Kettenhemd und Kettenhandschuhe tragen, wenn sie die Tiere füttern."

„Freundlicher Zeitgenosse, dein Chef." – „Er ist nicht mein Chef. Nur der Sohn des Chefs." – „Ja, ja. Und wenn er seine Brüder los ist und seinen Vater ermordet hat, ist er dein Chef." – „Noch hat er nicht." – „Und wenn er es hätte, Gerant, wirst du ihm dann auch dienen, wie du es dem Vater getan hast?" – „Nun, wenn er ein Mörder ist, müsste er von Gesetz wegen verurteilt werden." Dania kicherte leise: „Ach, Bruderherz, hier und Gesetz? Wenn er der Erbe der Grafschaft ist, wird er Graf. Und du musst ihm dienen. Selbst wenn du weißt, dass er selbst den Vater ermordet hat." – „Das wird die Celes wohl verhindern, oder?" Dania war nun ob der Naivität ihres Bruders echt amüsiert: „Also, das erste, was ich machen würde, wenn ich meinen Vater ermordet hätte, wäre, die Celes auch zu töten. Oder sie einfach entlassen, je nachdem wie sauber der Mord wie ein Unfall aussieht. Tut mir leid, Gerant. Aber die Celes wird gar nichts machen. Entweder sie verschwindet lebend oder sie verschwindet als Tote. Aber sie verschwindet."

„Celestina, du siehst zu schwarz. Glaub mir, die edle Dame Sirnia kann sehr gut auf sich selbst aufpassen. Und sie weiß besser als du und ich, was richtig und was falsch ist." – „Ja, aber sie ist ein Hof-Celes. Auch sie kann gewisse Dinge nicht tun oder ändern, ohne die Gesetze zu verletzen." – „Nun, wir werden sehen. Noch leben ja die Brüder."

„Gut Gerant, dann hilf mir noch mit einer Sache: Wo hat denn dein sauberer Herr Junggraf seine Kettenhunde?" – „Was, bist du wahnsinnig genug, zu denen zu gehen, oder was?" – „Lass das meine Sorge sein. Also, wo hat er die Hunde?" – „Im Rosengarten der Burg. Es gibt an der Südmauer neben dem Haupthaus eine kleine Pforte. Die ist nicht abgesperrt, aber von innen verriegelt. Niemand ist verrückt genug, zu diesen Hunden zu gehen."

„Eine Frage noch: Warum lässt der Altgraf das seinem Sohn durchgehen?" – „Warum hat unser Vater dir erlaubt, Hexerei zu lernen. Und bevor du losschimpfst, auch gute Hexerei bleibt Hexerei. Aus demselben Grund, weshalb der Graf Leumond die Hunde erlaubt: Er liebt seine Kinder." – „Na, dann wird ihm die Nachricht vom Tod seiner Söhne das Herz brechen." – „Möglich. Und es gibt nichts, was wir dagegen jetzt tun können, wenn du mit deinen Vorhersagen Recht behalten solltest." Dania nickte: „Wahr gesprochen, Bruder. Und es ärgert mich!" – „Liebste Celestina, wir können die Welt nicht retten. Aber vielleicht können wir wenigstens hier etwas Gutes bewegen." Gerant blickte aufmunternd auf seine Schwester, winkte, wünschte eine „Gute Nacht" und ging zu seinen Pflichten.

Kaum war das Pferd des Grafensohns versorgt und stabil im Stall zur Rast gelegt, schlich sich Dania hinaus. Rasch war gefunden, was sie suchte: Einer der gräflichen Jagdhunde schlich im Hof herum. Sie beruhigte und streichelte das Tier, dann nahm sie ein loses Haar vom Fell und ging wieder in eine dunkle Ecke. Die Burg selbst war inzwischen zur Ruhe gekommen und ihr Bruder saß in der Wachstube bei den anderen Wachen und arbeitete offensichtlich an einem Bericht oder etwas ähnlich wichtigem.

Rasch war sie in Hundeform gegangen. Auch hier fand sich etwas, dass sie störte und daran erinnerte, dass sie Mensch war. Hunde hatten ausgesprochen schlechte Augen. Dafür war die Welt bunt von Gerüchen. Und die Wege, die von den Hof- und Jagdhunden genutzt wurden, leuchteten in diesen Gerüchen wie eine Straße am hellen Tag. Daher war es ihr ein leichtes, in das Haus zu gelangen. Nur hatte sie nicht damit gerechnet, ausgerechnet mit einem anderen Hund Probleme zu bekommen. Doch die Rudelführerin, eine Wolfshund-Dame, fing sie in der Küche ab. Da sie den Geruch des Hundes vor ihr nicht kannte, reagierte sie äußerst sauer und aggressiv. Mit gespreizten Beinen, hohem Rücken und lautem Knurren fuhr sie Celestina an. Die FaraNa war kurz überfordert, da der eigene Hundekörper automatisch und instinktiv mit derselben Haltung reagierte. Doch dann hatte die Priesterin sich unter Kontrolle. „Mein Rudel. Mein Revier!" – Wölfe und damit Hunde waren Tiere des Bog, wie die Priesterin wusste. „Dein Rudel, dein Revier. Mein Bog. Diene Bog. Suche fremde Frau. Befehl Bog!"

Die Rudel-Chefin war verunsichert: „Geruch Frau tot? Angst Frau?" – „Jage Frau." – „Bog jagt Frau?" – „Diene Bog. Bog Frau tot." – „Herr sicher?" – „Herr rette Leben. Geruch tot Frau böse!" Wiederwillig ließ die Wolfshunddame die Priesterin passieren. Sie schnüffelte aber nochmal an der fremden Hündin und meinte dann: „Gut. Habe Geruch. Gehe tot Frau. Such, Such. Böse! Böse!"

„Brauche Rudel Hilfe. Geruch tot Frau Böse jagt.",
meinte Celestina. „Bog jagt Frau böse." – „Frau Geruch
schlecht. Tot. Leiche. Kein Futter. Hilfe Herr. Rudel
hilft." Die Rudelchefin umrundete die FaraNa nochmal
entspannt, dann stupste sie sachte das Hinterteil an.
Dania atmete innerlich auf. Offensichtlich war etwas
mit der Frau neben Leumond überhaupt nicht in Ordnung. Die Hunde hatten das auch festgestellt und die
Rudel-Anführerin hatte offensichtlich zugestimmt, der
Priesterin gegen die Frau zu helfen, wenn das dem eigenen Herrn diente. Hundelogik war der FaraNa fremd.
Es ging um Jagd, Geruch, Unterwerfung – alles The-
men von Bog. Aber es schien so als hätte sie hier das
Gespräch richtig geführt. Celestina war dankbar, dass
ihr Vater ihr so viel über Tiere und ihr Verhalten beigebracht hatte, auch über Jagdhunde. Nun hatte es wirklich geholfen: „Dank Herrin Rudel"
Die anderen Hunde des Rudels blickten interessiert zu.
Hatte ihre Chefin soeben die Fremde ins Rudel aufgenommen? Oder nicht? Offensichtlich war es in Ordnung, dass die Fremde durch das Revier strich. Trotzdem blieb Celestina unter Beobachtung, als sie die
Küche in Richtung des Hauptraums verlies. Und die
Priesterin hatte kurz Zeit, darüber nachzudenken, was
wohl mit der Frau nicht stimmen mochte, dass sie den
Geruch des Todes, von verdorbenem Fleisch, trug.

Reisender war froh, seine Tarnung in den Privatquartie-
ren ablegen zu können. Die Haut litt unter den Strapazen. Aber noch mehr litt Reisender. Das natürliche

Verhalten in dieser Haut, oft geübt, war anstrengend und verlangte Konzentration. Vor allem, wenn andere Menschen anwesend waren. Auch waren ihm die Hunde nicht geheuer, die der Graf und sein Sohn überall im Haus hatten. Jagdhunde, treue Tiere. Aber eben Hunde. Hunde konnte man nicht mit einer Haut täuschen, die rochen den Tod. Entsprechend nervös hatten die Tiere reagiert. Und hier einen Hund töten war sicher auffällig. Das konnte er erst ungestraft, wenn er die Kontrolle über die Grafschaft hatte. Und dann war es ihm aber ein inneres Bedürfnis. Oh, wie er sich nach dem Gemetzel sehnte, dass er hier unter den Lebenden anrichten konnte! Und bis dahin... Mit einem geübten Griff zog Reisender ein kleines Reisezauberbuch aus seiner Reisetasche und begann zu lesen.

Leumond saß mit seinem Vater im Kaminzimmer. Mehrere Hunde saßen oder lagen zu ihren Füßen und im Raum verteilt. Der Vater hatte mit der neuen Magierin überhaupt keine Freude: „... selbst unsere Hunde sind nervös, unruhig und knurren. Und so wirkt die Person zwar hübsch und alles, aber viel zu jung und unerfahren, um eine große Magierin zu sein. Bis auf die Augen, die merkwürdig alt und blutleer aussehen. Wie zwei elfenbeinerne Juwelen mit schwarzen Punkten darin. Keine Iris. Ich mag diese Person überhaupt nicht. Wir werden sie die nächsten Tage in Ehren bewirten, wie es einer Meisterin der Akademie zukommt, aber dann verschwindet die Dame. Haben wir uns verstanden?"

Der junge Graf murrte: „Ja, Vater." – „Leumond, ich schätze deine aktive Art, dich um die Dinge zu kümmern. Aber bitte, wie bei Berecht und seinem Vorgänger. Wir müssen vorsichtig sein. Noch so einen Bruderschaftsmagier können wir uns einfach nicht leisten. Du weißt, wir leben..." – Der Sohn setzte die väterliche Predigt auswendig fort: „... von den Leuten im Lehen. Wir müssen daher für die Menschen sorgen, die uns unterstellt sind. Wir sind nicht die Bruderschaft, keine Untoten, wir haben keine Sklaven. Sondern Menschen mit Rechten. Vater, was soll die Predigt, ich kenne sie beim Urgrund auswendig, inzwischen." – „Und, wann gedenkst du es zu beherzigen?" – „Vater?" – „Oh, Sohn, glaube nicht, dass mir deine Spielchen verborgen geblieben sind. Zum Glück wird Petar, dein ältester Bruder, Graf. Du gäbest einen schlechten Grafen ab. Deine Vorlieben, deine gierigen Blicke, wenn die jungen Bräute in unsere Kapelle geführt werden. Und glaube nicht, mir wäre deine Jagd auf die Hexe und ihre Schülerin entgangen, die am Ende Baron Berecht das Leben gekostet hat. Zum Glück für uns hat die Schülerin den Schwarzmagier enttarnt. Aber denke nicht, ich hätte nicht bemerkt, dass du Feuer und Flamme dafür warst, die Hexe zur Strecke zu bringen. Hexen sind auch Menschen, kein Freiwild, auf das wir eine Herrschaftliche Jagd eröffnen. Und auch die Sache mit deinen Hunden im Rosengarten. Denkst du, ich weiß nicht, dass du sie scharf abrichtest?"

Leumond hatte den Kopf eingezogen. Aber innerlich dachte er nur: „Rede, bald bist du tot und ich Graf. Und dann werde ich auf deinem Grab tanzen und darauf urinieren und koten. Und du kannst mich nicht mehr belehren und bevormunden. Dann lebe ich endlich das Leben, das einem Herren, einem Grafen zusteht! Das du selbst dir immer versagt hast, weil du der Celes zuhörst und nicht verstehst, wie man Spaß im Leben hat!"

Graf Roderich wusste, seine Worte mochten wieder einmal auf taube Ohren stoßen. Das war er gewohnt. Leider gab es inzwischen viele solche junge Adlige wie seinen Sohn. Wo immer er auf andere Grafen und Barone traf, hörte er dieselben Klagen. Vielen gelang es wenigstens, ihre Erstgeborenen einigermaßen zu vernünftigen zukünftigen Verwaltern auf ihren Ländereien zu erziehen. Aber viel zu viele zweitgeborene und drittgeborene Kinder waren verzogen, verweichlicht und dekadent. Daran schuld war das Hoffahrt-System, welchen alle Kinder der großen Grundbesitzer und Adligen unterworfen waren. Von zwölf bis sechzehn Jahre, so lautete das Gesetz, hatten alle männlichen Adligen am Hof des Kaisers Pagendienst zu leisten. Offiziell mussten sie in der Zeit viel lernen und bekamen Unterricht in Kriegskunst und Verwaltung. Inoffiziell waren viel zu viele dieser Kinder nach der Hofzeit undiszipliniert, dekadent und unwillig, was Anständiges aus sich zu machen.

Bei den Mädchen war es etwas leichter. Nur zwei Jahre, von vierzehn bis sechzehn, als Zofen am Kaiserhof. Das war auch gleichzeitig eine gute Hochzeitsbörse, sodass die Eltern der Kinder in der Regel beim Abschlussball nach der Zofenzeit die entsprechenden Vereinbarungen trafen. Dort waren auch regelmäßig die aus der Pagenzeit in den gehobenen Dienst gewechselten Söhne anwesend. Und über allem wachten die Celes. Nur, es schien, die wurden immer älter und immer weniger. Und ihr Einfluss bei Hofe schwand. Oder täuschte der Altgraf sich, einfach weil seine eigene Pagen-Zeit und die Zeit in der Armee für vier endlose Jahre schon so lange her waren?

„Nun, Sohn, es wird Zeit zu Bett zu gehen. Aber das sage ich dir. Meinen Segen für eine Heirat mit dieser Magierin hast du nicht!" – Leumond lachte laut auf: „Das sind deine Sorgen, Vater? Du glaubst allen Ernstes, ich will DIE heiraten? Bitte, sei dir ganz, ganz sicher: Diese Magierin heirate ich bestimmt nicht!" – „Nun, Sohn, dann ist ja gut. Und bitte sorge dafür, dass diese Frau so bald als möglich unsere Grafschaft wieder verlässt. Ich zähle dabei auf dich. Eine geruhsame Nacht wünsche ich." – Der Altgraf stand auf und schlurfte zum Treppenhaus. Sein persönlicher Leibhund folgte ihm.

Leumond ignorierte die Hunde, die ihm zu folgen versuchten, als er zum Zimmer von Reisender schlich. Diese lahmen Jagdhunde interessierten ihn nicht. Seine Hunde würden den Wölfen näher sein, wie die scharfen Tiere, die er im Rosengarten hielt. Vor dem Raum angekommen, vergewisserte er sich, dass kein Mensch ihn beobachten konnte. Dann klopften seine Knöchel der linken Hand mit „Poch – Pochpoch – Pochpoch – Poch" an die schwere Eichentüre. Reisender öffnete, es war aber nur die mumifizierte Hand zu sehen, aus dem Sessel, über dessen hohe Lehne die Haut leger gelegt war. Der Zombie hatte wieder mal Magie gewirkt. „Komm rein!", krächzte die Stimme des Untoten.

Rasch hatte der Grafensohn die Kammer betreten und die Türe hinter sich geschlossen.

Dania schlich sich an die Türe und stellte ihre Ohren auf. Zum Glück hatten Hunde ein gutes Gehör. Nicht so gut wie Katzen, aber für das Gespräch hinter der Türe reichte es. Am anderen Ende des Ganges saß ein alter Hund und schien zu schlafen.

„Reisender, wie sieht es aus? Neuigkeiten?" – „Gemach, gemach. Wir wollen ja anständig schockiert und überrascht sein, wenn Eure Brüder tot sind, oder?" – „Ich halte diesen Alten nicht mehr aus. Er will Euch möglichst rasch wieder loswerden. Ihr seid keine Ehefrau für mich, hat er allen Ernstes gemeint." Ein hohles Lachen ertönte: „Das ist ja eine gute Neuigkeit. Da muss ich Euch wenigstens keine Absage erteilen." Leumond säuerlich: „Glaubt mir, auf die Idee wäre ich nicht mal dann gekommen, wenn Eure Haut mit einem lebenden weiblichen Wesen gefüllt gewesen wäre. Aber so fällt es mir nicht einmal schwer, meinem Vater zu versichern, dass ich keinerlei Pläne hege, um Eure Hand anzuhalten. Trotzdem."

Leumond machte eine Kunstpause, dann: „Nun, die Na-Priesterin werden wir wohl kaum fangen können, bevor ich nicht Graf bin. Also, es wird sich die Bruderschaft wohl eilen müssen, wenn sie hier erfolgreich sein will!"

„Droht ihr der Bruderschaft?", die heißere Stimme des Zombie-Magiers war nun frostig und bedrohlich. „Leumond, wir können Euch auch einfach verraten und dafür sorgen, dass Ihr nie Graf werdet. Entweder Ihr benehmt Euch und werdet der Graf, oder ich sorge dafür, dass Ihr jeden Tag verfluchen werdet, der Euch von heute an noch bleibt, bis ich am Ende Eure Haut ernten werde. Das", Kunstpause, „ist jetzt eine Drohung!"

Dania konnte gerade noch zur Seite springen, als die Türe aufgerissen wurde und Leumond wütend an ihr vorbei stürmte, sie keines Blickes würdigend. Hohles Gelächter aus dem Raum dahinter, dann fiel die Türe ins Schloss.

„Fremde", sprach der Hund sie an, ein alter Rüde, der da ruhig am Ende des Ganges lag, mit tiefer Stimme. „Chefin Ruhe geben. Neugier. Frau tot?" – „Vorsicht. Unsicher.", meinte Dania, „Geruch tot kein Futter. Tot lebt tot. Laut tot." – „Nase gut. Kein Mensch. Tot." – „Kein Mensch. Tot. Kein Futter." – „Bog tun?" – „Chefin laut. Bog Mensch Geruch nehmen. Rudel Hilfe jagt tot

Frau." – „Gebe Laut. Hilfe jagt." – „Dank Rudel. Jagd Erfolg Bog."

Der alte Hund blickte auf die Priesterin: „Weise Bog. Jagd Erfolg Bog Dank."

Wenn Dania den alten Hund gerade richtig verstanden hatte, konnte sie auch in Menschengestalt mit Hilfe des Rudels rechnen. Der alte Hund wollte es dem Rudel weitersagen. Der Segen Bogs, der Jagderfolg für das Rudel. Was sonst? Nun, hier bei den Menschen war der Segen Bogs nicht nötig. Der Erfolg war immer ausreichend zum Leben. Trotzdem musste sie den Hunden, wenn das vorbei war, einen Segen des Urgrundes geben. Als Dank.

Rasch war der Hund zurück in den Hof gelaufen. Dania kam aus dem Hund heraus, wo sie ihre Kleider versteckt hatte. Und wieder hatte sie glücklicherweise niemand beobachtet, außer einem Hütehund am Hof, was aber nichts machte. Die Hunde sollten die Wahrheit ruhig wissen. Rasch schlüpfte sie in den Stall und verbarg sich im Stroh. Bald schon war sie eingeschlafen. Wilde Träume von Flügen, Flöhen und Untoten begleiteten sie.

Früh am Morgen wurde die Priesterin unsanft durch Fanfarenstöße geweckt. Der Zug des Bräutigams zur Heimholung der Braut war angekommen. Irgendwie erinnerte sich die FaraNa daran, dass es ja auch das Recht der ersten Nacht gab. Dieses Mal sogar insgesamt zwei Mädchen, die ihren Männern heimgegeben wurden, wie sie feststellte, als sie angezogen und weitgehend vom Stroh befreit und gut getarnt als Stalljunge vor den Stall trat.

So konnte Celestina auch einen Blick auf die Celes des Grafen tun, die inzwischen deutlich gealtert war und nun wie eine gütige, aber strenge Lehrerin oder Gouvernante wirkte.

Ein Blick in die Magie zeigte, dass auch diese Celes Talent besaß. Hatten eigentlich alle Halbengel Talent? Wenn die Lehrerin Recht hatte, dann war es so.

Nun hatte Dania auch die Gelegenheit, einen Blick über den Burghof zu werfen. Torhaus mit Wachstube darüber. Wall links bis zum Turm, Wall rechts bis zum Stall. Hinter dem Stall ein kleiner Wachturm, dann ein Wall bis zum Haupthaus. An das Haupthaus angebaut, aber mit eigenem Zugang die Burgkapelle. Die Treppe zum Haupthaus aus Holz und einfach zerstörbar. Das Haupthaus noch einmal zu Wehrzwecken hoch gebaut und nur kleine Fenster. Hinter dem Haupthaus ein Bergfried. Zur anderen Seite ein Wall bis zum Wachturm, was der Burg als Ganzes und dem Hof im Inneren eine Dreiecksform gab. In Mitten des Hofes das Brunnenhaus mit einer dieser neuen Hebepumpen, die im Moment im Reich wo immer möglich die alten Kübelzüge ersetzten. Die Burg war für einen Grafenhof klein. Aber wie Dania wusste, gab es noch eine Vorburg, wo sich die Kanzleien, die Schmiede und die Mannschaftsquartiere befanden. Und der große Paradehof lag.

Jedenfalls war der Blick über den Burghof nur kurz, denn dann kam schon der Haushofmeister mit Gerant an der Seite auf den Stall zu. Der Mann warf einen Blick auf Dania, nickte nur kurz und meinte: „Lass ihn auf der Liste eintragen." Dann eilte der ältliche ehemalige Ritter schon wieder Richtung Haupthaus, wo die Brautleute gerade von der Celes verabschiedet wurden.

Als Celestina sich umwandte, war direkt hinter ihr der Hund von der Nacht. Er schnüffelte an der jungen Frau herum, dann wedelte er mit dem Schwanz und machte den Weg frei. „Na, du kennst mich auch, nicht wahr?" Der Hund schien zu blinzeln, als verstünde er.

Zurück im Stall machte Dania sich ans Tagwerk eines Pagen. Sie musste bis zum Frühstück den Stall geputzt und die Tiere mit Futter und Wasser versorgt haben, um nach dem Essen die Pferde striegeln und am Hof ausführen zu können. Harte Arbeit, aber nichts Ungewöhnliches für die Priesterin.

Die edle Dame Sirnia, die Celes am Hofe Roderichs II hatte auf ihrem Schreibtisch in der Kanzlei eine eigene Ablage, wo magisch versandte Briefe materialisierten. Diese Ablage war von einem mächtigen Magus der Akademie so verzaubert worden, dass Briefe sie erreichen konnten, wenn diese mit einem speziellen magischen Verfahren abgeschickt wurden. Leider war es nur dann möglich, eine Antwort auf diesem schnellen Weg zu senden, wenn der jeweilige Hofmagier über den nötigen Zauberspruch verfügte. Was Baron Berecht leider nicht gekonnt hatte. Und derzeit besaß die Grafschaft keinen Hofmagier. So waren alle Antworten darauf angewiesen, zur Hauptstadt des Herzogtums Schattenrand mittels

Boten übersandt zu werden. Deswegen und wegen der Kosten, die diese Kommunikation verursachte, waren nur äußerst wichtige Nachrichten auf diesem Weg zu übersenden. Dennoch hatte es sich die Celes zur Gewohnheit gemacht, mindestens einmal jede Früh und jeden Abend bei dieser Ablage vorbei zu sehen. Auch wenn es nur sehr wenige Tage gab, wo wirklich einmal ein Brief ankam.

Umso ungewöhnlicher war dieser Morgen nach der durchwachten Nacht, denn als sie in der Früh und noch bevor sie endlich sich in ihr Quartier über der Kapelle zurückziehen konnte, an die Ablage herantrat, lagen da zwei Pergamentbögen, sauber gesiegelt, mit dem Siegel der Imperialen Kanzlei für Adelsangelegenheiten. Ganz hochoffizielle Schreiben. An Graf Roderich persönlich adressiert. Was noch ungewöhnlicher war, denn üblicherweise waren Schreiben der Kanzlei an die Verwaltung der Grafschaft als Empfänger gerichtet. Es lief zwar dieses Anschreiben ziemlich auf dasselbe heraus wie die Anschreiben persönlich an den Grafen, da Roderich II sich alle Schreiben vorlegen ließ. Aber es bedeutete dieses Mal, dass Baronin Sirnia nicht vorher den Inhalt einsehen durfte. Das Siegel musste bei persönlichen Anschreiben ungebrochen bleiben.

Die Celes nahm diese, kaum dass sie der Schreiben ansichtig wurde, von der Ablage. Dann eilte sie durch die Vorburg zum Tor, ahnend, dass der Inhalt gewichtig sein musste.

Am Tor traf sie auf den Wachoffizier Gerant, einen jungen, aber sehr ambitionierten Leutnant, der als absolut unbestechlich und aufrichtig galt. Roderich setzte viel Hoffnung in den jungen Mann, dass er dereinst Wachhauptmann werden konnte. Oder sogar Anführer des gräflichen Regiments im Feld, welches die Grafschaft im Kriegsfall zu stellen hatte. Auch ihre eigene Ansicht über den Mann ging in eine ähnliche Richtung. „Gerant!", rief sie schon auf ein paar Meter Entfernung, „Bitte umgehend den Grafen informieren lassen. Wir haben persönliche Anschreiben an ihn bekommen, von der Imperialen Kanzlei!"

Gerant war sich sofort im Klaren, was das bedeutet. Innerlich fluchte er erneut, dass er seiner Schwester so wenig geglaubt hatte. Wenn seine Schwester Recht behalten sollte, waren die übermittelten Neuigkeiten in den Schriftrollen alles andere als gut. Trotzdem, ein Zeitverzug oder gar das Öffnen der Schreiben kamen nicht in Frage. „Korporal Berri, übernehmen! Ich selbst gehe zum Grafen."

Schon eilten die Beiden weiter zum Haupthaus. Aufsehen am Innenhof der Burg. Was mochte jetzt wieder los sein? Mehrere neugierige Gesichter, die zu allen Fenstern und Türen hinaus starrten. Und der Haushofmeister, der eilends die Türe zum Palas aufmachte. Was immer hier los war, es war dringend. Eine kleine Gruppe sich selbst als wichtig sehender Personen des Grafenhofs folgte den beiden Offizialen in die Haupthalle. Ihnen folgten die Neugierigen, die Mägde und Zofen, Pagen und Knechte.

Roderich saß schon mit seinem Sohn und der Magierin beim Frühstück, als die Celes und ihr folgend der restliche Hofstaat auf ihn zutraten. Die Celes machte den vorgeschriebenen Knicks und reichte die beide Rollen mit beiden Händen zum Grafen: „Euer Gnaden, Nachrichten persönlich für Euch, gesiegelt von der Imperialen Hofkammer." Dann jedoch blickte sie sich um und stutzte bei der Magierin. Irgendetwas, sagte ihr innerer Sinn, war mit der Frau nicht in Ordnung. Der Graf jedoch machte weitere Betrachtungen dazu zunichte. Er wischte sich den Mund an einer bereitliegenden Stoffserviette ab und meinte: „Bitte, Sirnia, brecht das Siegel und lest mir vor. Ihr seht, ich esse noch."
Die Celes verneigte sich, brach das Siegel und entrollte mit theatralischer Geste die Rolle. Dann las sie mit lauter, ruhiger Stimme vor:

Demur, dem 12. Im Jahre 23 der Kaiserin Isbel III.

Gegeben zur Hofkanzlei des Kaiserhofs von Adulaid. Gezeichnet Gisbertus, Oberkanzleirat.

Der Graf unterbrach kurz mit einer Handbewegung: „Gisbertus ist bei der Adelsverwaltung. Wenn die Hofkanzlei für Adelsangelegenheiten eine Nachricht sendet, muss es um meine Söhne gehen. Bitte, lest weiter." Die Celes nickte erneut und begann mit dem Haupttext:

Euer Gnaden, Roderich II Graf zu Waldland.

In Ausübung meiner Pflicht als Vertreter der Kaiserin ist es meine Aufgabe, Euch den Tod Eures zweitgeborenen Sohnes, des Ehrenwerten Karolus, anzuzeigen. Er verstarb diese Nacht tragisch durch die Hand des Mannes jener Frau, bei der er die Nacht zu verbringen gedachte. Dieser Mann ist bereits angehalten und weitere Ermittlungen sind im Gange. Für Euren Sohn kam jede Hilfe zu spät. Der Hof fühlt mit Euch um den entsetzlichen Verlust. In tiefster Anteilnahme,
Gisbertus

Der Altgraf erstarrte. Er senkte die Hand mit der Gabel, bis diese unter den Tisch fiel. Dann meinte er mit trockener Stimme: „Und das zweite Schreiben?"
Baronin Sirnia hatte ein schlechtes Gefühl damit und ein Seitenblick auf die Magierin enthüllte das Offensichtliche: Diese erste Botschaft war erwartet worden. Aber den Befehlen des Grafen musste gehorcht werden. Langsam und fast mit Widerwillen öffnete, entrollte und las sie dann aus der zweiten Rolle, eine schreckliche Vermutung hegend:

Demur, dem 12. Im Jahre 23 der Kaiserin Isbel III.

Gegeben zur Hofkanzlei des Kaiserhofs von Adulaid.
Gezeichnet Gisbertus, Oberkanzleirat.

„Gräfliche Hoheit, soll ich wirklich weiter lesen?" Der Halbengel sah und spürte, was im Grafen vor sich ging.

„Ja, Sirnia, mein Engel, wir müssen Gewissheit haben. Bitte lest!" Die Celes verneigte sich.

Euer Gnaden, Roderich II Graf zu Waldland.
In Ausübung meiner Pflicht als Vertreter der Kaiserin ist es meine Aufgabe, Euch den Tod Eures erstgeborenen Sohnes, des Ehrenwerten Petar, anzuzeigen. Er verstarb diese Nacht tragisch nach einem nächtlichen Trinkgelage durch die Hand eines Raubmörders in der Nähe der Gastwirtschaft, in der die Feier stattgefunden hatte...

„Kann ich den Rest bitte auslassen?" Sirnia war sich sicher, der weitere Text enthielt nur die nächsten leeren Floskeln des Oberkanzleirats. Der Graf war in sich zusammengesunken. Roderich II wirkte gebrochen. Den herbeieilenden Leumond winkte er, sich zu entfernen, stand gebückt und gebeugt auf und winkte seinem Leibdiener, ihn auf sein Zimmer zu bringen. Wortlos um Fassung ringend und mit kleinen Schritten schlurfte der plötzlich stark gealterte Mann davon. Stille im Hauptsaal, dann, kaum war der Graf weg, lautes Stimmengewirr.
Baronin Sirnia warf nur einen letzten, raschen Blick in das zweite Schreiben. Höfliche, leere Floskeln wie sie es gesagt hatte.

Von dero Tätern fehlt noch jede Spur, genauso wie von der Geldbörse Eures Sohnes. Weitere Ermittlungen sind im Gange. Für Euren Sohn kam jede Hilfe zu spät. Der

Hof fühlt mit Euch um den entsetzlichen Verlust. In tiefs-
ter Anteilnahme,
Gisbertus

Gerne hätte sie die Sache mit der Magierin weiterver-
folgt. Und was diese Frau wusste. Aber im Moment
mochte Roderich II sie mehr benötigen. Sie nickte
Leutnant Gerant daher zu, warf ihm die Schriftrollen in
die Hände und eilte dem Grafen nach. Unterwegs winkte sie noch dem Hofkaplan, ihr zu folgen.

Dania sah zufriedenes Grinsen bei Leumond, von Trauer keine Spur. Und einen Blick der Genugtuung beim
als Frau getarnten Untoten. Natürlich, der Plan der
beiden Schurken. Es war nur hier und jetzt der falsche
Zeitpunkt, etwas dagegen zu tun. Ohnmächtig ballte
die Celes ihre Fäuste.
Gerant schien genauso geknickt wie der Altgraf. Aber
vielleicht aus anderen Gründen. Dann aber fasste er
sich, winkte mit den Armen, wobei er in jeder Hand
eine Schriftrolle hielt. Endlich und mit lauter Stimme
verschaffte er sich Gehör: „Alle Leute auf Posten. Informationen folgen später. Geht zurück an Eure Arbeit.
Alle. Das ist ein Befehl!" Zu guter Letzt machte Gerant
in Richtung Celestina das Zeichen für „wir müssen
reden."

Kurze Zeit später hatte Gerant die Schriftrollen beim
Archiv abgegeben und den Pagen, seine Schwester, in
sein kleines Wachbüro geschoben. Leicht übermüdet

stand er in dem winzigen Zimmer mit dem kleinen Fenster zum Innenhof im ersten Stock über dem Torhaus und mit nicht mehr als zwei Sesseln in den Ecken und einem Schreibpult in der Mitte ausgestattet. Seine Schwester hatte es sich in einem der Sessel bequem gemacht.

„Gut, Schwesterherz. Ich nehme alles zurück. Du hast offensichtlich entweder die Zukunftsschau oder deine Quellen, die ich gar nicht kennen will. Aber du scheinst es wirklich gut mit uns allen zu meinen. Was kommt als nächstes?" Gerant massierte sich die Stirn. Ausgerechnet heute musste er den Nachtdienst gehabt haben.

„Wie ich bereits gesagt habe: Leumond oder dieser Magier wird den Altgrafen ermorden. Sie werden es wohl wie einen Unfall oder eine Krankheit aussehen lassen. Und dann wird Leumond selbst die Grafschaft übernehmen. Die nächsten Schritte sind auch klar: Die Celes des Grafen muss verschwinden, so oder so. Dann werden sie unsere Familie festnehmen und ermorden, und mir werden sie versuchen, eine Nachricht zukommen zu lassen. Der ganze Aufwand wird betrieben, um meiner Habhaft zu werden."

Gerant lief auf und ab, weiter seine Stirn und Schläfen massierend. „Was macht dich so wichtig, dass sie so offensichtlich vorgehen? So schnell?" – „Ich weiß auch nicht alles, Gerant. Aber meine Lehrerin war der Meinung, sie sei die letzte Tochter der Na. Und mit ihr oder eben mir erlischt die Schwesternschaft. Gerüchteweise ist die Bruderschaft derselben Ansicht. Warum wir wegmüssen? Hängt mit dem Gerücht über eine Prophezeiung zusammen. Angeblich kann eine FaraNa die Bruderschaft vernichten. Immerhin würde das die Dringlichkeit erklären, meiner habhaft zu werden, bevor ich mein Wissen und meine Fähigkeiten weitergeben kann. Die Bruderschaft spürt einfach, dass sie nach langem Kampf endlich knapp vor dem Sieg über einen Erzfeind stehen. Einen endgültigen, permanenten Sieg."

Gerant wirkte echt geknickt. „Schwesterherz, das habe ich nicht gewusst und ich war ein Idiot. Kannst du mir verzeihen?" – „Schon längst verziehen, Gerant. Konzentrieren wir uns lieber auf die wesentlichen Dinge." – „Und wie gehen wir jetzt vor, dass wir dem Grafen das Leben und uns die Familie retten?"

Celestina dachte nach. Dann meinte sie: „Du kannst mich natürlich sofort ausliefern. Das erspart vielleicht unserer restlichen Familie, dass sie getötet wird. Zumindest bis Leumond seine Vorlieben für Mord und Gewalt ausleben wird." – „War das jetzt ernst gemeint?" – „Natürlich nicht. Aber wenn wir jetzt direkt vorgehen, gehen wir gegen den Landesherrn vor. Das geht auch nicht. Unsere einzige echte Möglichkeit ist, abzuwarten, bis Leumond und sein Magier gegen den Altgrafen losschlagen. Dann den Altgrafen retten und den Magier besiegen. Ich habe nur keine Ahnung, wie wir gegen dieses Monster siegen können. Das ist ein Untoter."

„Wie, was, lebender Toter? Das ist doch eine normale Frau, oder?" – „Leider nein. Das Ding neben Leumond ist nur getarnt. Die äußere Hülle ist die einer hübschen

Frau. Aber das ist wie eine Haut. Ich habe den Magier gestern belauscht, der kann diese Haut an- und ausziehen wie du und ich unser Gewand."

Gerant schüttelte den Kopf: „Das ist einfach alles unglaublich. Auch deine Spionage bei der Herrschaft. Aber das ist jetzt wohl die kleinste Sache. Jedenfalls muss Graf Roderich geschützt werden. Lass uns jetzt gehen. Und wenn es soweit ist, müssen du und ich eben spontan Ideen haben. Ich werde aber versuchen, ohne dich zu nennen, Baronin Sirnia zu warnen. Sie muss zumindest wissen, dass der Magierin nicht zu trauen ist."

Celestina war sich nicht sicher, dass ihr Bruder hier am richtigen Weg war. Aber was blieb ihr übrig? Im Moment konnten sie wirklich nur warten und aufpassen. Vor allem hatte die Priesterin im Augenblick noch keine Ahnung, was sie gegen den Zombie tun konnte. Wie tötete man etwas, das bereits tot war? Konnte man den Zerfall beschleunigen? Was konnte sie, was konnte ihre Magie wirklich ausrichten. Einmal mehr wünschte Dania sich, ihre Lehrerin hätte ihr noch mehr beibringen können. Vielleicht war die Warnung an die Celes tatsächlich eine gute Idee.

Gerant wusste, er musste jemanden ins Vertrauen ziehen. Zumindest den Hauptmann der Wache, für die Genehmigung, zu Baronin Sirnia zu gehen. Aber seine Schwester konnte er nicht melden. Auch nicht die Details, die er von Celestina erfahren hatte.

Da hatte der brave Soldat eine Idee. Es war sowieso Zeit für die Wachübergabe, also ging er Meldung machen.

Im Büro des Hauptmanns erwarteten ihn schon Leutnant Hafnar, der Senior-Leutnant im Dienst des Grafen und seine Ablöse als Wachoffizier, sowie der Hauptmann. Gerant salutierte auf, machte eine knappe Meldung und gab das Wachbuch an seinen Kollegen weiter. Dann gingen sie ins lockere Gespräch über, wobei Gerant das erste Wort hatte: „Zur Information, wir haben einen neuen Pagen, einen Großneffen von mir. Unser Haushofmeister war so freundlich, den vierzehnjährigen Knaben zu akzeptieren. Nicht erschrecken, er ist schon recht groß, aber noch sehr knabenhaft. Dienstort ist der Stall. Ansonsten brauche ich, glaube ich, keine Neuigkeiten mitteilen. Gestern Abend hatten wir nur die Bräute und den Sohn des Grafen, den letzten verbliebenen, nebst Begleitung, die Einlass in die Burg erhalten haben, sowie heute Früh die Hochzeitsgesellschaften. Keine besonderen Vorkommnisse. Das Reittier der Begleitung war magisch und ist in einer Rauchwolke verschwunden. Falls der Junggraf fragt, seinem eigenen Reitpferd geht es den Umständen entsprechend gut, es benötigt aber noch Rast.“

Hafnar nickte, dankte für das Wachbuch und klopfte Gerant aufmunternd auf die Schulter: „Ganz schön stressig, der Morgen heute. Damit wird es wohl auch bei uns bald Änderungen geben. Ich nehme an, der Graf wird seinen dritten Sohn zum Nachfolger bestimmen?“ Die Frage war eher an Hauptmann Starkarm gerichtet, der nachdenklich an seinem Schreibtisch saß. Dieser nahm den Ball auf und meinte: „Der Haushofmeister meint, das dauert noch. Auch als reiner Formalakt, glücklich ist seine Hoheit darüber nicht. Zwei Kinder und das in derselben Nacht, schrecklich. Verstehe ich seine Hoheit voll und ganz. Bitte auch an die Herren hier, Augenmerk zu legen, dass keine Gerüchte aufkommen. Auch wenn ihr in den Dörfern seid, ganz wichtig: Wir gehen von einem äußerst unglücklichen Zufall aus, dass beide Söhne in derselben Nacht gestorben sind. Auftrag dazu kommt von Leumond, dem überlebenden Sohn. Er hat sich aber, aus verständlichen Gründen, mit zwei Leibwachen umgeben. Also, offizielle Sprachregelung von uns: Großes Unglück, aber Zeitpunkt zufällig." Leutnant Hafnar salutierte und verließ das Büro.

„Leutnant Gerant, Ihr seid entlassen, gute Nacht." – Gerant blieb stehen. „Herr Hauptmann?" – „Ja, Leutnant?" – „Und was ist Eure persönliche Meinung?" – „Ehrlich? Ich hätte an Leumonds Stelle nicht zwei sondern vier Leibwachen angefordert. Im Dienstrad und Tagwechsel. Passiert ist das alles in Silberwall, der Hauptstadt des Kaisers. Also können wir nicht sicher sein, was wirklich vorgefallen ist. Aber ich persönlich glaube nicht an einen Zufall. Und so, wie Leumond reagiert hat, er auch nicht. Aber das heißt nur, wir müssen umso besser die gräfliche Familie schützen."

„Herr Hauptmann?" – „Was noch, Leutnant?" – „Was denkt Ihr über die Begleitung des Grafensohns?" – „Die Magierin?" – „Genau die." – „Fescher Betthase, hätte ich gesagt. Warum?" – „Was, wenn sie Teil einer Verschwörung ist, welche die gräfliche Familie bedroht?"

Starkarm kannte den sechsten Sinn seines Leutnants. Bei aller Hitzköpfigkeit, bisher hatte Gerant einen fast unheimlich guten Riecher für Probleme gehabt. Zuletzt auch bei Baron Berecht, wie er dem Bericht entnehmen hatte können, den Ladrin von den Wildhütern aus Weitfeld übermittelt und den der Sohn des Grafen im Wesentlichen bestätigt hatte. Daher war Hauptmann Starkarm aufmerksam und bedachte seine Antwort genau: „Wenn Ihr meint, die Frau könnte zum Problem werden, dann haltet sie bitte um des Urgrunds Willen im Auge. Stellt alle Leute ab, die ihr dafür benötigt. Noch ein totes Familienmitglied will ich nicht haben, schon gar nicht hier am Hof. Weder den Altgraf, noch seinen Nachfolger. Und informiert bitte auch Baronin Sirnia darüber."

Gerant salutierte und meinte: „Danke, Herr Hauptmann!" Dann trat der Leutnant ab. Und der Burghauptmann saß in seinem Büro und dachte nach. Es wurde langsam ungemütlich in einem bisher geruhsamen Dasein als Kommandant der Garde des Grafen.

„Reisender, wir müssen reden!" Leumond war dem Magier bis in dessen Quartier gefolgt. Ohne darauf zu achten, wie das auf Außenstehende wirken mochte. Dem Zombie war das ausgesprochen lästig: „Ich wüsste nicht, worüber. Gratuliere, gräfliche Hoheit, Ihr seid jetzt der Erbe. Das wolltet Ihr doch, oder?" – „Ja, aber..." – „Was? Euren Vater werdet Ihr schön selbst aus dem Weg räumen. Die Celes übernehme ich. Und weiter?" – „Das mach´ ich schon, nur sagt mir bitte, wie Ihr das Timing geplant habt." – „Das, lieber Junggraf, überlasse ich Euch. Auch das Wie. Ich bin nicht für alles zuständig. Die Bruderschaft hat getan, wie Ihr gewünscht habt. Also geht jetzt hinaus, seid ein Mann und erledigt Eure Drecksarbeit gefälligst selbst. Oder sucht Euch jemanden, der sie für Euch erledigt. Oder sucht jemanden, dem Ihr bequem die Schuld in die Schuhe schieben könnt, wenn Ihr die Drecksarbeit erledigt habt. Aber kommt mit dem Dreck nicht zu mir!"

Leumond setzte sich frustriert hin. So war der Deal nicht geplant. Aber irgendwie war diesem Zaubersack in der Frauenhaut nicht beizukommen. Der Deal. Wortlaut: Ihr macht mich zum Grafen und ich öffne Euch die Grafschaft. Ja. Und dann kam noch die Sache mit der Hexe dazu. Aber die Oberhexe war ja tot. Und die Schülerin? Vermutlich weit weg. Wütend und frustriert schlug der Grafensohn mit der Faust auf die Platte des Tisches vor sich. Reisender genoss die Hilflosigkeit des Mannes vor ihm. Diese Abhängigkeit. Ah! Wie sehr das Reisender gut tat, den Grafensohn verzweifeln zu sehen.

Es wurde Zeit, dem Grafensohn seine Fesseln zu zeigen: „Habt Ihr es endlich erkannt, Leumond? Ihr habt Euch der Bruderschaft verkauft und wir kommen jetzt und fordern unseren Teil des Handels ein. Heute Nacht werdet Ihr Euren Vater töten. Und dann werdet Ihr uns die Familie der Hexe ausliefern, Mitglied für Mitglied.

Dann werden wir die Hexe rufen und sie wird kommen. Ihr werdet sie töten. Ich werde Euch helfen. Und dann werdet Ihr für uns diese Grafschaft umbringen. Einen Einwohner nach dem Anderen. In Euren Folterkellern. Und das alles werdet Ihr sein: Henker, Tyrann, Mörder. Geniest Euer Dasein als Graf. Es könnte kurz dauern. Und ich werde bis zum bitteren Ende dabei stehen, einen dunklen Kristall in der Hand halten, und die wertvolle Lebensenergie jedes einzelnen Eurer Opfer auffangen und der Macht der Bruderschaft zuführen. Und dann, wenn endlich der Hof reagiert und das Land von Euch säubert, da werde ich mich rechtzeitig und unauffällig mit einer hübschen Menge neuer Häute von hier davon machen und Euch Eurem selbstgewählten Schicksal überlassen. Und Ihr, Graf, könnt nichts dagegen machen. Jetzt seid bitte so freundlich und macht, dass Ihr aus meinen Gemächern kommt. Ich würde ja an Eurer Stelle überlegen, wie Ihr Euren Vater ermorden wollt. Ah! Und denkt daran, Euer Leben dauert länger, wenn Ihr jemanden findet, dem Ihr den Mord an Eurem Vater anhängen könnt. Vielleicht habt Ihr ja Glück und die Schausteller, die wir gestern Abend getroffen haben, kommen hierher auf die Burg. Kleiner Hinweis: Gold wirkt Wunder!"

Mit einem Winken gab der Magier den Grafensohn zu verstehen, dass er entlassen war.

Leumond war speiübel. Dieser Zombie war das Letzte. Und die Macht, die der Kerl über ihn hatte! Es musste einen Ausweg geben. Irgendeinen. Aber die Bruderschaft hatte ihn in der Hand. Sie kannten alle seine kleinen Geheimnisse. Die Partys in der Hauptstadt. Die geheimen Folterkeller unter der Stadt. Die Spielchen. Die Jagden auf Kinder in der Kanalisation, bis das Kind erschöpft zusammenbrach und getötet wurde. Die Maskenbälle mit jeder erdenklichen Art der sexuellen Perversion. Die Drogen, von Mohnsaft bis Schwarzer Lotus. Die speziellen Essenseinladungen, das Schwarze Mahl. Wo dekadente Adelige menschliche Kinder aßen. Ritueller Kannibalismus. Die Bruderschaft wusste alles über ihn. Und sie wussten auch die Wahrheit hinter den Todesfällen seiner Brüder. Er war gefangen. Bald an der Macht, aber gefangen. Ein goldener Käfig und nirgends ein Schlüssel, eine Türe zur Freiheit. Bis sie ihn nicht mehr brauchten und er als Bauernopfer für sie umkam.

Leumond hatte sein eigenes Zimmer erreicht. Trübe blickte er beim Turmfenster hinunter in den Hof. Springen und dem Ganzen ein Ende machen? Und dann? Am Ende übernahm der Zombie dann seine Haut und er hatte erst recht nichts erreicht. Vielleicht hatte sein Vater Recht und es war wirklich besser, ein Diener am eigenen Volk zu sein, als diese Marionette der Bruderschaft. Aber dafür war es wohl zu spät. Der Grafensohn seufzte.

Das hatte er nicht gewollt. Er war ehrgeizig und allzu oft verbarg er hinter seinem arroganten Verhalten eine entsetzliche Unsicherheit. Aber er hatte gehofft, als Graf, als Landesherr, endlich zeigen zu können, dass er auch Macht besaß, Anerkennung und Stärke. Nur, was

264

blieb davon, wenn die Bruderschaft ihm jeden Schritt diktierte.

Unten am Hof führte ein Page sein Pferd am Halfter aus. Nur ganz leichte Bewegung, nur damit das Tier die Muskeln etwas bewegte. Gutes Programm nach dem Gewaltritt gestern. Guter Page. Von hier oben erinnerte ihn der Knabe an die nackte Hexe in jener Nacht, als sie Baron Berecht töteten. Nur hatte er deutlich kürzeres Haar. Der Gedanke an die Hexe erregte ihn. Sollte er nach dem Knaben schicken lassen?

Leumond hatte in den Partys in der Hauptstadt auch die Knabenliebe ausprobiert, hatte aber für sich selbst festgestellt, dass ihm junge Mädchen mehr zusagten. Daher ja auch der Ehrgeiz, Graf zu sein und das Recht der Ersten Nacht zu beanspruchen. Wenigstens das gedachte die Bruderschaft ihm zu lassen. Bei dem Gedanken, dass sich diese vertrocknete Magiermumie an ein Mädchen heranmachte, musste er unwillkürlich lächeln. Das war so unwahrscheinlich, wie... Das Lächeln gefror. Seine Aufgabe war zukünftig, der Henker seiner Untertanen zu sein. Und gab es schöne Mädchen, dann mochte die Mumie das Recht der Ersten Haut beanspruchen, statt der Ersten Nacht. Und er blieb wieder Zweiter. Ewiger Zweiter!

Sein Ehrgeiz. Ach! Was gab er nun nicht für die Unterstützung der jungen Hexe. Gerant! Vielleicht konnte er Gerant...? Aber nein, der war so rechtschaffen und pedantisch, der konnte ihm nicht helfen. Und der wusste wohl kaum, wo die Schwester unterwegs war.

Aber wenn er Gerant auf den Magier hetzte? Dazu musste er wohl erst Graf sein. Und dann hatte ihn die Bruderschaft erst recht. Und Gerant durfte wohl nie herausfinden, dass er, Leumond, selbst den Vater ermordet hatte. Deswegen wohl musste Gerant sterben. Reisender hatte Recht. Und er, der neue Graf, hatte verloren. Mutlos lies der Grafensohn den Kopf hängen. Sein eigener brennender Ehrgeiz hatte ihn in diese unmögliche Situation gebracht.

In dem Augenblick kündigte der Wachturm die Ankunft einer Gruppe von Reisenden an.

Habakuk war zum ersten Mal hier in Waldland. Die Grafschaft galt als klein und abgelegen. Und arm und unfreundlich zu Zirkusleuten. Dabei waren ihm die gut bestellten Felder und reichlich mit Vieh bestandenen Weiden durchaus aufgefallen, als sie auf die Burg zuwanderten. Hier fehlte es nicht an natürlichem Reichtum, was immer der Grund für den schlechten Ruf der Grafschaft war. Möglicherweise gab es keine großen Bodenschätze. Und vielleicht gab es auch nur wenig mehr als reiche Felder und Wälder hier. Wenn kein Flusslauf existierte, über den Waren einfach in die Zentralgebiete geleitet werden konnten, war es schwer, ein Hinterland wie dieses zu entwickeln. Mit Karren oder Wagen alleine war es jedenfalls kaum zu bewerkstelligen, auch wenn es Erz oder Silber gab.

Nun, jedenfalls hatte die Priesterin der Na recht gehabt. Hier konnte man sicher mit dem Zirkus was verdienen. Zumindest Lebensmittel waren hier in Fülle verfügbar.

Und wer wusste es, vielleicht konnte man den Menschen auch andere Sachen abschwatzen. Die Schattenberge waren durchaus auch für Mineralien und Halbedelsteine bekannt. Wenn alle Stricke reißen mochten, war da jedenfalls noch der Rubin der FaraNa. Die Burg kam näher. Auf einem Hügel gelegen stand eine hohe, aber kleine Festung. Davor breit ausgedehnt gab es ein Burgdorf und eine Vorburg. Soweit man es von der Entfernung sehen konnte, war das alles solide erbaut und wehrhaft. Und da das Dorf recht groß war und offensichtlich die Häuser gut gefertigt, Fachwerk, teilweise sogar aus Stein, war klar, dass diese Grafschaft durchaus nicht arm im klassischen Sinn war.

Die Leute auf der Burg hatten sicherlich bereits die Wagen gesehen. Eine kleine Gruppe von Reitern kam ihnen entgegengeritten. Vermutlich um Nachschau zu halten. Nun, Habakuk und seine Frau hatten nichts zu verbergen.

„Halt, ihr Leute, wer seid ihr und was wollt ihr!", rief der Unteroffizier die beiden Schausteller an, als die Soldaten auf Rufweite herangeritten waren.

„Der Circus Reinald, Habakuk mein Name. Clown, Magier und Impresario. Und neben mir meine bezaubernde Frau Elina, eine Seiltänzerin und Schlangenbeschwörerin." Der Zirkusdirektor verneigte sich theatralisch vor den Reitern.

„Ein Zirkus? Da ist aber nicht viel zu sehen. Nun, soll der Graf darüber entscheiden." Der Unteroffizier sprach es und gab ein Zeichen. Die Reiter wendeten ihre Tiere und ritten zurück. Nicht einmal Zoll wollten die Männer haben. Was für ein Glück!

Reisender war zufrieden. In Wahrheit hatte die Bruderschaft trotz aller Dekadenz des Grafensohns wenig echte Beweise in der Hand. Also war es besser, den Mann mit seinen Ängsten und seinem Ehrgeiz zu manipulieren. Und das konnte nur als voll gelungen bezeichnet werden. Zunächst war da dieses nagende Gefühl, immer nur Zweiter zu sein. Reisender hatte es perfekt verstanden, diese Angst zu schüren. Dann war da der Vorwurf, am Tod seiner Familie schuld zu sein. Das war zwar indirekt richtig, aber nicht einmal die eigene Mutter hatte er schuldhaft umgebracht. Der Kerl war einfach nur ein Weichei.

Außerdem, der Dummkopf machte sich viel zu viele Sorgen, dass die Bruderschaft überall erzählen mochte, was für ein Schwein er war. Was interessierte es wen? In der Hauptstadt rannten vielerlei solche Gerüchte herum, über fast alle jungen Adligen. Und viele dieser Gerüchte hatten mehr als nur einen wahren Kern. Da juckte das niemanden, was irgendein kleiner Graf an der Grenze des Reiches in seiner Jugend angestellt hatte.

Und in der Grafschaft mochte das die Runde machen – solange er den Soldaten genug zahlte und deren Frauen und Kinder in Ruhe ließ, war das egal. Da konnte der Kerl seine Perversionen ausleben, sein Recht der Ersten Nacht und seine schmutzigen Fantasien. Solange er einigermaßen dezent bei der Entsorgung der Leichen war, die sowas produzierte, solange war wenig zu fürchten.

Und die Quästoren des Kaisers, die für die Steuern zuständig waren, konnte man auch eine Weile ruhig stellen. Wenn am Ende das System zusammenbrach, was es unweigerlich immer tat, was juckte es Reisender? Er würde schon dafür sorgen, dass die Bruderschaft ihre Lebensenergie bekam, die sie haben wollte. Der Todesfokus zur Aufnahme der Energien war bereits in Herstellung. Die Lieferung mochte wie bei der Bruderschaft üblich zeitgerecht erfolgen. Schlimmstenfalls musste er die letzte Tochter der Na, von der die Bruderschaft wusste, eine Weile als Gefangene halten. Um mit ihrem Blut und ihrer Lebenskraft den Kristall einzuweihen. Das war das eigentliche Ziel seiner Reise. Nur das konnte er dem Grafensohn wohl kaum sagen. Die letzte Priesterin der Na der dunklen Macht des Todes weihen.

Ja, der Nekromantenfürst konnte zufrieden sein. In Kürze war eine Quelle großer Macht für die Bruderschaft gewonnen. Und ja. In Kürze war die Prophezeiung Geschichte, dass dereinst eine Tochter der Na der Bruderschaft ein Ende bereitete. Und Reisender konnte endlich weiter in den Rängen aufsteigen, vielleicht sogar in die Nähe des Fürsten selbst gelangen oder endlich seinen Körper verlassen und durch was Passenderes oder wenigstens weniger Staubiges ersetzen. Und wer wusste, vielleicht konnte er auch sein Quartier nahe am Zikkurat der Bruderschaft beziehen. Ein Quell unendlicher Macht des Todes, wie man sagte.

Die Wachen hatten eine Gruppe von Reisenden am Tor bei der Vorburg gemeldet. Ein magisch geschärfter Blick aus dem Fenster. Die Däms. Nur zwei davon, aber warum auch nicht, es reichte im Grunde sogar einer. Es waren ja auch nur zwei Karren, die dritte Person am Abend mochte dem Zufall gedankt gewesen sein. Sollte sich doch der Grafensohn darum kümmern. Da hatte er seine nützlichen Idioten.

Jeder wusste doch, dass Däms nichts Anderes als natürliche Mörder, Lügner und Diebe waren. Die idealen Opfer für ihren Plan. Reisender wandte sich vom Fenster ab und setzte sich wieder an das Reisezauberbuch.

Schließlich war ja auch noch ein Notfallplan auszuarbeiten, falls etwas schief lief. Ein Notfallplan und dann der Notfallplan für den Notfallplan. Reisender wusste nur zu gut, wie schnell ein Plan schief gehen konnte. Immerhin waren seine eigenen Pläne dereinst gründlich danebengegangen. Und jetzt war er, was er war. Ein lebender Toter. Ja, es wurde Zeit, diesen einen Zauber zu meistern. Den ultimativen Notfall-Zauber.

Habakuk durfte tatsächlich mit seiner Frau die Vorburg betreten. Ohne Zoll. Der Wächter hatte nur die ärmlichen Wagen und die geflickten Gewänder angesehen, dann hatte er gemeint: „Hoffentlich ist eure Schau besser als eure Gewänder." Die Zirkusleute hatten genickt und gemeint, er sei herzlich eingeladen, sie wollten mindestens zwei Vorstellungen geben. Und falls der Graf das wünschte, gerne auch eine dritte, private in der Burg. Der Wächter hatte sie mit einem Lächeln weitergewunken.

Und da standen sie nun, zwischen Schmiede und Wagenburg am Anger. Wohnen? Es gab eine Scheune, die mochte ausreichen. Essen? Der Wachkommandant hatte ihnen erlaubt, bei der Mannschaft in den Barracken mitzuessen. Vorstellung? Ja, konnten sie einladen. Die ersten Schaulustigen aus dem Dorf waren gleich mit den Wagen mitgekommen und als Habakuk mit ein wenig Magie und viel Theater Blumen aus dem Ärmel geschüttelt hatte, waren vor allem die Kinder schon aufgeregt davongelaufen und hatten offensichtlich den Eltern vom Zirkus erzählt. Als die Bewohner von Burg und Dorf erfuhren, dass die Vorstellung gegen Abgabe von Lebens- und Futtermitteln für Mensch und Tier sowie freiwillige Spenden besucht werden konnte, gab es kein Halten. Das Dorf bereitete sich auf die Vorstellung des Circus Reinald vor.

Gerant stand vor der Türe zu den Gemächern von Baronin Sirnia. Er hoffte, dass die Dame noch nicht zu Bett gegangen war und ihn noch empfing, auch wenn er inzwischen bereits selbst völlig übermüdete. Doch er hatte Glück und die Türe öffnete sich einen Spalt: „Leutnant Gerant, ich hoffe, Ihr habt einen guten Grund, mich heute um diese Zeit zu stören?"

„In der Tat, Baronin, den habe ich. Und glaubt mir, ich wäre ebenfalls bereits gerne in meinem Bett. Es geht um die Magierin. Ist Euch an der Frau etwas aufgefallen?"

Sirnia dachte nach. Gerant war absolut loyal, aber mit Leumund bei dieser unnötigen Hexenjagd gewesen. Und deswegen, so hatte sie erfahren, war diese Magierin überhaupt hier, um die Hexe weiter jagen zu können. Trotzdem hatte die Celes durchaus etwas Verstörendes bei der Magierin empfunden. Sie beschloss daher, auf der sicheren Seite zu bleiben: „Wie meint Ihr das?"

„Die Hunde reagieren in ihrer Anwesenheit verstört. Nachdem ich bei Wildhütern groß geworden bin, kenne ich mich mit Tieren ein wenig aus und die Jagdhunde des Grafen sind völlig außer sich." – „Und, deswegen die Störung?" – „Nach den Morden an den Söhnen des Grafen halte ich diese Magierin für ein deutlich zu hohes Sicherheitsrisiko für das Leben seiner Hoheit." – „Gut, Ihr habt Eure Bedenken geäußert. Ich werde sie überdenken. Und jetzt, tut mir leid, Leutnant, lasst mich bitte schlafen. Danke!"

Die Türe schloss sich abrupt vor Gerants Nase. Und er hatte nichts erreicht.

Die erste Schau war für Sonnenuntergang angekündigt. Schon einige Zeit vorher waren die Schaulustigen und Zuseher gekommen und hatten sich am Paradeplatz vor der provisorischen Bühne mit der quer gespannten Leine und den beiden Leintüchern als Vorhänge bequem gemacht. Und zur besonderen Freude der Zirkusleute fanden sich im aufgestellten Spendenhut sogar ein paar Kupfermünzen. Dazu reichlich Futter für die Pferde und allerlei feine Lebensmittel, die haltbar waren. Besonders wertvoll: Irgendwer hatte ihnen sogar ein kleines Säckchen Salz gegeben.

Was die beiden Zirkusleute auch freute, knapp vor der Vorstellung sahen sie die Priesterin in einem einfachen Gewand und kurzen Haaren in der Menge sitzen und freundlich winken.

Die Vorstellung begann mit einem kleinen magischen Feuerwerk, nur ein paar Knaller und bunte Lichter, aber genug für „Aahhh" und „Oohhh" durch das Publikum. Der Impresario stellte den Zirkus vor, freute sich, vor so zahlreich erschienenen Publikum zu spielen – Dania spürte tatsächlich die Wahrheit hinter diesen Worten – und zeigte sogleich ein paar kleine Taschenspielereien und jonglierte Bälle. Dann betrat seine Frau als Schlangenbeschwörerin umgezogen und mit dem Korb die Bühne, holte eine kleine Flöte heraus und öffnete den Deckel. Die Natter erhob ihren Kopf und wurde schon von der Artistin mit Flötentönen und wiegenden Oberkörpers empfangen. Dann ließ die Frau die Schlange über den linken Arm und Oberkörper bis zum Kopf steigen. Über den anderen Arm gelangte die Schlange zurück in den Korb. Das Publikum hielt den Atem an, als die Schlange noch einmal hervorkam und mit einem zischenden Geräusch auf die Frau mit der Flöte zustürzte. Die jedoch fing das Reptil gekonnt ein, gab es in den Korb und schloss den Deckel. Szenen-Applaus.

Der Zirkusdirektor kam nun mit einer lustigen Nummer, wo er den Deppen gab. Das kam vor allem bei den

Kindern gut an. Inzwischen hatte seine Frau von hinter dem linken Vorhang das Spannseil erklommen und turnte bereits behände über der provisorischen Bühne. Der Direktor war verschwunden, kehrte aber kurz darauf mit mehreren brennenden Fackeln zurück. Binnen kurzem jonglierten die beiden zwischen Boden und Himmel bis zu sieben Fackeln gleichzeitig.

Dania bewunderte die Däms und wie gut aufeinander abgestimmt sie arbeiteten. Fantastisch! Die Zuseher waren derselben Meinung. Immer wieder brandete Zwischenapplaus auf und man sah auch ein paar Kinder immer wieder zum Spendenhut laufen, vermutlich kleine Kupfermünzen oder Hacksilberstücke hineinwerfend.

Leumond war ebenfalls zur Vorstellung gegangen. Er hatte bedeckt von hinten zugesehen. Zunächst nur mit der Idee, herauszufinden, ob er die Däms als Opfer nutzen konnte. Aber dann hatte ihn die Vorstellung gefesselt. Und dann hatte er einen Plan. Einen diabolischen Plan. Einen Plan, wie er diese Schausteller nutzen konnte, die Schuld zu haben, am Tod seines Vaters. Ohne Risiko. Natürlich waren das die beiden Deppen, die er in den Graben getreten hatte. Wie immer sie da rausgekommen waren. Also konnte er sich nicht selbst zeigen. Aber das war kein Problem. Zurück in der inneren Burg trat er auf den Haushofmeister zu und meinte: „Herim, ich glaube, es wäre eine gute Idee, um meinen Vater aufzumuntern, wenn wir morgen Abend die Artisten zu einer Privatvorstellung hier im Burghof oder in der Burghalle bekommen könnten. Ließe sich das einrichten? Ich werde meinen Vater informieren. Ihr ladet bitte die Artisten ein. Und, bitte, die Artisten sollten natürlich nicht in der Scheune schlafen müssen, vielleicht können wir hier bei uns ein Gästezimmer zur Verfügung stellen?"

Der Haushofmeister hatte die Vorstellung ebenfalls gesehen und war durchaus von der Idee angetan: „Ich werde gleich das Nötige veranlassen."

Als nächsten Schritt besuchte der Grafensohn seinen Vater: „Ich hoffe, du gibst uns die Ehre. Die Artisten sind wirklich gut. Und so oft haben wir sowas ja nicht hier." Dem alten Grafen blieb kaum etwas Anderes als zu nicken. Glücklich war er darüber nicht. Aber vermutlich hatte sein Sohn Recht. Und seit der Nachricht vom Tod seiner anderen Söhne hatte der Alte auch nichts an seinem Sohn auszusetzen gehabt. Vielleicht konnte man aus dem Jungen doch was Anständiges machen?

Die Celes neben dem Grafen wirkte unausgeschlafen, als sie anmerkte: „Sollen wir das Sicherheitsrisiko wirklich eingehen, so kurz nach den tragischen Ereignissen Fremde auf die Burg zu lassen?" Graf Roderich II fuhr sogleich auf: „Sirnia, mit allem Respekt. Aber dieses Haus war immer gastfreundlich! Lasst die Schausteller kommen!"

Mit Wiederwillen ging Leumond an den dritten Schritt. Er musste den Zombie-Magier informieren. Dieser Termin war überraschend erfreulich. Mit der üblichen knarrenden Stimme meinte dieser nach der Vorstellung der Idee: „Na sehr gut. Ich merke, Ihr findet Eure neue Rolle. Und noch einen Tag warten, für einen Plan wie diesen, halte ich für angemessen. Nun, macht, dass der Plan funktioniert. Und Ihr seid vielleicht doch ein nützliches Werkzeug für die Bruderschaft."

Das einzig verstörende an dieser Begegnung war, dass der Lebende Tote dauernd die Haut streichelte, die er für seinen nächsten Einsatz als Magierin am Sessel zurechtgelegt hatte.

Habakuk war über das Ergebnis des Abends mehr als erfreut. Alleine der Abend hatte bereits mehr gebracht als das ganze letzte Monat zusammen. Und jetzt stand sogar der Haushofmeister des Grafen persönlich vor ihm: „Im Namen unseres Herrschers, des edlen Grafen Roderich II, darf ich den Circus Reinald in die innere Burg einladen. Sie werden Quartier im Gästetrakt des Haupthauses erhalten. Der Herr lässt bitten, ihm morgen Abend eine Privatvorführung Ihrer Künste zu geben." – „Mit Freuden gerne", antwortete der Impresario.

IX.

Am nächsten Morgen war einiges los am inneren Burghof. Die Pagen und Diener brachten Kisten, Fässer und Bretter, um Sitzgelegenheiten aufzubauen. Dem Grafen stellte man einen schweren Sessel aus dem Haupthaus hin, zentral mit bester Sicht auf die Bühne. Der Seiltänzerin stellten die Hofleute zwei ganz stabile Holzkonstruktionen hin, zwischen denen sie ihr Seil spannen konnte. Die beiden Pferde der Zirkusleute wurden im Stall eingestellt und dem Stallpagen übergeben, der sich liebevoll um die beiden Tiere kümmerte. Der Zirkusdirektor ließ es sich nicht nehmen, persönlich nach den Pferden zu sehen. Immerhin waren die sein ganzes Kapital, wie er gegenüber der Wache betonte, als er in den Stall ging. Dann war er durch die Türe und traf das erste Mal seit sie sich am Abend vor der Burg getrennt hatten, auf Dania.

„Priesterin, wie geht es dir?" – „Danke, Habakuk. Wie du siehst, habe ich eine andere Tarnung gefunden. Direkter, aber sie tut es auch." – „Ja, du machst vorzügliche Arbeit mit den Pferden", der Impresario grinste, „und was ist mit dem Anschlag auf den Grafen?" – „Ich gehe davon aus dass man euch oder die Verwirrung rund um eure Aufführung nutzen wird, den Altgrafen anzugreifen. Ich weiß inzwischen etwas mehr über die Frau neben dem Grafensohn. Das ist kein Mensch, sondern eine Lebende Leiche, die sich eine Haut an- und ausziehen kann wie wir ein Gewand. Die

Frauenform ist nur eine Tarnung. Allerdings ist die Haut magisch angepasst."

„Unschön", meinte der Direktor nach kurzem Nachdenken, „und was müssen wir noch wissen?" – „Elina und du, ihr seid in Gefahr. Ich nehme an, dass die Einladung heute Abend Teil eines Plans ist. Bitte seid wachsam." – „Versprochen. So gut wie jetzt haben wir schon lange nicht mehr verdient. Das will ich nicht verlieren."

„Noch etwas, könnt ihr beide auf meine Sachen noch etwas aufpassen? Ich kann sie hier im Stall nicht ordentlich verstecken." – „Kein Problem. Alles Gute und danke für das Vertrauen und die gepflegten Pferde."

Dania hatte sich tatsächlich bestens um die Pferde gekümmert, wie der Impresario neidlos feststellte. Die junge Frau mochte eine gute Priesterin und Heilerin sein. Als Tierpflegerin war sie unübertroffen. Raschen Schrittes verließ er den Stall. Da sah er über den Hof diesen Grafensohn an einem Turmfenster stehen und das Treiben im Hof beobachten. „Warte nur", dachte der Direktor, „auch dich ereilt noch dein Schicksal."

Leumond sah, dass der Plan soweit aufzugehen schien. Die Bühne war am höchsten Punkt des Innenhofs aufgebaut worden, wie er es dem Haushofmeister vorgeschlagen hatte. Direkt neben dem Haupthaus und vor der Türe zum Rosengarten. Die Türe war genau so seitwärts gelegen, dass sie auch bei den verschiedenen Wechseln der Schausteller am Vorhang verdeckt war. Er hatte extra als Aufstieg für die Artistin eine Leiter dort vor der Türe anbringen lassen.

Auf der anderen Seite hinter dem Vorhang hatten die Diener eine aus Stoff gebaute Umkleide errichtet. Die war zwar für seinen Plan nicht nötig, aber machte die Bühne optisch deutlich hübscher.

Der Plan war im Grunde mehr als simpel. Eine entriegelte Türe, die leicht klemmte und die in den Rosengarten hinaus aufging. Seine Hunde, scharf und mit Gewalt abgerichtet und von ihm selbst mit Gewand des Grafen darauf konditioniert, den Vater anzugreifen und zu töten. Natürlich alle Zuseher waffenlos und die Wachen weit genug weg. Alles, was jetzt noch funktionieren musste, war die Tatsache, dass der Raum für die doch bereits etwas altersfüllige Seiltänzerin hinter der Bühne nicht groß genug war und sie die Türe aufstieß. Und falls das nicht klappte, hatte Leumond noch einen Plan B, das der Graf nach der Vorstellung verstarb und seine Grafenkrone aus Eisen im Gepäck der Däms auftauchte. Und er, Leumond, dem staunenden Volk der Burg zeigen würde, dass die Däms eben Betrüger, Diebe und Raubmörder waren. Den Rest mochten dann die aufgehetzten Leute erledigen.

Aber lustiger war auf jeden Fall der Angriff der Hunde. Er musste nur sichergehen, dass der Diener, der seine Tiere fütterte, einer der Diener war, von denen man wusste, dass sie vergesslich waren.

Und dann, als krönender Abschluss, gedachte der Grafensohn, dem Magier bei der Arbeit mit der Celes zuzusehen. Auch das versprach eine nette Vorstellung zu werden. Seufzend fiel ihm ein, dass er wohl in Zukunft kaum mehr als eine Zuseher-Rolle bekommen mochte.

Gerant war zu Dania in den Stall gekommen. Die blickte ihren Bruder erwartungsvoll an. Der schüttelte den Kopf: „Sirnia hat zwar versucht, den Grafen zu mehr Sicherheit zu ermahnen, aber er hat die Vorführung heute trotzdem gewünscht." – „Mach dir um die Artisten keine Sorgen, die kenne ich, die sind auf unserer Seite." – „Gut, wenn du das sagst, glaube ich es inzwischen. Aber wie verhindern wir einen Eingriff der Magierin?" – „Ich weiß es nicht. Wir müssen wachsam sein. Hoffentlich ist es die Baronin auch."

Die Hof-Celes stand an ihrem eigenen Fenster im Raum über der Kapelle und blickte düster in den Hof. Leutnant Gerants sechster Sinn war allgemein am Hof bekannt. Mit einer der Gründe weswegen er so geschätzt war. Seine Sinne waren fast so geschärft wie die eines Celes.

Sirnia konnte Gerant gut leiden. Aber gestern war er merkwürdig kryptisch gewesen. Irgendwas war mit der Magierin nicht in Ordnung, auch sie selbst hatte es gespürt. Von den Artisten hingegen und auch von allen anderen Leuten bei Hof konnte sie keine Gefahr spüren. Da war mehr die Erwartung auf einen unterhaltsamen Abend.

Die Celes wandte sich vom Fenster ab und ging nochmal den Plan für den Abend durch. Nach der Sicherheitskontrolle durch die Wache waren Waffen im Publikum verboten. Ausnahmen waren der Graf, sein Sohn und sie selbst mit persönlichen Dolchen und die Wachen, die der Hauptmann mit Leutnant Gerant gemeinsam positionieren wollte. Gerant hätte gerne vorne an der Bühne eine Gruppe seiner Leute positioniert, aber das hatte sie ablehnen müssen. Es war der ausdrückliche Wunsch des Grafensohns, dass der Abend möglichst in gelöster Atmosphäre stattfinden möge, um den Vater zu erfreuen.

Wieder wanderten die Gedanken zur Magierin zurück. Sirnia spürte die Last ihres Alters. Früher, als Schildmaid des Grafen, hätte sie versucht, diese merkwürdige Frau von der Burg zu entfernen. Aber dem Alter geschuldet wollte sie es auf keinen Konflikt ankommen lassen. Nur, sollte Leumond nicht bald der Anweisung seines Vaters nachkommen, musst wohl sie selbst in den nächsten Tagen zur Tat schreiten. Vielleicht doch Gerant bitten, das zu übernehmen. Sie seufzte. Achtzig Jahre, in wenigen Monaten. Bedauerlich, dass es für Celestes keinen Ruhestand gab. Schweren Herzens wandte sie sich vom Fenster ab.

Es wurde Abend und der Burghof füllte sich mit Publikum. Das Dämpaar stellte wieder den Hut in die Mitte – ihre Einkommensquelle. Ein alter Diener ging mit einem Topf und der Hand in einem Kettenhandschuh vom Rosengarten kommend durch die Bühnenkonstruktion. Hunde gefüttert. Die Artisten schlossen den Vorhang und bereiteten alles für die Aufführung vor.

Der Altgraf schlurfte heran, in Begleitung seines Leibdieners und der Celes. Den Hut hatte der alte Mann natürlich sofort erspäht. Verständlicherweise erwarteten die Zirkusleute für die Sondervorstellung eine fürstliche Entlohnung. Der Altgraf war sich dessen bewusst. Seine Grafschaft war zwar reich an Lebensmitteln, Wild und Holz, aber arm an Geld. Aber er hatte aus den Bergen ein Goldnugget, den er diesen Artisten zu spenden gedachte, wenn sie gute Arbeit leisteten. Und wenn nicht, hatte er ein altes Silberarmband seiner verstorbenen Frau, das er ihnen überlassen konnte.

Die Leute da vor ihm waren offensichtlich arm. Der Zirkus hatte auf jeden Fall bessere Zeiten gesehen. Das Silberarmband mochte ihnen genug Geld einbringen, sie über den Winter zu versorgen. Mehr war Roderich nicht gewillt zu geben. Außer sie konnten tatsächlich ihn seinen Kummer wenigstens zeitweilig vergessen machen. Der Altgraf nahm Platz.

Der Sohn kam auch aus dem Haupthaus, lächelnd und offensichtlich gut gelaunt. Seine Begleitung war nirgends zu sehen. Das bedeutete nicht viel, aber der Altgraf atmete innerlich auf. Irgendwie bedrängte ihn jede Anwesenheit dieser Magierin. Vielleicht mochten es die merkwürdigen Augen sein. Aber jedenfalls stimmte etwas nicht. Roderich hatte auch die Celes an seinem Hof, die edle Dame Sirnia, gefragt. Aber auch die konnte bei der Magierin nur allgemein ein beklemmendes Gefühl feststellen. Bisher hatte diese fremde Frau keinen Grund gegeben, sie der Falschheit oder Lüge zu überführen.

Nun, diese Dame fehlte und Roderich nahm sich vor, den Abend zu genießen. Huldvoll erhob er sich nochmal, winkte in die Runde und es wurde still am Burghof, gerade, als die Sonne ihre letzten Strahlen über die sanften, rollenden Hügel im Westen seiner Grafschaft sandte. Fackeln an den Mauern rund um den Hof spendeten Licht.

Ein Stoß ins Jagdhorn. Der Haushofmeister hatte den Artisten einen Hornbläser zur Verfügung gestellt. Dann ging der Vorhang auf und der Impresario trat vor die Menge. Die Vorstellung begann.

Celestina mischte sich an der Seite der Stallungen unter das einfache Volk der Burg. Von hier hatte sie eine gute Sicht auf die Seite der Bühne, wo die Umkleide lag. Und auch auf die Leiter, über die Elina für ihre Seiltanznummern klettern musste. Außerdem hatte sie von der Seite freie Sicht auf den Altgrafen im Publikum, die Celes und den Sohn neben ihm, sowie hoch hinauf auf zum Fenster des Zimmers, in dem die Lebende Leiche stand und stumm und still hinunterblickte. Der Magier schien auf die gräfliche Familie fixiert zu sein.

Dania war sich sicher, dass dieser Schwarzmagier etwas versuchen mochte. Aber was? Jedenfalls hatte sie von ihrer Position aus alles im Blick. Mochten die beiden, der Grafensohn oder diese lebende Haut mit Zombie darin doch ihre üblen Tricks versuchen. Und hoffentlich waren ihre anderen Verbündeten, die gräflichen Jagdhunde und die Däms, aufmerksam genug. Zumindest bei den Hunden sah sie, dass das Rudel bereit war. Fast unauffällig hatten sich etwa ein Dutzend dieser edlen Tiere über den Hof verteilt und beobachteten Aufmerksam das Geschehen.

Gerant hatte bei seinen Leuten am Tor Platz genommen. Von dort hatte er einen herrlichen Blick auf die Bühne und hatte den Rücken des Grafen im Sichtfeld. Falls ein Versuch erfolgen sollte, den Grafen zu ermorden, hatte er den idealen Platz zur Beobachtung. Nur die Distanz machte ihm zu schaffen, mehr als zehn Meter und mit drei Reihen von Burgpersonal dazwischen. Aber es war die einzige Position, wo Waffen erlaubt waren. Er hatte seine Schwester deutlich besser positioniert beim Stall stehen gesehen. Hoffentlich war ihre Macht ausreichend, den Graf zu schützen, bis er mit seinen Leuten vor Ort sein konnte.

Die Aufführung nahm ihren Lauf. Habakuk war wirklich inspiriert. Voll Elan wirkte er seine Tricks und setzte Späße und Pointen. Das Publikum war wie gefesselt. Sogar der Altgraf gluckste ein paarmal vor Lachen und klatschte hin und wieder zum Zwischen-Applaus. Dann begann die Frau des Impresarios der Leiter empor zu steigen, doch es war sehr eng dort. Um den Vorhang nicht zu berühren, wich die Frau zur Türe hin aus. Mit lautem Quietschen öffnete diese sich. Und die Hölle brach über den friedlichen Burghof herein!
Lautes Hundegebell. Wie der Blitz schossen drei auf das Töten konditionierte und große Wolfshunde aus dem Rosengarten-Zwinger heraus und warfen sich Richtung des Altgrafen. Sogar die beiden näheren

Däms, die entsetzt wegzukommen versuchten, wurden von diesen wütenden Bestien ignoriert.

Gleichzeitig warfen sich die gräflichen Jagdhunde diesen Angreifern entgegen. Lautes Kläffen, Knurren, Beißen! Chaos. Überall kopflos fliehende Burgleute. Gerant befahl seinen Leuten sofort den Eingriff, nur war kein Durchkommen.

Alleine, der neue Page stand plötzlich in der Mitte dieser Meuten und murmelte leise ein paar Worte. Plötzliches Schweigen. Die Hunde, beide Meuten, blieben wie angewurzelt stehen. Die Celes, die verzweifelt mit ihrem Dolch den Grafen zu beschützen versuchte, blickte überrascht auf. Leumond daneben, der feige in Deckung gegangen war, ebenso. Und auch der Zombie-Magier oben am Fenster, der mit Freude das Chaos beobachtet hatte, war erstaunt. Da stand dieser Page. Page? Mit bis zur Brusthöhe erhobenen Armen links und rechts von sich gestreckt, halb geduckt, und hielt die beiden Hundegruppen auf Abstand. Mit einer Handbewegung winkte der den Jagdhunden ab, konzentrierte sich auf die Wolfsrüden und blickte diese durchdringend an. Worauf diese den Schwanz einzogen und jaulend mit gesenktem Kopf in den Rosengarten-Zwinger zurückkehrten. Der Page folgte diesen Tieren, schloss die Türe und legte den Rigel vor. Dann wandte er sich um, verneigte sich kurz zum Grafen und ging zu seinem Platz neben dem Stall, nur um in der folgenden Aufregung in den Stall zu verschwinden.

Leumond war sich sicher. Der Page dort war diese Junghexe. Aber wie verdammt bei der Bruderschaft war sie hierhergekommen. Was in der Abgründe Namen machte sie hier? Warum sah sie nicht aus wie die Hexe? Viel zu kurze Haare, keine weiblichen Formen. Was ging hier vor? Und warum schlich sie eilends in den Stall?

Sirnia, die Celes, war sich sicher. Der Page hatte dem Grafen das Leben gerettet. Und auch den Jagdhunden. Edle Jagdtiere, sie wollten das Leben des Grafen schützen. Die drei Hunde des Grafensohns hätten diese Tiere zerfleischt. Warum ging der Page jetzt in den Stall, statt zu bleiben und sich loben zu lassen? Es ging hier etwas vor. Aber was?

Gerant sah seine Schwester das Chaos beenden und dann leicht wie ein Einbrecher bei Nacht und Nebel in den Stall verschwinden, als wäre nichts passiert. Klar, sie musste sehen, dass sie nach der Demonstration ihrer Macht weg kam. Aber sie hatte dem Grafen das Leben gerettet. Der Leutnant dankte innerlich und bat noch einmal seine Schwester um Verzeihung!

Reisender war sich von seinem Platz am Fenster aus sicher. Der Page dort hatte Magie genutzt. Der Zombie hatte das kurze Zucken in der Macht gespürt. Aber jetzt war alles wieder verborgen und der Junge hatte mit Tricks guter Wildhüter und Waldleute die Tiere zur Ruhe gezwungen. Aber was für ein Machttalent. Was zum tiefsten Abgrund ging in dieser Grafschaft vor sich? Und warum verschwand dieser Page in den Stall, statt die Reaktionen abzuwarten. War das am Ende...? Die FaraNa!

Der Zombie-Magier war sich bewusst, dass rasches Handeln nötig war! Das Mädchen hatte sich im Stall versteckt. Aber irgendwann musste sie herauskommen und sich den Leuten am Hof stellen. Und dann musste klar sein, dass das eine Hexe war, die man am besten zusammen mit den Däms tötete, die, soweit die vorgesehene Geschichte, soeben versucht hatten, den Grafen zu ermorden.

Rasch sprang „die Magierin" aus dem Fenster und schwebte wie vom Wind getragen zum Burghof. Wo sie vor der erstaunten Menge landete und lauthals verkündete: „Ehrenwerter Graf, Glückwunsch zu Eurer Errettung. Wollen Eure Wachen nicht endlich die zwei Attentäter festnehmen, die diesen heimtückischen Anschlag auf Euer Leben vorgenommen haben? Die im Übrigen als Zirkusleute getarnte Däms sind, die Euch der Feind Eurer Familie auf den Hals gehetzt hat!"

Dabei wirkte Reisender einen subtilen Zauber, der die Flickengewänder der Zirkusleute auflöste. Woraufhin diese nackt und in all ihrer Dämschen Pracht erkennbar vor den erstaunten Burgbewohnern standen. Die beiden Alten waren wie erstarrt. Ein zweiter kleiner Zauber sorgte für einen leichten Zustand der Verwirrung bei den Artisten. Das verhinderte eine gezielte Verteidigungsansprache.

Jetzt kam auch endlich Leben in die Leute. Wachen eilten heran, Leumond hatte seinen Mut wieder gefunden und stellte sich schützend vor seinen Vater. Zur Wache rief der Grafensohn: „Führt die Attentäter ab!" Und die Leute applaudierten der Magierin, die sie so offensichtlich vor einem großen Übel gerettet hatte. Der Impresario konnte nur verdattert „Aber, aber..." sagen, als die Wache ihn grob Richtung Wachturm und Angstloch schubste. Gerant war nicht wohl dabei. Aber er musste doch den Grafen schützen! Wie unter einem Zauber reagierte er, wie seine Reflexe über Jahre entwickelt wurden. Er gehorchte dem Befehl, obwohl er eigentlich nicht wollte. Vorschriftsmäßig begleitete er die Wache zum Verlies.

Reisender lachte innerlich. Zur rechten Zeit waren diese einfachen geistbeeinflussenden Zauber schlicht und ergreifend wahnsinnig effektiv. Und schon bald war die Hexe sein und die Grafschaft ebenso.

Dania hatte aus einem versteckten Guckloch im Stall heraus die Entwicklung am Hof beobachtet. Bereits als Hund, denn sie hatte Notfallpläne vorbereitet. Im Stall hatte sie an allerlei Stellen Tierhaare und Federn versteckt, um im Notfall rasch entfliehen zu können. Oder unauffällig zu spähen. Jetzt war ihr das zu Gute gekommen, denn draußen am Hof hatte sich die Situation in ein Pandämonium verwandelt. Diese Magierin hatte so subtil gezaubert, aber so raffiniert und gekonnt. Dania selbst hätte es nicht so gut fertig gebracht. Geist beeinflussen, das war üble Zauberei. Die Lehrmeisterin hatte ihr wohl ein paar Gebete beigebracht, mittels derer man gewisse Gefühle hervorrufen konnte. Aber was der untote Magier hier gezeigt hatte, war ganz große Zauberei gewesen. Den idealen Moment genutzt und dann mit ein wenig Beeinflussung hier und dort die Leute in die gewünschte Richtung gelenkt. Natürlich war der Auflöse-Zauber in Wahrheit ein Zauber, der einfach die magischen Reparaturen rückgängig gemacht hatte. Eine primitive Unbindung, ein Umkehr-Zauber. Aber auch das musste man erst einmal richtig einsetzen können. Dieses Un-Wesen in Frauengestalt war vielleicht gar nicht so machtvoll. Aber äußerst effektiv mit dem wenigen an Macht, was bisher verwendet wurde.

Nun, vorerst hieß es abwarten und sehen, wie sich die Situation entwickelte. Und dann musste sie wohl den Däms helfen. Was für eine große Lüge. Warum nur griff da die Celes des Grafen nicht ein? Oder, war die bezaubert? Aber wie feststellen? Abwarten!

Baronin Sirnia spürte sofort die Falschheit in den Worten der Magierin. Daher wollte sie aufbegehrten und lauthals „Lüge" schreien. Nur in diesem Augenblick kreuzten sich die Blicke von Reisender mit denen der Celes. Und die Celes erkannte im Bruchteil einer Sekunde, worin der Fehler gelegen hatte, den sie bei der Magierin gespürt hatte: Die Augen. Die Augen waren in Wahrheit magische Steine, die nur aussahen wie Augen. Das Wesen dort vor ihr war eine lebende Leiche. Und die Erkenntnis kam, dass Gerant recht gehabt hatte. Aber noch war es nicht zu spät, Sirnia griff nach dem Dolch.

Reisender hatte erkannt, dass die Celes ihn durchschaut hatte. Aber der Augenkontakt war noch da, so löste der Zombiemagier den Notfallzauber aus, den er vorbereitet hatte. Für kurze Zeit unterband er im Bereich des Blickes jegliche Lebensenergie. Die Opfer des Zaubers wirkten wie gelähmt.

Baronin Sirnia spürte eine bleierne Müdigkeit. Ermattet hielt sie inne, Graf Roderich neben ihr ebenso und Leumond auch.

„Leute, Leute!", die Magierin am Hof verschaffte sich erneut und magisch verstärkt Gehör. „Wir haben zwei der Attentäter verhaften können, auch dank des raschen Eingreifens unserer Wache. Aber da ist noch der dritte Attentäter, der Page, in Wahrheit eine Hexe, die die Wolfshunde auf unseren geliebten Herrscher und Grafen losgelassen hat. Wie ihr alle mit eigenen Augen sehen durftet, haben nur die edlen Jagdhunde von Graf Roderich schlimmeres verhindert. Und sie haben einen furchtbaren", dabei trat der Zombiemagier auf einen schwerer verletzten Jagdhund am Boden zu, der sich nicht gegen diesen lebenden und stinkenden Leichnam wehren konnte, „Blutzoll gezahlt." Dabei deutete der Untote auf das Tier, das nun verängstigt winselte. „Diese Hexe konnte nur dank meines beherzten Eingreifens in die Flucht geschlagen werden. Sie hat sich als Page getarnt und ist in den Stall geflüchtet. Helft mir sie suchen und ich kann euch zeigen, dass es eine Hexe ist und Euch von ihr befreien. Bevor sie euch mit ihren Flüchen verhext, eure Kinder tötet und isst und eure Felder und euer Vieh zerstört. Rotten wir gemeinsam das Böse aus! Suchen wir die Hexe und bringen sie um, bevor mehr Schaden entsteht!"

Die Leute setzten sich aufgebracht in Richtung Stall in Bewegung. Einige bewaffneten sich schnell mit allem, was als Waffe dienen konnte. Bretter, Fackeln, Stangen, sogar das Seil von der Bühne wurde als Würgeschlinge mitgenommen. Der Koch, der das Seil hielt, knotete schon an dem Henkersknoten, mit dem er gedachte, die Hexe aufzuknüpfen.
Reisender sah es mit Vergnügen.

Gerant hatte von seiner Position am Angstloch nur die Hälfte der Worte der Magierin mitbekommen, doch plötzlich setzte sein Sechster Sinn wieder ein und er spürte eine massive Falschheit und Lüge. Das war seine Schwester gewesen, die die Hunde voneinander abgebracht hatte. Die Magierin ließ sich zu dem Zeitpunkt noch gar nicht blicken. Was ging hier vor? Warum griff Baronin Sirnia nicht ein? Oder war die bereits tot? Etwas lief falsch.
Seine Leute hatten die beiden Alten in den kühlen Abgrund des Lochs hinuntergelassen und das Gitter über das Loch gelegt. Es wurde Zeit, draußen nachzusehen, was nun wieder los war!

Dania sah die aufgebrachte Menge auf den Stall zukommen. Die Pferde im Stall spürten die Gefahr und wieherten angstvoll. Leider konnte sie den Tieren im Moment nicht helfen. Das ging nur in Menschengestalt. Behände sprang sie als Hund durch das Wasserfenster in den Burghof, als die ersten Burgleute den Stall aufgebracht betraten und nach dem Pagen suchten.

Kaum war sie draußen und zum Rudel geeilt, als sie vom Stall lautes Geheule vernahm. Die Leute hatten ihr Gewand gefunden, aber vom Pagen keine Spur. „Du mutig", begrüßte sie die Rudelchefin. „Wir töten Geruch tot Mensch?" „Warten", knurrte Dania, dann drückte sie sich in den Hintergrund, „Mensch Mensch dumm dumm böse."

Reisender wusste, die Priesterin konnte nicht weit sein. Was immer sie gemacht hatte, nackt durch ein Fenster gesprungen oder zu versuchen, über das Dach zu entkommen, der Mob konnte sie finden. „Durchsucht jeden Winkel, auch rund um die Burg! Die Hexe ist jung, weiblich, hübsch und nackt. Findet sie. Habt keine Angst vor ihren Zaubern, meine Magie schützt euch!" Das war nicht einmal gelogen, der Magier hatte die Leute fest unter seine Kontrolle gebracht. Da konnte die Hexe nicht an. Nur mussten die Leute diese Priesterin rasch finden, sonst verflog der Zauber und sie kamen wieder zur Besinnung. Aber vielleicht war sie ja noch hier, getarnt, unsichtbar. Reisender murmelte einen Entdeckens-Zauber.

Der Burghof leerte sich rasch und zusehends. Immer mehr Menschen gingen auf die Suche, allen voran der Kaplan der Burg, der auf den Ruf „Hexe" mit „Scheiterhaufen" reagiert hatte. „Guter Idiot", dachte Reisender.

Zurück blieben Leumond, Roderich und Sirnia, gelähmt, sowie ein paar Wachen. Und natürlich Reisender selbst in seiner Tarnhaut, die Umgebung nach magischen Auffälligkeiten absuchend.

Eine der Wachen im Rang eines Leutnants trat in den Hof und rief mit lauter Stimme: „Baronin Merinda! Ich verhafte Euch wegen Aufruhr und falscher Beschuldigung." Leumond sah Gerant auf den Zombie-Magier zutreten. „Tapfer", dachte der Grafensohn, „tapfer, aber dumm."

Dania sah mit Entsetzen aus dem Blickwinkel der Hunde, wie der Leutnant, übrigens einen zutiefst angenehmen Geruch verströmend, auf diese lebende Leiche zutrat und eine Verhaftung aussprach. Der Magier ließ beide Hände in Flammenhüllen auflodern, richtete die beiden Arme gegen den Leutnant, der sich näherte und mit einem einzigen starken Flammenstoß aus beiden Armen verbrannte der tote Magier den armen Gerant binnen einer Sekunde zu einem Haufen Asche. Die Flammen erloschen so schnell, wie sie gekommen waren. Dania dachte nur: „Was für eine Macht!" Es roch nach verbranntem Fleisch am Hof. Übel. Mit lautem „Plonk" fiel das Metallschwert des Leutnants zu Boden.

Am Griff hing noch der verbrannte Rest der Hand, man sah die geschwärzten Fingerknochen.

Reisender wandte sich von dem Aschehaufen ab, der noch vor kurzem eine Bedrohung dargestellt hatte und meinte trocken: „Noch wer?" Die Wachen traten fast augenblicklich einen Schritt zurück. Leumond stand daneben. Wenn er einen Befehl gegeben hätte, die Wachen wären vermutlich aktiv geworden. Aber so kam keine Reaktion, konnten keine kommen. Der Grafensohn war immer noch gelähmt. Reisender wandte sich zufrieden von den Resten des Leutnants ab und der Celes und dem Grafen zu, die immer noch von der magischen Lähmung betroffen waren: „Zeit, das zu beenden!"
Wieder zwei Flammenstöße. Einer Links, einer Rechts. Die Celes und der Graf fielen zu Boden, mit Löchern im Brustbereich, durch den ganzen Körper führend. Man konnte durch die Löcher den Dreck und die Asche im Burghof sehen. Der Magier wandte sich mit einem freundlichen Nicken an Leumond und löste die Lähmung magisch auf: „Gratuliere Graf, Ihr habt geerbt."

Dania war über die gezeigte Macht und Brutalität entsetzt. Sie hatte trotz ihres hohen Talents nichts Vergleichbares diesem Monster entgegenzusetzen. Rohe elementale Magie. Feuer. Konzentriert und fokussiert. Alles, was sie selbst bisher hervorbringen konnte, waren kleine Flammen zum Entzünden eines Lagerfeuers. Die Rudelchefin stupste sie: „Böse jetzt angreifen?" Die

Hunde wollten sich opfern, ihren Herrn verteidigen. Aber alles, was diese lebende Leiche unter den Hunden anrichtete, wäre ein Gemetzel gewesen. Daher die Antwort: „Noch nicht. Böse stark. Rudel tot." Dania zog den Schwanz ein und deutete auch den anderen Hunden, Abstand zum Magier zu gewinnen.

„Holt die Däms aus dem Angstloch", befahl der Zombie den verbliebenen Wachen. Dann mit rauchender Hand: „Sofort!"

Die Wachen setzten sich voller Angst in Bewegung. Bis die Wachen zurückkamen, nutzte der Magier die Zeit, um sich nochmal im Hof umzusehen. Aber bis auf die Jagdhunde, die alle sich zurückzogen und versuchten, zu ihm Distanz zu gewinnen, sowie natürlich der neue Graf, stand da niemand. Nun, musste Reisender eben am nächsten Tag die Familie der Priesterin bedrohen, wenn er ihr nicht früher habhaft wurde. Alleine, dass sie floh, zeigte, wie schwach sie war.

„Leumond!", der Zombie hatte beschlossen, seine Macht zu demonstrieren, „Knie vor mir nieder!" Der Graf wusste, er hatte keine Alternative. Mit Zorn in den Augen und Schwindelgefühlen von der Lähmung tat er, wie ihm geheißen. „Nun küsse meine Füße." Auch das musste der junge Mann machen. Der Gestank nach Grab war überwältigend. „Und jetzt stehe auf und sieh nach, wo diese dämlichen Däms bleiben."

Leumond murmelte leise, aber für Hundeohren vernehmbar „Dreckszombie, wenn ich könnte, wärest du tot. Warum ist die Hexe nicht da, wenn man sie

braucht". Dann betrat er raschen Schrittes die Turm-
stube, in der sich das Angstloch befand. Die drei Soldaten dort waren dabei, die Däms heraufzuholen.

„Graf", meinte Berri, der das Kommando hatte, „was
sollen wir tun?" – „Ohne die Hexe haben wir keine
Chance. Also holt die beiden Zirkusleute rauf!" Berri
nickte, aber meinte dann, während er das Seil mit der
Schlinge und den Knoten hinunterließ: „Die wird uns
alle töten." Und Leumond war klar, dass Korporal Berri
Recht hatte: „Korporal Berri, der Urgrund soll mich
verschlingen, wenn ich diesen Eid breche: Sollten wir
das überleben, will ich alles tun, um die Grafschaft so
zu leiten, wie mein Vater es gemacht und gewollt hätte.
Die Soldaten nickten anerkennend. Ein Kriegereid!

Ein Hund hatte sich durch den Türspalt geschlichen,
gerade als Elina als Erste sich durch das Angstloch
schob. Der Hund stupste mit seiner Schnauze die Türe
weiter zu. Und als der Impresario auch durch das Loch
kam und alle Augen auf ihn gerichtet waren, faltete
sich der Hund auseinander und Celestina war wieder
ein Mensch. Und nackt. Mit leiser Stimme machte sie
sich bemerkbar: „Vielleicht kann ich doch helfen, Graf
Leumond. Aber was bietet Ihr dafür?"
Die sechs Personen zuckten erschrocken zusammen
und fast wäre Habakuk wieder nach hinten ins Loch
gefallen. Gerade noch konnte der Däm sich abfangen.
Leumond spürte wieder diese Mischung aus Wut und
Lust aufkommen. Diese Frau hatte in ihrer Nacktheit
etwas Aufreizendes, auch mit ihren lächerlich kurzen

Haaren. Aber er wusste sich dieses Mal zu benehmen: „Könnt Ihr etwas gegen den Zombie unternehmen?"

„Vielleicht", Dania antwortete mit mehr Sicherheit, als sie verspürte. Aber wenn, dann musste es eben hier enden. Nur zulassen durfte sie nicht, dass Menschen für sie in den Tod gingen. Es reichte schon ihr Bruder, der am Ende vorschnell, aber richtig, gehandelt hatte. Vielleicht konnte sie den Zombie ja in Staub verwandeln? „Gilt Euer Eid?"

„Ja!. Wenn es Euch gelingt, diesen toten Magier dort draußen zur ewigen Ruhe zu betten, dann lasse ich alle Klagepunkte gegen Euch fallen und verspreche Euch und allen Hexen wie Euch, sie in meiner Grafschaft willkommen zu heißen. Außerdem verspreche ich, mich wie mein Vater zu verhalten und für die Menschen hier das Richtige zu tun. Ist das genug?" – Dania nickte: „Der Eid ist wohl vermerkt, Graf!"

Dann wandte sich die Celes an die Däms und meinte: „Rettet euch, bitte. Das ist nicht euer Kampf." – „Das wurde er, als uns dieses Monster in das Angstloch hat werfen lassen.", meinte Elina. „Wir helfen!" Die Priesterin nickte.

„Ja, aber hat wer einen Plan?" Korporal Berri und sein praktischer Hausverstand meldeten sich. „Ich denke schon", meinte Celestina und erläuterte, was sie vorhatte. Es wurde Zeit für das Tun! Die Gruppe nickte und der Impresario lächelte: „Ich sage doch, ich kann helfen."

Kurz darauf betraten die drei Soldaten und der Graf stolz voran mit Dania und den Däms gefesselt in deren Mitte den Hof. Die Hunde sahen sie kommen und näherten sich vorsichtig. Leumond rief triumphierend: „Bei all Eurer Macht, Reisender! Ich habe Euch die Hexe gebracht, die Ihr nicht gefunden habt!"

Und tatsächlich, da war sie. Nackt, gefesselt und geknebelt wurde sie grob vor die Gruppe gestoßen. Und ihre Haut war makellos und frisch wie der Frühling. Reisender sprang innerlich wie ein kleines Kind vor Freude!

„Leumond, ich denke, Ihr könnt Eure Bevölkerung rufen. Wir wollen doch Publikum bei der Verurteilung der Hexe und Krönung des neuen Grafen haben. Und sendet einen Diener nach der schwarzen Satteltasche in meinem Zimmer!"

Der Graf nickte, dann schickte er jeweils einen Soldaten nach den Leuten und der Tasche. Selbst blieb er mit einem Dolch, den er sich von einer Wache geborgt hatte, an der Seite Danias. Die anderen Wachen vom Hof sicherten die Zirkusleute.

Der Hof füllte sich rasch. Zuerst die restlichen Wachen, dann aber auch die neugierige Menge der Höflinge. Endlich waren alle wieder versammelt. Reisender hatte sich in seiner Haut auf die Bühne gestellt. Der Wächter, den der Graf in das Zimmer des Zombies geschickt hatte, kam gerade mit der schwarzen Tasche. Der Magier deutete dem Mann, diese Tasche am Rand der Bühne hinzulegen.

„Verehrte Burgleute, hoher Kaplan, gräfliche Hoheit", kurzes Nicken zu Leumond, der ebenfalls nickte, „ich präsentiere Euch die Hexe, die Euren geliebten Grafen, die edle Dame Sirnia und Leutnant Gerant auf dem Gewissen hat."

Dania versuchte, sich zu wehren und den Knebel los zu werden, aber inzwischen wieder zwei Wachen, eine davon Korporal Berri, hielten sie fest. Reisender war siegessicher: „Und ich frage Euch, was macht man mit Hexen in dieser Grafschaft?" – „Auf den Scheiterhaufen!", laut war der Ruf der Leute vernehmbar, allen voran wieder der Kaplan.

„Aber, liebe Leute. Nur verbrennen?" Reisender spielte wieder magisch mit den Gefühlen. „Reicht Euch das? Oder wollen wir nicht vorher noch ein wenig Spaß haben?" – „Spaß!" die Masse war in Laune. – „Wollen wir die Hexe vorher foltern?" – Dania wehrte sich heftig. Die Leute tobten: „Ja!" – „Wollen wir ihr bei lebendigem Leib die Haut abziehen?" – „Ja!" – „Wollen wir sie dann ohne Haut verbrennen?" – „Ja!"

Zu zwei Wachen am Rand des Geschehens: „Holt mit Freiwilligen Feuerholz und Lederriemen!" Die Wachen und ein paar kräftige Bedienstete liefen eilends davon.

Reisender winkte wieder der Wache, die die Satteltasche geholt hatte: „Öffnet bitte die Tasche."

Die Menge wurde neugierig. Der Wächter öffnete die Tasche und der Blick fiel auf einen Leinensack und ein scharf wirkendes Messer mit einer Klingenlänge von etwa drei Händen. „Reicht mir bitte das Messer!" Der Mann tat wie ihm geheißen.

Reisender nahm das Messer an sich, prüfte die Schärfe und trat vor Dania hin, die ihn hasserfüllt anblickte. Der Magier lachte innerlich, als er meinte: „So sei es, ich vollstrecke nur den Willen des Volkes." Dann hob er das Messer.

In diesem Augenblick riss die Priesterin sich von den schwachen Fesseln los, die kunstvoll vom Impresario so geknüpft waren, dass sie sich mit einem leichten Ruck von alleine lösten. Der Knebel flog in hohen Bogen in das Gesicht des Zombies. Dania griff nach vor in die Hand von Reisender, der aus Überraschung nicht schnell genug reagierte. Und Reisender spürte, wie er alterte. Aber, was wollte bei ihm altern? Der mumifizierte Magier begann schallend zu lachen und in der immer noch zuckersüßen Frauenstimme zu sprechen: „Dumme Gans, ein Untoter kann nicht altern." – „Du nicht. Aber deine Haut!" Die FaraNa blickte dem Zombie tief in die Augen. Und Reisender kam sich plötzlich nackt vor.

Schweigen beim Publikum, als dieses das Monster vor sich durchschaute. Als die Menschen voll Schrecken und Horror den lebenden Leichnam in all seiner Scheußlichkeit vor sich sahen. Und Reisender erkannte seinen Fehler. Doch noch hatte er das Messer in der Hand. Kraftvoll wollte er es niedersausen lassen. Diese Hexe musste sterben! Doch da spürte er noch etwas. Etwas völlig Unerwartetes. Frieden.

Die Priesterin hatte sofort nach ihren Worten zur Haut des Magiers mit dem Gesang begonnen, der Seelen auf die Wanderschaft in ihre nächste Existenz entsandte. Wie bei der Lehrerin rezitierte sie die einfachen, klaren Worte in der alten Sprache, die man sie gelehrt hatte. Leicht singend und summend drangen diese Silben aus ihr wie aus einem klaren Springbrunnen. Und die Hand, die das Messer vor ihr erhoben hatte, wurde schlaff. Wie auch das mumifizierte Stück Mensch, dem sie gerade die Seele entrissen hatte. Der Körper war ja bereits tot. Nun verhinderte sie lediglich, dass jemals etwas Unnatürliches würde von diesem toten Rest Gewalt ergreifen können. Und den Geist des Untoten schickte sie in die nächste Wiedergeburt, wo immer diese stattfinden konnte.

So sanft der Zauber mit Toten und frisch Verstorbenen war und diese in welches Jenseits auch immer geleitete, nach Ansicht der FaraNa in den nächsten Zyklus der Wiedergeburt. Und so wenig der Gesang bei Lebenden Wirkung hatte, so verheerend wirkte sich dieses einfache Gebet auf den Untoten vor ihr aus. Wo soeben noch der Magier in all seiner Macht und Heimtücke versucht hatte, sie mit dem Dolch zu töten, da fand sich ein Haufen mit Hautfetzen umhüllte Knochen, wie ein grober Hanfleinen-Sack, in den wahllos Rundholzstücke gefüllt worden waren. Der Dolch war mit leichtem „Pling" zu Boden gefallen. Der Plan der Priesterin hatte funktioniert.

Nun, die Priesterin war vielleicht nackt am Körper. Aber sie umhüllte sich mit all der Macht und Würde, die sie mustern konnte, als sie sich an die umstehenden Bewohner der Burg wandte: „Liebe Leute, liebe Freunde, Gräfliche Hoheit!" dabei nickte sie in die Runde und ein wenig tiefer gegenüber Leumond, „ein großes Übel ist heute von uns genommen worden. Eine böse Macht, die Euch, die uns alle verzaubert hat. Die aus mir die Hexe und aus euch fast Mörder gemacht hat. Dieses Wesen, dessen Reste hier vor euch liegen, ist nicht mehr. Auf eine Reise ist es jetzt gegangen. In eine andere Welt, in eine bessere Welt. Noch ist aber unsere Arbeit heute und hier nicht beendet. Auch der von Euch geliebte und geschätzte Graf Roderich ist durch dieses Monster ums Leben gekommen. Wie auch eure Celes, die edle Dame Sirnia. Und mein eigener Bruder, Leutnant Gerant. Auch für diese Drei werden wir heute beten. Und ihre Seelen auf die Reise entsenden. Jedoch, bevor wir das gemeinsam machen, die Grafschaft braucht einen Herrscher."

Eine kurze Effektpause, wie es die Lehrerin gelehrt hatte. Dann: „Lang lebe Graf Leumond!"

„Lang lebe Graf Leumond!" Die Menschen waren froh, dass es weiterging. Allen voran der Burgkaplan, der sich nicht eingestehen wollte, dass er auf einen lebenden Toten hereingefallen war. Leumond war nicht sehr geschätzt. Aber besser als der Zombie und seine Zauberei war er allemal. Im Grunde konnte es nach den Ereignissen des Abends nur besser werden. Die Burgbewohner blickten optimistisch in die Zukunft. Nicht wissend, dass dieses Mal eine andere, positive Kraft etwas nachgeholfen hatte.

„Und nun, bitte bringt die beiden Toten und die Reste meines Bruders zu mir, damit ich mit euch gemeinsam das Totengedenken sprechen kann." Und die Burgleute brachten die Toten. Der neue Graf selbst trug den Vater, gemeinsam mit dem Burgkaplan. Dania sprach die Worte. Wie man es sie gelehrt hatte.

Leumond stellte fest, dass die Priesterin doch bekleidet war. Und zwar mit einer heiligen Aura, die jeden bösen Gedanken vertrieb. Vielleicht? Vielleicht konnte er doch der Bruderschaft entkommen?

X.

Leumond war am nächsten Morgen großzügig mit den beiden Zirkusleuten gewesen. Er hatte ihnen sowohl das alte Silberarmband seiner Mutter als auch das Goldnugget seines Vaters geschenkt und sich nochmal bei ihnen für sein Benehmen und sogar für den Angriff am Saumpfad entschuldigt. Die Celes neben ihm hatte nur wenig nachhelfen müssen. Ein Gespräch in der Früh hatte gereicht. Der Graf schien es tatsächlich ernst damit zu nehmen, in die Fußstapfen seines bei den Bewohnern der Grafschaft beliebten Vaters treten zu wollen.

Dann hatte sich Dania von den beiden Artisten mit einer Umarmung verabschiedet. Bei der Gelegenheit gaben die beiden der Priesterin ihr Bündel mit Gewand zurück, auch das Kettenhemd und den Rubin. Dania bedankte sich überschwänglich, dann sprach sie einen Segen, der den Beiden Gesundheit und Glück schenken sollte. „Half es nichts, schaden konnte das auch nicht", dachte Habakuk. Dann half die Celes noch mit den Pferden. „Vergesst nicht, wenn ihr sie nicht mehr braucht, gebt ihnen bitte die Freiheit." – Die beiden Artisten nickten.

Habakuk sprach Elina erst auf das Erlebte an, als sie weiter weg von der Burg waren. Auf dem Weg in eine andere Grafschaft. „Frau", meinte er, „im Grunde war der Graf doch nicht so schlecht. Und wir haben auf jeden Fall in nächster Zeit wenig Hunger zu leiden." –

„Mann", antwortete sie, „Halts Maul. Wäre die Priesterin nicht gewesen, ich weiß nicht, was gekommen wäre. Wir haben einfach nur viel Glück gehabt." – „In der Tat", antwortete der Impresario und dachte an die vielen Münzen, vor allem aus Kupfer, die sie in doppelten Böden in den Wägen versteckt hatten. „In der Tat!"

Der neue Graf hatte wenig dagegen, dass sich die Priesterin nach den Ereignissen der Nacht zuvor in den Gemächern von Reisender umsah. Dania hatte nicht lange gebraucht und allerlei Zeugs zerstört, welches sie als „Böse" und „schwarzmagisch" bezeichnete. Unter anderem zwei Ersatzhäute aus dem Rucksack des Zombies und einen kleinen magischen Spiegel, den Leumond in einem unbeobachteten Augenblick dezent unter Reisenders Sachen abgelegt hatte.

Im Grunde gab es wenig, was vor ihren Augen Gnade fand. Alleine das Buch des Magiers nahm sie an sich. „Um zu studieren, womit wir es zu tun gehabt haben", wie sie betonte. Aber Leumond hätte der FaraNa in diesem Augenblick fast alles genehmigt, so froh war er, aus der Sache mit so wenig eigenem Schaden herauszukommen.

Die junge Frau hatte Kleidung ihres Bruders angezogen und wirkte darin fast ritterlich nobel. So hübsch, dass der Graf ans Heiraten dachte. Leumond wusste, dass er das nicht konnte, Dania war nicht standesgemäß. Und die Priesterin hätte ihn jedenfalls abgewiesen. Aber er war versucht, um ihre Hand anzuhalten.

Seufzend dachte er bei sich, dass es wohl nun mit dem einfachen Leben vorbei war. Er verstand jetzt seinen Vater, was dieser mit „Diener des Volkes" gemeint hatte. Dauernd musste man irgendwas für irgendwen seiner Untergebenen denken, tun oder entscheiden. Sogar der Koch machte nicht einfach ein Frühstück, sondern wollte wissen, was der Graf haben wollte. Es war für den jungen Grafen einfach furchtbar.

Sowas wie diese Abhängigkeit von der Bruderschaft durfte aber nicht mehr passieren. Allerdings brauchte er Halt, Beratung und Zuspruch. Verantwortung war etwas völlig neues für ihn. Vielleicht konnte er die FaraNa überreden, hier zu bleiben. Einen Versuch war es jedenfalls wert. Leumond fühlte sich einsam und unsicher.

Dania war überrascht über den Vorschlag von Graf Leumond. Sie dachte kurz nach, dann meinte sie: „Es ehrt mich und ich freue mich. Für immer wird es nicht sein, aber mit Eurer Erlaubnis möchte ich Euch noch ein paar Töchter der Na ausbilden, bevor es mich weiter zieht." Der Graf stimmte sofort und freudig zu.

Kaplan Jonas, dem dicklichen, ältlichen und versoffenen Burgkaplan, war das allerdings überhaupt nicht recht: „Eide sind bindend, Gräfliche Hoheit, das verstehe ich schon. Aber warum hier, warum auf der Burg? Hätte es nicht gereicht, dieser Frau ein Quartier am Rand Eurer Grafschaft zuzuweisen? Das hätte Euren Eid auch erfüllt."

Leumond seufzte. Es hatte nicht lange gedauert, gerade einmal bis zum nächsten Tag, bis sich der Widerstand gegen eine Naturmagierin regte. Das Gerücht über eine Hexe auf der Burg. Dabei hatte Dania von Weitfeld, wie er sie zu nennen gedachte, die Grafschaft von der Herrschaft durch die Bruderschaft befreit. Vor allem hatte sie den einzigen echten Schwarzmagier, Reisender, besiegt. Aber offensichtlich waren gewisse Gedanken und Gerüchte nicht tot zu bekommen. So hatte er sich jedenfalls seine Herrschaft nicht vorgestellt. Mit lauter solchen Sachen, wo Leute einfach Dinge taten oder Gedanken hegten, die ihm nicht passten. Nun, in diesem Fall konnte er wenigstens eine starke Antwort geben: „Kaplan Jonas, ich brauche hier auf der Burg einen Schutz gegen die Bruderschaft. Könnt Ihr einen lebenden Toten erkennen und bekämpfen? Nein? Dann bitte lasst die FaraNa in Ruhe." Der Kaplan schluckte und verneigte sich dann. Aber Leumond hatte den Eindruck, dass hier noch eine Diskussion folgen mochte.

Wie auch immer, es waren so viele Dinge zu tun. Die Herrschaft antreten war harte Arbeit. Vor allem musste er so rasch als möglich die wesentlichsten bewaffneten Truppen seiner Grafschaft vereidigen. Ein Rat von Dania, die wesentlich entschlossener und führungsstärker als er selbst war.

Mit der Garde und den Soldaten auf der Burg war das einfach. Aber die Wildhüter saßen in Weitfeld und eine zweite Gruppe in Baumfallen. Dania musste mitkommen, dass nahm ihm das Problem mit dem Kaplan ab. Und wollte sie nicht nach Schülerinnen suchen?

Leumond fühlte sich einfach überfordert.

Die Schneiderin war wieder in ihrem Element: „Ich habe ja immer schon gewusst, dass dieses Mädchen etwas ganz Besonderes ist. Aber dass sie jetzt auch offiziell die neue Hofmagierin wird, das hätte doch wirklich niemand ahnen können! Nur, was das jetzt soll, dass alle Kinder des Dorfes ab zehn vorsprechen müssen? Wie bei den Magiern? Also wirklich! Das geht zu weit!"

Die jüngste Tochter der Schmiedin, Madeleide, war gerade auserwählt worden. Dania hatte gefragt, ob sie Naturmagierin werden wollte, und das Mädchen hatte die stolze Mama groß angesehen und nach einem kurzen Nicken derselben laut „Ja!" gesagt. Daher war die Schmiedin durchaus gewillt, ihrer Erz-Rivalin dieses Mal fest und direkt über den Mund zu fahren: „Halte den Schnabel, Ina, du dumme Gans. Celestina hat die Grafschaft von dem untoten Schwarzmagier befreit und jetzt hilft sie unserem Grafen. Danken wir dem Urgrund, dass sie diese Fähigkeiten hat. Und meine Tochter das vielleicht auch lernt. Wenn dir das nicht passt, dann geh und heule doch bei der Herrschaft!"

Die Schneiderin stand wie begossen da und war vorerst einmal sprachlos.

Glossar

Die Celestes (Singular: Celes) sind Halbengel. Durch Mischung mit den Menschen und Inzucht haben sie zwar ein leicht verändertes Aussehen (leuchtend strahlende Augen in Gold, Stahlgrau oder Jadegrün, blonde oder silberne Haare), eine höhere Intelligenz und leben länger als durchschnittliche Menschen (ca. einhundert Jahre im Schnitt), aber unterscheiden sich sonst nur durch eine einzige Sache: Sie sind in der Regel nicht in der Lage, willentlich zu lügen oder Böses zu tun, erkennen aber Lüge und Verrat nahezu auf Anhieb. Nachdem die Celestes zu den magischen Völkern gehören, sind viele von ihnen Heiler, Magier und Zauberer. Die absolute Mehrheit aber spürt den Engelsruf der Waffen in sich und bildet in mehreren menschlichen Reichen einen elitären Zirkel tapferer Ritter und Krieger, die gegen das Böse kämpfen und die Reiche verteidigen. Dabei machen Celestes in der Regel keinen Unterschied zwischen den Geschlechtern, es ist also durchaus üblich, dass weibliche Celestes als Ritter kämpfen.

Celestes können sich jederzeit fruchtbar mit Menschen paaren. Die Kinder sind immer ebenfalls Celestes. Celestes gelten als voll integriert in vor allem die höheren sozialen Schichten von menschlichen Reichen. Viele sind als Elitewachen, Beamte und Richter tätig und werden in fast allen Reichen sehr geschätzt.

Die Däms (Singular: Däm) sind selten vorkommende Halbdämonen, die Ergebnisse von Verbindungen zwischen Menschen und Dämonen. Die wenigsten Däms unterscheiden sich gravierend von Menschen, gelegentlich leiden sie unter Klumpfüßen oder haben kleine Schwänzchen als Verlängerung des Rückens oder Fledermausflügelchen unter den Schultern. Rote Augen oder Höcker über den Augenbrauen sind ebenfalls Zeichen für einen Dämon in der Vorfahrenslinie. Da diese armen Seelen als unzuverlässig und diebisch gelten, leben sie als sozial Ausgestoßene am Rand der Gesellschaft und haben daher nur eine geringe Lebenserwartung (oftmals deutlich verkürzt durch drakonische Strafen). Däms, die wie Menschen aussehen, werden selten als Däms erkannt. Ihr Dasein als Outcasts der Gesellschaft lässt vielen Däms tatsächlich keine Möglichkeit, außer dem Leben in unehrlichen Berufen.

Da sich Däm-Zeichen durchaus auch vererben und erst nach mehreren Generationen zeigen können, passiert es oft, dass Unschuldige, vor allem Frauen und Mütter, der ungesetzlichen Verbindung mit einem Dämon bezichtigt werden. Je nach Reich und Kultur werden Däms murrend geduldet bis aktiv verfolgt, sodass selten größere Dämgemeinschaften stabile eigene Gesellschaften errichten können. Das einzige Volk, das ein gewisses Maß von Verständnis für die Däms zeigt, sind die Drak. Die Däm-Gemeinschaften, die stabil überleben, finden sich daher in der Regel nahe den großen Drak-Siedlungen. Däms gehören zu den magischen

Völkern und sind für ihre Listigkeit und ihre rohe, vitale Kraft bekannt.

Die Drak (Singular: Drak) sind ein Volk, dass in grauer Vergangenheit aus der magischen Verbindung von Drachen und Menschen entstand. Die Drak gehören ebenfalls zu den magischen Völkern. Gleich groß wie Menschen, unterscheiden sie sich doch deutlich von diesen, indem sie schuppige Haut haben und völlig haarlos sind. Außerdem besitzen sie ein echsenartiges Aussehen und einen bis zum Boden reichenden Schwanz. Sie gelten als intelligent, aber verschlagen und viele Drak verfügen über große körperliche Kraft. Sie werden oft weit über zweihundert Jahre alt. Außerdem können Drak auch in Gebieten überleben, in denen Menschen nicht mehr leben können. Diese Halbdrachen ernähren sich ausschließlich von Fleisch.

Den Drak geht ihre Familie über alles, der Nachwuchs wird als Ei gelegt und bis in ein Alter von etwa zwanzig Jahren intensiv gepflegt und geschützt. Drakfamilien neigen dazu, unter sich zu bleiben, was bedeutet, dass die Drak einer bestimmten Region fast immer eng miteinander verwandt sind. Drak gelten als erstklassige Elitekrieger, dennoch suchen die meisten Drak ein zurückgezogenes Leben am Land im Kreis der Familie und der eigenen Herden als Nahrungsquelle. Nachdem das Aussehen der Drak sehr fremd ist und das Volk zurückgezogen lebt, verursachen Drak in vielen Menschen ein wenig Unbehagen. Die wenigsten Drak kümmern sich jedoch darum.

Die Mensch (Singular: Mensch) sind eine Zusammen-
fassung mehrerer intelligenter Völker, unter anderen
der Zwerge, Elfen und Orken, die in ihren jeweiligen
Siedlungsgebieten zurückgezogen leben und mit den
Menschen wenig zu tun haben. Über alle diese Wesen
ist wenig bekannt, außer dass die Elfen ebenfalls zu
den magischen Völkern gehören, die Zwerge und Orken
jedoch als magisch minderbegabt gelten. Orken gelten
als stark, aber dumm. Als Krieger werden sie gerne in
Söldnerarmeen beschäftigt. Die Zwerge gelten als klein
und stark. Ein Zwerg würde niemals für jemand anderen als einen anderen Zwerg arbeiten. Selbst das Handeln mit dieser zurückgezogenen Rasse gilt als Schwierig. Von den Zwergen ist bekannt, dass Magier oftmals
Mühe haben, gegen dieses Volk Magie zu wirken. Die
Elfen sind etwa gleich groß wie Menschen und leben
extrem zurückgezogen in Ihren Wäldern. Über ihre
Fähigkeiten und ihre Magie wird viel erzählt, aber wenig Wissen ist gesichert. Man hat noch nie etwas Anderes als junge, erwachsene Elfen gesehen. Ob und wie
sich Elfen vermehren, wie alt sie werden und ob sie
überhaupt sterben, ist völlig unbekannt. Eine Beson-
derheit sind die sogenannten Steppenvölker. Magisch
begabt, ohne viele große Zauberwirker jemals hervorge-
bracht zu haben, sehen diese Steppenreiter aus wie die
klassischen Waldelfen. Sie leben in großen Familien-
klans. Ehen mit Menschen sind selten fruchtbar. Diese
Wesen altern, haben Kinder, eine Lebenserwartung um
die hundertfünfzig Jahre und sind vor allem als tapfere

Krieger und hervorragende Pferdezüchter bekannt. Sie gelten als Mischwesen zwischen den Elfen der Wälder und den Menschen. Ihre Vorgeschichte verliert sich jedoch im Nebel der Vorzeit.

Die Menschen (Singular: Mensch) sind eine Sammlung von Völkern mit einer Lebenserwartung von bis zu etwa achtzig Jahren. Aufgrund von Kriegen, Krankheiten und Lebensumständen erreichen jedoch nur die wenigsten Individuen dieses Alter. Die Menschen können sich untereinander und mit den Celestes und Däm ohne Barrieren und mit Orken, Zwergen und Drak mit gewissen Einschränkungen (vermehrte Gefahr von Missbildungen bei den Kindern, mit den Drak ist magische Hilfe nötig) vermehren. Halbelfen existieren als Kinder von Menschen und Steppenelfen. Ob es Kinder der Menschen mit den Waldelfen gibt, oder ob die Steppenelfen solche Halbelfen sind, ist Thema akademischer Diskussionen.

Die Menschen beherrschen aufgrund ihrer hohen Fertilität und ihrer hohen Flexibilität die Kontinente. Es gibt fünf Hauptgruppen, die sich vor allem aufgrund äußerer Merkmale unterscheiden lassen: Blondhaare (helle Haut, helles Hauptthaar), Schwarzhaare (braune Haut, dunkles Hauptthaar), Kraushaare (dunkelhäutig, schwarzes, gekraustes Hauptthaar), Bronzemänner (bronzefarbener Haut-Ton, dunkles Hauptthaar) und Goldenmänner (goldfarbener Haut-Ton, Mandelaugen, dunkles Hauptthaar). Die wenigen magisch begabten Menschen gelten gemeinhin als „drakisch", „celestisch",

„dämisch" oder „menschisch", also mit magisch begabten Vorfahren. Es gibt jedoch Anzeichen dafür, dass ein wenn auch geringes magisches Potential in jedem Orken, Zwerg und vor allem auch Mensch vorhanden ist. Daher zählen die Menschen zwar nicht zu den magischen Völkern, aber aufgrund ihrer Fülle an Individuen und ihrer großen Masse befinden sich durchaus auch immer wieder mächtige Magier und Zauberer unter ihnen.

Insbesondere die siebenten überlebenden Kinder von siebenten überlebenden Kindern gelten nach den Geschichten und Legenden der Völker als besonders begabt.

Vom selben Autor ist bei BoD erschienen:

Der Sammler kennt die wahre Geschichte des Magieschülers Tjorn, der sich in den Blutgeist Malunia verliebt. Zum Schwarzmagier Talymon gereift, schafft dieser dem Geist einen perfekten Körper. Doch was dann folgt, ruft Mächte auf den Plan, die ihre eigenen Ziele verfolgen. Und so bleibt es dem Sammler vorbehalten, die Lesenden auf dem düsteren Weg durch eine Welt zu begleiten, wo ein Todesgeist die Menschen zu verschlingen droht und die Hoffnung des Reiches ausgerechnet auf den Kräften eines Schwarzmagiers ruht.

Fantasy mischt sich mit Horror. Pygmalion trifft auf Bonny & Clyde. Tauchen Sie ein in diese rasante Achterbahnfahrt, die Sie bis zur letzten Seite packen wird.

Triggerwarnung!

Passagen des Buches können als Trigger für posttraumatische Belastungsstörungen dienen. Sie lesen dieses Buch auf eigene Gefahr!

Vom selben Autor ist bei BoD erschienen:

Georg Odrowaz

Mitschriften

ein fantastischer Thriller
aus Wien

Die Mörder schleichen durch das Wien des Jahres 2005. Kleindealer, Junkies, Waffennarren, aber auch normale Menschen sind ihre Opfer. Der übelste aus der Reihe der Kriminellen ist „Er", eine Persönlichkeit ohne Namen, die sich bis in die höchsten Ebenen der Wiener Mafia vorwagt. Und schon bald sind sie alle hinter diesem Mörder her. Polizei, Medien, Mafia und ein okkulter Geheimbund, der „Ihm" sogar einen Teufel auf den Hals hetzt.

Begleiten Sie „Ihn" auf einer atemlosen Jagd durch Wien, die in einem furiosen Finale mit Knalleffekt endet. Nervenkitzel garantiert.

Triggerwarnung!

Es werden explizit und implizit Mord und Gewalt, sowie dunkle Magische Rituale beschrieben. Sie lesen das Buch auf eigene Gefahr.